Margarete Bertschik / Die Mutter des Kommissars
und das schweigende Kind

Margarete Bertschik

Die Mutter des Kommissars
und das schweigende Kind

Kriminalroman

Bibliografische Information der Deutschen Bibliothek

Die Deutsche Bibliothek verzeichnet diese Publikation in der
Deutschen Nationalbibliografie; detaillierte bibliografische Daten
sind im Internet über http://www.dnb.ddb.de abrufbar

Einbandabbildung: fotolia, tomerto#119763472
Herstellung und Verlag: BoD   Books on Demand, Norderstedt
Lektorat: Jan Janssen Bakker

Prolog

Still sitzt es da, das kleine Mädchen, allein in der letzten Reihe der Nordwestbahn, den Blick unverwandt auf die vorbeifliegende Herbstlandschaft gerichtet. Wie alt mag es sein? Vielleicht vier oder fünf Jahre? Bildhübsch ist sie, die Kleine, mit ihrem herzförmigen Gesicht, den großen Augen und den braunen Locken. Das blümchenbedruckte weiße Kleid mit den Puffärmeln und dem weiten Rock, das sie trägt, scheint viel zu sommerlich zu sein für Oktober, ebenso die kurzen Söckchen und die leichten Sandalen. Ihre Beine reichen nicht bis auf den Boden, sie baumeln in der Luft. Die Hände hat die Kleine artig im Schoß gefaltet. Auffallend sind die leuchtend rot lackierten Nägel an den rundlichen Fingern. Am rechten Handgelenk und um den dünnen Hals trägt das Mädchen feine Silberkettchen mit zahlreichen roten Anhängern in Herzform.

Ihr Gesicht hat einen seltsam starren Ausdruck, ähnlich dem einer Puppe. Sie scheint das Anfahren und Halten der Bahn, das Öffnen und Schließen der Türen oder das ständige Kommen und Gehen der vielen Fahrgäste ebenso wenig wahrzunehmen wie die elektronischen Durchsagen.

Die anderen Fahrgäste nehmen keine Notiz von dem Kind und steigen meistens nach einigen Stationen wieder aus. Das Mädchen jedoch bleibt sitzen und fährt weiter.

Die Bahn durchquert Ort für Ort das Oldenburger Münsterland Richtung Osnabrück. Immer noch macht das Mädchen keine Anstalten auszusteigen oder auch nur, sich zu bewegen. Doch dann, kurz vor der Kreisstadt Cloppenburg, steht sie auf und geht zum Ausgang. Das Schaukeln der Bahn lässt ihren kleinen Körper hin und her schwanken. Instinktiv hält sie sich an den Haltegriffen der Sitze fest, bis der Zug zum Stillstand kommt. Dann öffnen sich die Türen mit dem charakteristischen Zischen und die Kleine steigt zusammen mit einigen anderen Fahrgästen aus. Einen Moment lang steht sie unschlüssig auf dem Bahnsteig, dann reiht sie sich in die Gruppe von Fahrgästen ein, die dem

Ausgang zustreben. Vor dem Bahnhof schaut sie nach links und nach rechts; offenbar weiß sie nicht, wohin sie sich wenden soll. Viele der soeben ausgestiegenen Reisenden gehen auf die Hauptstraße zu, die in Richtung Stadtzentrum führt. Das Kind schließt sich ihnen an.

Inzwischen ist der Herbstabend fortgeschritten. Die Luft hat sich merklich abgekühlt. Der Feierabendverkehr lässt langsam nach, die Menschen streben ihrem Zuhause zu. Das Mädchen bewegt sich durch die Stadt, ohne auf andere Menschen oder auf ihre Umgebung zu achten. Sie läuft weiter die Straße hinunter. Bald ist sie nicht mehr zu sehen.

1

Hanna Morgenroth entschloss sich angesichts des milden Oktoberabends, noch eine ordentliche Strecke zu walken. Zwar machte sich die Arthrose in ihrem rechten Knie wieder unangenehm bemerkbar, wie eine lästige alte Bekannte, die immer dann auftaucht, wenn man glaubt, sie erst einmal vergessen zu können. Aber wie Hanna aus Erfahrung wusste, würde die stetige Bewegung des zügigen Gehens den Schmerz mildern und verhindern, dass das Gelenk noch mehr einrostete. Außerdem liebte Hanna es, durch den Wald zu wandern, wenn die Vögel wie jetzt ihr Abendlied sangen und das letzte Sonnenlicht das Herbstlaub noch einmal in seiner ganzen Farbenpracht aufleuchten ließ.

„Inga, ich geh noch ein kleines Stück", rief sie ihrer Schwiegertochter zu, die in der Küche das Geschirr vom Abendbrottisch in die Spülmaschine räumte. „Bin in einer Stunde wieder da."

„Ist gut."

Ingas Stimme klang müde. Kein Wunder, dachte Hanna mitleidig, sicher ist es wieder ein anstrengender Tag gewesen für sie. Nicht einfach, den Job als Erzieherin und die Aufgaben als Mutter, Ehefrau und Hausfrau unter einen Hut zu bringen. Erst recht nicht, wenn man solch eine Perfektionistin war wie Inga, besonders wenn es um die Ernährung der Kinder ging. Seit sie sich entschlossen hatte, Vegetarierin zu werden, gab es ständig Auseinandersetzungen darüber, was gegessen werden sollte in der Familie. Hanna konnte gut verstehen, dass Thomas, Ingas Mann und Hannas einziger Sohn, öfter mal ein herzhaftes Steak oder ein saftiges Kotelett auf dem Teller sehen wollte, und erst recht, dass die Kinder manchmal Appetit auf Bratwürste oder Hähnchen hatten. Man hatte sich in der Familie mühsam darauf geeinigt, nicht öfter als zwei Mal in der Woche Fleisch zu essen. Aber wenigstens Pommes frites oder Nudeln sollte es häufiger geben, hatten die Kinder am Abendbrottisch gefordert, statt immer nur Gemüse und Salat. Ihr Vater hatte ihnen beigepflichtet und schon war der schönste Streit im Gange gewesen.

Hanna zog ihre Sportjacke an und griff zu den Stöcken fürs Nordic Walking. Sie seufzte. Im Grunde gab sie Inga ja Recht, aber man musste auch manchmal von Prinzipien abweichen können, ohne gleich das Ganze in Frage zu stellen, war Hannas Meinung. Keine Regel ohne Ausnahme, wie man richtig sagte.

Aus dem Bad hörte sie die ungehaltene Stimme ihres Sohnes, der die Zwillinge aufs Zubettgehen vorbereitete, und empörte Proteste von den Kindern; anscheinend gab es schwerwiegende Meinungsverschiedenheiten, was die Gründlichkeit des abendlichen Zähneputzens betraf.

Hanna schmunzelte. Sie nahm sich vor, den beiden Siebenjährigen, wenn sie zurückgekommen war, eine Geschichte aus dem neuen Buch vorzulesen, das sie am Nachmittag gekauft hatte. „Einundzwanzig Gutenachtgeschichten" lautete der bezeichnende Titel. Isabell und Jannik waren ganz versessen darauf, etwas vorgelesen zu bekommen, obwohl sie jetzt, zu Beginn des zweiten Schuljahres, schon recht gut selber lesen konnten.

Auf der Straße atmete Hanna ein paar Mal kräftig durch und absolvierte halbherzig das notwendige Maß an Aufwärmübungen. Dann streifte sie die Schlaufen der Walkingstöcke über ihre Hände und marschierte zügig los.

Ihr Weg führte sie durch die abendlich ruhigen Straßen der Siedlung, die am nördlichen Rand Cloppenburgs lag, hin zu dem angrenzenden Waldstück mit den hohen Eichen, Buchen und Ulmen, deren Laub schon die herbstlichen Farben annahm. Auf den ebenen Spazierwegen lagen wie ein bunter Teppich die Blätter, die bei jedem ihrer Schritte freundlich raschelten. Die kreuz und quer durch das Gelände führenden Wege boten knapp Platz für zwei Menschen und waren wunderbar geeignet zum Schlendern, Joggen und natürlich fürs Nordic Walking, Hannas täglichem Versuch, die Beweglichkeit ihrer

Gelenke zu retten.

Als sie die Straße verließ, um in den Waldweg einzubiegen, sah sie auf der Bank in dem Bushäuschen, das an dieser Stelle aufgestellt worden war, ein kleines Mädchen in einem weißen Kleid sitzen. Offensichtlich wartete das Kind auf den Bus, der hier am Abend hielt, um die Fahrgäste, die in die umliegenden Dörfer wollten oder aus ihnen zurückkehrten, ein- und aussteigen zu lassen. Gerade war der 18.00-Uhr-Bus angekommen und die alte Frau Maschewski stieg aus.

„Moin, Frau Morgenroth!", rief sie Hanna zu und winkte. Hanna verhielt ihren Schritt, um ein paar Worte mit der alten Frau zu wechseln, wusste sie doch, wie gerne Elfriede Maschewski ein Schwätzchen hielt.

„Na, wieder mal einen Besuch bei der Tochter gemacht, Frau Maschewski?", fragte sie, wohl wissend, dass sie sich wahrscheinlich auf eine längere Unterhaltung über die Familienneuigkeiten der Maschewskischen Sippe einstellen musste. Die Greisin stellte ihre Einkaufstasche auf dem Bürgersteig ab, ein sicheres Zeichen für ein länger dauerndes Gespräch. Nach zehn Minuten, in denen Hanna alles Wissenswerte über die weiter fortschreitenden Rheumabeschwerden von Frau Maschewskis ältester Tochter erfahren hatte, über das schwache Herz ihres Schwiegersohns und über die Schwierigkeiten, die dem Sohn der beiden seine Abschlussprüfung als Steuerberater bereitete, verabschiedete Hanna sich von der alten Frau mit der nicht von der Hand zu weisenden Feststellung, die Sonne ginge bald unter und sie wolle noch ein Stückchen gehen, bevor es dunkel werde.

Als sie nach einer knappen Stunde wieder bei der Bushaltestelle ankam, leicht verschwitzt und angenehm müde, sah sie das kleine Mädchen in dem weißen Kleid noch immer auf der Bank in dem Bushäuschen sitzen. Inzwischen war die Sonne in einem leuchtenden Abendrot untergegangen und der Himmel wurde rasch dunkel. Merkwürdig, dachte Hanna, es fährt doch jetzt gar kein Bus mehr. Worauf wartet das Kind?

Sie betrat das Häuschen und setzte sich neben die Kleine, die regungslos vor sich hinsah und sie gar nicht zu bemerken schien. Die Herbstluft war deutlich abgekühlt; von der angenehmen Wärme des Tages war nichts mehr zu spüren. Hanna sah, wie das Mädchen fröstelnd die Schultern hochzog. Kein Wunder, dachte sie, bei dem dünnen Kleid und den fast nackten Armen und Beinen! Sie unterdrückte den Impuls, das Kind in die Arme zu nehmen, um es zu wärmen.

„Hallo, meine Kleine", sagte sie stattdessen freundlich lächelnd. „Wartest du immer noch auf den Bus? Aber der letzte ist schon weg, es kommt jetzt keiner mehr."

Keine Reaktion. Das Mädchen sah weiter geradeaus. Ihr Gesicht wirkte starr und maskenhaft. Ob sie sie nicht gehört hatte? Zunehmend beunruhigt musterte Hanna das kleine Mädchen. Warum reagierte das Kind nicht? Bemüht, möglichst wenig einschüchternd zu wirken, sprach Hanna weiter: „Du brauchst keine Angst zu haben, Kind, ich will dir nichts tun. Wo sind denn deine Eltern?"

Wieder keine Antwort. Hanna bemerkte, dass das Kind anfing zu zittern vor Kälte. Die Kleine konnte unmöglich länger hier sitzen bleiben, sie würde sich noch den Tod holen bei der Witterung. Ratlos sah Hanna sich um. Die Straße war leer, nur hin und wieder fuhr ein Auto vorbei. Inzwischen war es schon fast vollkommen dunkel geworden; nur die Straßenlaternen warfen ihr spärliches Licht auf die Straße.

„Sag mal, du musst doch frieren in dem dünnen Kleid. Komm, ich gebe dir meine Jacke, dann wird dir wärmer." Hanna zog ihre Sportjacke aus und legte sie dem Kind um die Schultern. Zum ersten Mal gewahrte sie so etwas wie eine Reaktion: Das Mädchen warf ihr einen kurzen Blick zu und zog die Jacke fester um sich. Langsam fing Hanna an, sich ernsthafte Sorgen um das Kind zu machen. Was um Gottes willen hatte die Kleine hier ganz allein am Abend verloren? Offensichtlich saß sie ja schon über eine Stunde hier auf der Bank. Wo waren die Eltern? Wo kam die Kleine her? Warum war sie so hübsch zurechtgemacht, in dem weißen Kleid mit den Blümchen, dem Haarreif und dem Halskettchen? Und warum antwortete sie nicht auf Hannas Fragen? Da stimmte doch etwas nicht! Nein, ganz und gar nicht!

„Willst du mir nicht sagen, wie du heißt?", versuchte sie abermals, dem Kind ein Wort zu entlocken. Zum ersten Mal traf sie ein direkter Blick aus den großen Augen und sie erschrak vor dem Ausdruck grenzenloser Traurigkeit darin. Sie versuchte, dem Blick standzuhalten und lächelte dem Kind zu. Oh Gott, was hatte man der Kleinen angetan! Hannas Herz krampfte sich vor Mitleid zusammen. Was sollte sie nur tun?

Wieder sah sie sich um. In den Fenstern der Einfamilienhäuser flammten nach und nach immer mehr Lichter auf, die anheimelnd und tröstlich wirkten. Die hohen Bäume am Straßenrand standen schwarz vor dem sich vertiefenden Dunkel des Himmels, der im Westen die letzten violetten Streifen verlor. Hanna stand auf und streckte dem Kind auffordernd die Hand entgegen.

„Komm, wir gehen jetzt nach Hause. Du kannst ruhig mit mir gehen, ich tue dir nichts, mein Kind. Hier kannst du nicht bleiben. Sieh nur, es ist ja schon ganz dunkel geworden."

Ein langer Blick aus den Kinderaugen traf Hanna: misstrauisch, prüfend. Sie lächelte so vertrauenerweckend, wie es ihr möglich war, und nickte aufmunternd. Immer noch hielt sie dem Mädchen ihre Hand hin. Zögernd rückte die Kleine auf der Bank nach vorne, im Begriff aufzustehen. Dabei rutschte ihr die Sportjacke von den schmalen Schultern und fiel auf den Boden. Eilig und mit dem Ausdruck größten Schuldbewusstseins griff sie danach, hob die Jacke auf und hielt sie Hanna mit niedergeschlagenen Augen hin.

„Schon gut, das macht doch nichts, halb so schlimm", sagte Hanna begütigend. Sie nahm die Jacke und wickelte das Mädchen darin ein. Dann reichte sie ihr wieder die Hand, die die Kleine zögernd ergriff, während sie zu Hanna aufschaute.

Diesmal meinte Hanna einen Anflug von Vertrauen im Blick

des Kindes zu entdecken. Sie fasste die eiskalte kleine Hand fest mit ihrer warmen, großen, und zusammen gingen sie die wenigen Meter zu ihrem Haus. Thomas wird wissen, was zu tun ist, dachte Hanna, schließlich ist er Polizist.

2

Als Thomas Morgenroth, Kriminalhauptkommissar und Leiter der 1. Fachkommission der Polizeiinspektion Cloppenburg, an dem Tatort eintraf, zu dem er am frühen Abend gerufen worden war, hatten seine Kollegen von der Bereitschaftspolizei das Gelände schon mit einem weiß-roten Plastikband abgesperrt. Gerade waren die Spezialisten vom Fachkommissariat 5, Kriminaltechnik und Spurensicherung, dabei, über der Leiche ein Plastikzelt zu errichten, das den Toten vor Witterungseinflüssen und vor den Blicken der Neugierigen schützen sollte. Dr. Helmut Kretschmer, der grauhaarige Gerichtsmediziner aus Oldenburg, kniete neben der Leiche und untersuchte sie. Während Thomas den weißen Schutzanzug anzog und die Plastikhüllen über seine Schuhe streifte, musterte er die Umgebung.

Sie befanden sich am Rande eines riesigen Gemüseackers, auf dem üppige Kohlrabipflanzen in Reih und Glied standen und darauf warteten, geerntet zu werden. Auf etwa einem Viertel des Feldes waren nur noch die Strünke übriggeblieben, von denen die Erntearbeiter die Knollen samt einiger graugrüner Blätter abgetrennt hatten. Eine schmale Asphaltstraße führte durch die weitläufigen Gemüse- und Getreidefelder; sie bot gerade mal einem Fahrzeug Platz und wurde begrenzt durch einen schmalen Streifen Gras und Wildkräuter. Auf der anderen Seite der Straße breitete sich ein weites Rapsfeld aus, dessen leuchtend gelbe Blüten dem herbstlichen Wetter trotzten. Etwas weiter die Straße hinunter standen hohe, dürre Maispflanzen, schon braun und vertrocknet, als ob man vergessen hätte, sie zu mähen. In einiger Entfernung drehten sich träge die gigantischen Flügel von vier Windrädern. Über allem dehnte sich ein klarer, graublauer Herbsthimmel, der im Westen anfing dunkler zu werden, während die letzten Strahlen der Sonne lange Schatten erzeugten.

Am Rande des Gemüsefeldes stand ein Lastwagen mit leeren Plastikkisten für den morgigen Erntetag bereit, daneben ein Toilettenwagen mit zwei Kabinen, zwischen denen in der Mitte ein kleines Handwaschbecken, ein Seifenspender, ein Spiegel und ein Behälter für Papierhandtücher montiert waren. Immerhin, dachte Thomas, für die elementaren Bedürfnisse der Erntehelfer, die hier den ganzen Tag im Freien arbeiten, ist gesorgt. Hinter der Absperrung sah er eine Frau stehen, die die Arbeit der Polizei beobachtete. Ein Polizist in Uniform stand mit gezücktem Schreibblock bei ihr; offenbar nahm er ihre Personalien auf.

Thomas wandte den Kopf, als er das Geräusch eines Motorrades näherkommen hörte: Kriminaloberkommissar Jan Hendrik Klüver auf seiner Honda traf ein, mit seiner Kollegin Susanne Holtmann auf dem Sozius. Seit die beiden vor einigen Wochen ein Paar geworden waren, waren sie schier unzertrennlich. Beide in schwarzes Leder gehüllt, mit identischen Helmen, auf denen ein roter Blitz die Blicke auf sich zog, erinnerten sie aufdringlich an die Partnerlook-Mode der siebziger Jahre. Normalerweise hätte Thomas sich eine spöttische Bemerkung über dieses Outfit nicht verkneifen können, aber angesichts des Toten war ihm nicht danach.

„Moin, ihr beiden. Ihr hattet doch hoffentlich nichts anderes vor an diesem schönen Sonntagabend, oder?"

„Natürlich nicht", feixte Jan Hendrik, während er sich durch seine vom Helm zusammengedrückten strohblonden Haare strich. „Wir hätten uns sicher nur gelangweilt ohne das hier."

Susanne Holtmann, frischgebackene Kommissarin und erst

seit einem halben Jahr Mitglied der Polizeiinspektion Cloppenburg, war schon dabei, den Schutzanzug überzustreifen. „Wir sind natürlich so schnell gekommen, wie wir konnten, Chef", sagte sie mit ernstem Gesicht. „Ein Tötungsdelikt hier in unserer Stadt gibt es ja nicht alle Tage."

„Stimmt. Dann wollen wir uns mal ansehen, was wir hier haben."

Nachdem auch Jan Hendrik den obligatorischen Schutzanzug über seine Motorradkluft gezogen hatte, näherten die Kommissare sich dem Plastikzelt.

„Moin, Doktor!", begrüßte Thomas den Mediziner. „Können Sie schon was sagen?"

Der alte Gerichtsmediziner - Dr. Kretschmer stand kurz vor der Pensionierung und hatte schon viele Leichen gesehen - sah nur kurz von seiner Arbeit auf und nickte den Beamten zu.

„Eine Riesenschweinerei ist das hier!"

Ganz gegen seine sonst ausgesprochen ruhige Art zeigte der Mediziner deutliche Anzeichen von Empörung. Gerade hatte er den Reißverschluss der Jacke des Toten geöffnet, dann mit einer Schere das T-Shirt aufgeschnitten und die Brust entblößt.

„Er ist überfahren worden, mindestens zweimal. Seht nur hier: Man sieht deutlich die Abdrücke der Reifen. Der Brustkorb ist eingedrückt worden; wahrscheinlich sind die inneren Organe völlig zerquetscht."

Er zeigte auf die Beine des Toten. Die Hosenbeine der Jeans hatte er ebenfalls der Länge nach aufgeschnitten, um sich einen ersten Eindruck von den Verletzungen machen zu können.

„Beide Oberschenkel sind gebrochen, außerdem weist der ganze Körper zahlreiche Hämatome und Hautabschürfungen auf. Aber das ist noch nicht alles."

Er drehte mit seinen behandschuhten Händen den Kopf des Mannes vorsichtig zur Seite.

„Hier, am Hinterkopf, ist eine Platzwunde, die von einem heftigen Schlag mit einem stumpfen Gegenstand herrührt, seht ihr? Dieser Schlag ist aber wahrscheinlich nicht tödlich gewesen."

Aufmerksam besah er sich die Arme und Hände des Toten.

„An den Fingerknöcheln sind ebenfalls Abschürfungen, was darauf hindeutet, dass der Mann sich geprügelt hat kurz vor seinem Tod. Wenn wir Glück haben, finden wir Fremd-DNA in den Wunden."

Mühsam erhob der Mediziner sich aus der knienden Stellung. Nachdenklich stützte er die Hände in die Hüften, während er auf die Leiche herabsah.

„Es sieht ganz danach aus, dass der Mann in einen Kampf verwickelt war. Offenbar ist es einem seiner Gegner gelungen, ihm einen kräftigen Schlag auf den Kopf zu versetzen, der ihn bewusstlos werden ließ. Dann hat man ihn hierher gebracht und mit einem schweren Wagen überfahren. Anscheinend wollte man einen Unfall vortäuschen." Er schüttelte den Kopf. „Dilettantisch, das Ganze!"

Hauptkommissar Wilhelm Stör, der Leiter des kriminaltechnischen Untersuchungsteams, trat an Thomas heran und reichte ihm einige Gegenstände in einer Plastiktüte. „Das hatte er bei sich: Brieftasche mit Ausweis, dazu eine Bankkarte, einige Papiere, etwas Geld. Ein Schlüsselbund mit zwei Schlüsseln, ein Paket Papiertaschentücher. Sonst nichts." Thomas drehte die Tüte hin und her. „Kein Handy?", fragte er.

Stör, ein hagerer Mann um die fünfzig, wortkarg und überaus penibel, wenn es darum ging, die Spuren an einem Tatort zu sichern, schüttelte den Kopf. Er zeigte auf die Leiche. „Seine Kleidung werden wir später untersuchen; vielleicht finden sich Spuren von den Angreifern. Die Reifenabdrücke hier sind schon gesichert. Es sieht nach einem SUV oder einem Transporter aus. Es gibt auch einige Schuhabdrücke. Die Kollegen sind gerade dabei, sie zu erfassen."

Er wandte sich wieder seinen Mitarbeitern zu, von denen einige damit beschäftigt waren, wegen der fortschreitenden Dämmerung Scheinwerfer aufzustellen, um die nähere

Umgebung des Leichenfundortes auszuleuchten. Thomas blätterte in den Papieren des Toten.

„Dimitru Ducinca, 40 Jahre alt, aus Bukarest, Rumänien. Hat eine Arbeitsgenehmigung als Erntehelfer."

Jan Hendrik und Susanne sahen sich das Foto in dem Ausweis des Toten aufmerksam an und verglichen es mit seinem Gesicht. Susanne schüttelte bedauernd den Kopf. „Der arme Mann!", murmelte sie.

Jan Hendrik deutete mit dem Kinn auf den Erntewagen, an dessen Seite in großen Lettern „Fa. Stowasser, Gemüsebau" zu lesen stand. „Wahrscheinlich war er bei Stowasser angestellt", mutmaßte er, „der beschäftigt ja vor allem Rumänen und Polen auf seinen Gemüsefeldern. Das könnte auch erklären, warum man ihn hier überfahren hat. Womöglich hat sich die Auseinandersetzung in der Nähe abgespielt."

Thomas ging neben der Leiche in die Hocke und betrachtete sie von nahem. „Können Sie sagen, wie lange er hier schon liegt, Doktor?", wandte er sich an den Gerichtsmediziner, der damit beschäftigt war, seine Utensilien zusammenzupacken.

Dr. Kretschmer schürzte nachdenklich die Lippen.

„Noch nicht lange. Der einsetzenden Totenstarre nach seit schätzungsweise drei bis fünf Stunden. Irgendwann am Nachmittag muss es passiert sein. Am helllichten Tag." Er schaute sich um. „Hier steht weit und breit kein Haus und die Straße wird kaum befahren. Gut möglich, dass hier unbemerkt ein Mord geschieht."

„Dass es ein Unfall war, schließen Sie also definitiv aus, Doktor?"

„Für wie wahrscheinlich halten Sie es, dass jemand mit seinem Wagen zweimal versehentlich einen Körper überrollt, Herr Kommissar?" Er schüttelte entschieden den Kopf. „Nein, nein, da wollte jemand auf Nummer sicher gehen." Mit ruckartigen Bewegungen zerrte er die Plastikhandschuhe von den Fingern. „Alles Weitere nach der Obduktion."

„Moment noch, Doktor! Wer hat den Toten eigentlich gefunden?"

Dr. Kretschmer deutete mit dem Kinn in Richtung Absperrung, wo sich der uniformierte Polizist mit einer fülligen Frau mittleren Alters unterhielt. „Die Frau da. Sie kam mit dem Fahrrad vorbei und hat den Toten hier liegen sehen." Der Gerichtsmediziner wandte sich zum Gehen. „Sie können die Leiche jetzt wegbringen lassen, Herr Morgenroth. Die weiteren Einzelheiten finden Sie in meinem Bericht. Tschüss!"

Die Kommissare traten hinter die Absperrung zurück und entledigten sich ihrer Schutzanzüge. Uwe Höltinghaus, Polizeikommissar der Inspektion Cloppenburg, sah ihnen entgegen, bereit, unter Zuhilfenahme seines Notizblocks Bericht zu erstatten. Sein junges Gesicht hatte sich vor Eifer und Aufregung gerötet. Thomas kannte den Streifenpolizisten vom Sehen und redete ihn mit Namen an.

„Moin, Herr Höltinghaus. Sie haben den Anruf entgegengenommen und uns gerufen, nicht wahr?" Er stellte seine Kollegen einander vor. „Was können Sie uns sagen?"

„Das hier ist Frau Lydia Stellmacher. Sie wohnt auf dem Hof dort drüben." Uwe Höltinghaus wies mit dem Stift in die Richtung, wo man weit entfernt zwischen den Baumwipfeln die roten Dächer eines bäuerlichen Anwesens erkennen konnte. „Sie hat den Toten gefunden."

Die Frau neben ihm nickte eifrig zu seinen Worten.

„Ja, Herr Kommissar, so war das. Ich kam mit dem Fahrrad aus der Stadt und wollte nach Hause. Heute ist ja der große Antikmarkt in der Münsterlandhalle, außerdem ist verkaufsoffener Sonntag. Aber das wissen Sie sicher, oder?" Sie blickte zu den Polizisten hinüber, die dabei waren, die Leiche in einen grauen Sarg zu legen und abzutransportieren. In ihrem rundlichen Gesicht spiegelte sich ihre Betroffenheit angesichts des schrecklichen Fundes wider. „Und da habe ich ihn liegen sehen." Sie konnte ihren Blick nicht von dem nüchternen Behältnis mit dem Mordopfer lösen.

17

Thomas räusperte sich, um die Aufmerksamkeit der Frau wieder auf sich zu lenken. „Sie haben ihn also gesehen. Und dann?"

„Na ja, ich bin vom Rad abgestiegen und bin näher zu ihm hingegangen. Zuerst habe ich gedacht, er wäre vielleicht betrunken oder verletzt. Hätte ja sein können, dass er Hilfe gebraucht hätte. Aber dann habe ich gesehen, dass er ganz unnatürlich verrenkt dalag. Und dass er blutete. Am Kopf."

„Haben Sie ihn angefasst? Vielleicht um zu sehen, ob er noch lebte?"

„Um Gottes willen, nein! Ich habe sofort gewusst, dass er tot war. So starr und bewegungslos, wie er dalag!" Sie erschauerte bei der Erinnerung an den Anblick des Toten.

„Gut. Sie haben also nichts angefasst. Und Sie haben auch nichts liegen sehen in der Nähe des Toten? Irgendwelche Gegenstände?"

Die Frau überlegte einen Moment. Dann schüttelte sie den Kopf. „Nein, da war nichts."

„Und dann?"

„Ich habe mein Handy genommen und 110 angerufen. Gott sei Dank hatte ich mein Handy dabei, wissen Sie. Eigentlich brauche ich es gar nicht, es ruft ja doch niemand an, wenn ich unterwegs bin."

Lydia Stellmacher merkte, dass sie abschweifte. Sie stopfte ihre Hände tief in die Taschen ihres Anoraks und versuchte, sich zu konzentrieren. „Jedenfalls, die Polizei kam dann ja auch sehr schnell. Mit Sirene und Blaulicht. Und dem Krankenwagen. Obwohl der gar nicht mehr nötig war", fügte sie hinzu. Unsicher blickte sie wieder zu den Polizisten, die jetzt das Behältnis mit dem Toten abtransportierten. „Aber das habe ich doch vorhin Herrn Höltinghaus schon erzählt. Er hat sich alles aufgeschrieben."

Thomas ignorierte ihren Einwand. „Haben Sie, als Sie in die Stadt fuhren heute Nachmittag - wann war das etwa?"

Die Frau hob nachdenklich die Hand an den Mund, während

sie überlegte. „Das muss etwa gegen halb drei gewesen sein.

„Gut. Haben Sie hier einen großen Wagen gesehen, einen Transporter oder einen Geländewagen, als Sie in die Stadt fuhren? Oder überhaupt irgendwann heute? Vielleicht von Ihrem Haus aus?"

Lydia Stellmacher schüttelte den Kopf. „Nee, mir ist kein Auto aufgefallen. Heute ist ja Sonntag, da ist hier nichts los."

„Gut", sagte Thomas. „Nur ein Frage noch, Frau Stellmacher: Kennen Sie den Toten?"

Wieder schüttelte die Frau den Kopf, um einiges energischer als vorher. „Nee, nie gesehen. Das ist keiner von hier. Kann sein, dass er zu den Saisonarbeitern gehört, die hier auf den Gemüsefeldern arbeiten." Neugierig sah sie den Kommissar an. „Weiß man denn schon, wie es passiert ist? Es war doch sicher ein Unfall, oder? Mit Fahrerflucht?"

Der Kommissar stellte fest, dass die Frau ihren Schock recht schnell überwunden zu haben schien.

„Das können wir jetzt noch nicht sagen. Vielen Dank erst einmal für Ihre Hilfe, Frau Stellmacher. Wenn wir noch weitere Fragen haben, melden wir uns bei Ihnen."

Nachdenklich sah Thomas zu, wie Uwe Höltinghaus die Frau fürsorglich beim Arm nahm und zu ihrem Fahrrad führte. Als der junge Beamte zurückkam, sagte er zu ihm: „Herr Höltinghaus, Sie fahren bitte zu den Bauernhäusern in der Gegend und finden heraus, ob irgendjemand im Laufe des Nachmittags ein großen Wagen, einen SUV oder Transporter, bemerkt hat, der hier entlanggefahren ist." Uwe nickte und machte sich auf den Weg.

Thomas warf einen Blick auf die Kollegen der Spurensicherung, die in immer größerem Radius um den Leichenfundort herum den Boden absuchten. Inzwischen war die Sonne im Westen mit einem spektakulären Abendrot untergegangen, so dass die Scheinwerfer in der zunehmenden Dunkelheit die Umgebung auf gespenstische Art erhellten. Wenn die Täter hier irgendeinen Hinweis auf ihre Anwesenheit hinterlassen haben, und sei er noch so klein: Wilhelm Stör und seine Leute werden ihn finden, dachte der Kommissar.

Er trat zu seinen beiden Kollegen. „Jan Hendrik, du fährst ins Büro und recherchierst alles über die Saisonarbeiter hier im Kreis. Jens kann dir dabei helfen."

Wenn es irgendetwas im Netz über die Firma Stowasser gab, was für die Ermittlung interessant war: Jens Hartmann, der Computernerd vom FK 5, würde es mit Sicherheit finden.

„Susanne, wir beide fahren zu der Unterkunft der Saisonarbeiter und schauen, was die Arbeiter dort zu dem Tod ihres Kollegen zu sagen haben."

3

Inga saß auf dem Sofa im Wohnzimmer vor dem Fernseher, auf dem gerade die Nachrichten liefen, und arbeitete an dem Wochenplan für die Kindergartengruppe namens „Sonnenschein", für die sie zuständig war. Vor ihr auf dem Tisch lagen bunte Kartons, farbige Stifte, Schere und Klebstoff sowie Papier und verschiedene Bastelmaterialien, aus denen sie kleine Figuren und Bilder zusammenklebte. Thema der Woche war das bevorstehende Erntedankfest, also entstanden unter ihren geschickten Händen Äpfel, Kürbisse, Kornähren, Kohlköpfe und was sonst noch zur herbstlichen Ernte gehörte.

Sie blickte von ihrer Arbeit auf, als Hanna mit dem Kind an der Hand ins Wohnzimmer trat.

„Wen haben wir denn da?", fragte sie überrascht, als sie die kleine Besucherin sah. Sie stellte den Ton des Fernsehers leiser, stand auf und kam auf die beiden zu. Das Kind starrte die ihm fremde blonde Frau mit großen Augen an und versuchte, sich hinter Hannas Rücken zu verstecken. Beruhigend legte Hanna den Arm um die Schultern des Kindes und drückte es leicht an sich.

„Keine Angst, Kleines, das ist Inga. Sie tut dir nichts." An ihre Schwiegertochter gerichtet, erklärte sie: „Du wirst es nicht glauben, Inga, die Kleine saß mutterseelenallein an der Bushaltestelle, schon seit fast zwei Stunden. Es fährt aber gar kein Bus mehr von dort ab. Ich habe versucht, mit ihr zu sprechen, wo ihre Eltern sind und so, aber sie sagt kein Wort. Und sie ist völlig verängstigt, schau nur."

Inga blickte fassungslos von der einen zur anderen. „Und da hast du sie einfach mitgenommen?"

„Was sollte ich denn machen? Sie einfach dort sitzen lassen, allein und verfroren, wie sie war?"

Inga schüttelte den Kopf. „Wir müssen sofort die Polizei rufen, was denn sonst?", erklärte sie pragmatisch. „Womöglich machst du dich sonst noch der Kindesentführung schuldig!"

„Natürlich, daran habe ich auch gedacht. Aber können wir damit nicht warten, bis Thomas hier ist? Er ist doch sozusagen die Polizei. Wo ist er überhaupt?"

„Thomas ist zu einem Fall gerufen worden. Ganz in der Nähe ist ein Toter gefunden worden, hat er gesagt. Bis er zurückkommt, das kann dauern." Unschlüssig stand Inga da und sah zu, wie Hanna vor dem Mädchen in die Hocke ging und ihr die Sportjacke auszog.

„Vorerst bleibt die Kleine hier", beschloss Hanna. „Sie muss sich erst einmal aufwärmen. Sicher ist sie todmüde. Wer weiß, wie lange sie schon herumläuft. Und Hunger hat sie bestimmt auch. Sieh nur, wie sie zittert. Das arme Kind!"

Besorgt beugte sich Inga zu dem Kind hinunter, aber das Mädchen wich scheu vor ihr zurück. „Sie hat tatsächlich Angst vor mir", konstatierte die junge Frau. „Natürlich. Ich bin schließlich eine völlig Fremde für sie." Sie überlegte kurz und strich sich dabei mit einer für sie typischen Handbewegung eine Haarsträhne hinters Ohr. Ihre Erfahrung als Erzieherin im Kindergarten ließ sie praktisch denken.

„Ich mache ihr erst einmal etwas zu essen. Du kannst ihr inzwischen etwas anderes anziehen. Etwas Wärmeres. Ich suche gleich mal ein paar Sachen von Isabell heraus, die ihr in etwa passen müssten." Interessiert registrierte sie, wie sich das Mädchen an Hannas Hand klammerte. „Anscheinend hat die Kleine schon etwas Zutrauen zu dir gefasst, Hanna. Das ist ein gutes Zeichen. Vielleicht kannst du ihr ja doch ein paar Worte entlocken." Sie machte sich auf den Weg in die Küche.

Hanna lächelte die Kleine an.

„Wir machen uns jetzt erst einmal ein bisschen frisch, was meinst du?", sagte sie und zog das Mädchen mit sich ins Badezimmer. Widerstandslos ließ sich das Kind Gesicht und Hände waschen und den warmen Schlafanzug anziehen, den Inga in der Zwischenzeit bereitgelegt hatte. Die Plüschpantoffeln mit dem lustigen Hasengesicht und den langen Ohren, die Isabell längst zu klein geworden waren, entlockten dem Mädchen ein erstes winziges Lächeln, das aber sofort wieder verschwand. Als Inga ihr am Küchentisch einen Becher mit warmem Kakao und ein Schinkenbrot hinschob, griff sie heißhungrig zu. Offensichtlich hatte sie lange nichts mehr gegessen. Die beiden Frauen sahen gerührt zu, wie das Kind noch eine zweite Scheibe Brot, diesmal mit Käse, verspeiste.

„Warum nur spricht sie nicht?", fragte Hanna besorgt. „Ob sie vielleicht taub ist?"

„Das können wir leicht feststellen", meinte Inga.

Sie stand auf, stellte sich so hin, dass das Kind ihr den Rücken zukehrte, und klatschte einmal kräftig in die Hände. Erschrocken wandte sich die Kleine um und sah sie an. Inga lächelte ihr beruhigend zu. „Also, hören kann sie. Vielleicht versteht sie nur unsere Sprache nicht?"

„Das könnte natürlich sein", bestätigte Hanna. „Mal sehen: Do you speak english?", fragte sie. Keine Reaktion. „Parles-tu français?", versuchte sie es auf Französisch. Wieder ohne Erfolg. „Hablas espanõl?", gab Inga nun ihre spärlichen Spanischkenntnisse vom letzten Urlaub zum Besten. Sie erntete nur einen verständnislosen Blick aus den großen Augen des Kindes.

„Das bringt nichts, Hanna", resümierte Inga schließlich. „Womöglich kommt sie aus einem der östlichen Länder oder sonst woher. Dafür reichen unsere Sprachkenntnisse nicht."

„Ich glaube sowieso nicht, dass es an der Sprache liegt", meinte Hanna, „ich denke, es hat andere Ursachen, dass sie nicht spricht. Wer weiß, was sie erlebt hat, die arme Kleine. Oder wovor sie weggelaufen ist. Wahrscheinlich ist sie traumatisiert."

Das Mädchen hatte sich inzwischen satt gegessen und gähnte ausgiebig.

„Du bist müde, meine Kleine, nicht wahr?", stellte Hanna fest. „Am besten bringen wir dich jetzt ins Bett. Da kannst du dich erst einmal in Ruhe ausschlafen. Morgen sehen wir weiter."

Sie stand auf und streckte dem Kind die Arme entgegen. Bereitwillig ließ sich das Mädchen hochnehmen und tragen. Gut, dachte Hanna, offenbar hat sie keine Angst mehr vor mir.

„Ich bringe sie oben in mein kleines Gästezimmer", sagte sie zu Inga, „dort hat sie ihre Ruhe."

Während sie das Kind die Treppe hinauf in ihre Dachgeschosswohnung trug, redete sie beruhigend auf es ein. „Ich werde dich Mona nennen, solange ich nicht weiß, wie du heißt, in Ordnung? Ich finde, du siehst aus wie eine Mona, mit deinen braunen Locken. Mona ist ein schöner Name, oder?"

„Sie ist sofort eingeschlafen, kaum, dass ich sie hingelegt hatte. Sie muss total erschöpft gewesen sein", berichtete Hanna, als sie kurze Zeit später ins Wohnzimmer zurückkam. „Ich werde jetzt in der Polizeistation anrufen und fragen, was nun zu tun ist. Auf Thomas zu warten hat ja wohl keinen Sinn. Was meinst du?"

Inga hatte sich mit einem Glas Rotwein aufs Sofa vor den Fernseher gesetzt und schenkte nun ein zweites Glas für ihre Schwiegermutter ein. „Das ist sicher das Beste, Hanna. Wahrscheinlich haben sich die besorgten Eltern schon längst dort gemeldet. Sie werden ihr Kind bestimmt schon schmerzlich vermissen."

Hanna nahm den Telefonhörer von der Ladestation im Flur und setzte sich zu Inga aufs Sofa.

„Polizeiinspektion Cloppenburg, Holthus am Apparat", meldete sich die tiefe Stimme des Dienststellenleiters. Hanna kannte Polizeihauptmeister Richard Holthus recht gut, wie jeder in der 35 000-Seelen Stadt. Der korpulente Beamte wurde wegen der gemütlichen, aber zuverlässigen Art, mit der er seinen Dienst versah, bei der Bevölkerung sehr geschätzt.

„Moin, Herr Holthus. Hier ist Hanna Morgenroth."

„Ah, Frau Morgenroth! Wenn Sie Ihren Sohn sprechen wollen: Der ist noch unterwegs am Tatort. Es gab nämlich einen merkwürdigen Todesfall ..."

„Nein, nein, deswegen ruf ich nicht an. Da gibt es etwas anderes, was ich melden möchte. Ich habe ein Kind gefunden, mutterseelenallein, und jetzt möchte ich wissen, ob jemand ein Kind als vermisst gemeldet hat."

„Gefunden? Sie haben ein Kind gefunden?"

„Ja. Ein kleines Mädchen. Vielleicht vier oder fünf Jahre alt. Sie saß stundenlang an der Bushaltestelle ganz in der Nähe von hier, obwohl gar kein Bus mehr fährt um diese Zeit. Völlig verängstigt und verfroren war sie."

„Haben Sie sie denn nicht gefragt, wie sie heißt und was sie dort macht?"

„Das ist ja das Merkwürdige. Sie spricht kein Wort."

Verblüfftes Schweigen am anderen Ende der Leitung.

Dann fragte Holthus: „Wo ist das Mädchen jetzt?"

„Ich habe sie mit nach Hause genommen, ihr was zu essen gegeben und ins Bett gesteckt. Sie war todmüde, das arme Ding."

„Sie hätten natürlich sofort zu uns kommen müssen, Frau Morgenroth!"

„Ja, ich weiß. Aber ich dachte, Thomas wäre zu Hause, und er ist ja schließlich Polizist ..."

„Okay. Ich sehe jetzt erst einmal nach, ob ein Kind in dem Alter als vermisst gemeldet worden ist. Warten Sie bitte einen Augenblick, Frau Morgenroth."

Hanna hörte, wie Holthus etwas in den Computer tippte. Nach kurzer Zeit meldete sich der Beamte wieder.

„Hören Sie? Uns liegt keine Vermisstenmeldung vor. Bis jetzt jedenfalls. Vielleicht haben die Eltern noch gar nicht bemerkt, dass das Kind von zu Hause verschwunden ist. Wahrscheinlich ist die Kleine alleine losgelaufen und hat sich verirrt. So was kommt vor. Wir müssen noch etwas abwarten."

„Und was machen wir nun mit dem Kind?"

Kurzes Schweigen. Holthus überlegte.

„Im Moment ist die Kleine ja bei Ihnen gut aufgehoben, Frau Morgenroth. Das Beste wird sein, wir lassen sie schlafen. Ich nehme Ihre Meldung auf und wenn die Eltern sich bei uns melden, sage ich Ihnen Bescheid. Geben Sie mir bitte noch eine genaue Beschreibung des Kindes: Alter, Aussehen, Kleidung, eventuelle Besonderheiten ..."

„Das klingt sehr vernünftig, Herr Holthus. Also: Sie ist ungefähr vier oder fünf Jahre alt, hat lockiges, braunes Haar, grüne Augen, ein niedliches Gesicht. Sie hatte ein weißes Sommerkleid an mit roten Blümchen darauf, weiße Söckchen und braune Sandalen. Um den Hals und am Handgelenk trug sie je ein Silberkettchen mit herzförmigen Anhängern dran." Hanna hielt kurz inne und überlegte. „Ach ja. Was ich ein bisschen merkwürdig finde: Ihre Fingernägel sind knallrot lackiert. Ungewöhnlich bei einem solch kleinen Mädchen. Aber sonst ... Mir ist nichts weiter aufgefallen. Nur, dass sie sehr verängstigt wirkt. Und eben, dass sie kein Wort sagt."

„Habe ich notiert. Kommen Sie gleich morgen Früh aufs Polizeirevier mit dem Kind. Wenn sich bis dahin die Eltern nicht gemeldet haben, verständigen wir das Jugendamt. Das wird sich dann weiter um die Kleine kümmern. Neun Uhr?"

„Wir werden pünktlich sein, Herr Holthus. Vielen Dank erst einmal. Tschüss!" Hanna legte auf.

Inga sah sie fragend an. „Morgen gehe ich mit der Kleinen zur Polizei", erklärte Hanna. Sie nahm ihr Weinglas und betrachtete geistesabwesend die satte rote Farbe des Getränks.

„Das arme Kind", sagte Inga. „Was ist da nur passiert? Und was wird nun aus ihm werden?"

Nachdenklich trank Hanna einen Schluck Wein. „Ja, das arme Kind." Sie seufzte. „Ich denke, morgen wissen wir mehr."

Die Tür ging auf und Isabell stand da in ihrem rosafarbenen Hello-Kitty-Schlafanzug, die blonden Zöpfchen zerzaust, mit ihrem Lämmchen-Stofftier im Arm, und rieb sich die Augen. Offensichtlich hatte sie schon geschlafen. „Oma, du hast noch gar keine Gutenachtgeschichte vorgelesen", sagte sie vorwurfsvoll.

„Ich komme", antwortete ihre Großmutter, sprang auf und nahm ihre Enkelin auf den Arm. „Ich habe ein ganz tolles neues Buch ..."

4

Die Wohnanlage, in der die zumeist ausländischen Saisonarbeiter der Firma Stowasser-Gemüsebau untergebracht waren, wurde von den Marketingleuten der Firma gerne als „Hotel" bezeichnet, und tatsächlich glich der moderne Bau eher einer schlichten, aber zweckmäßigen Hotelanlage als einer behelfsmäßigen Arbeiterunterkunft. Als Thomas und Susanne ihren Dienstwagen auf dem weitläufigen, baumbestandenen Parkplatz abstellten, meinte der Kommissar nach einem anerkennenden Blick auf die gepflegte Umgebung des Gebäudes, wo im Licht der rundum aufgestellten Laternen in den Grünanlagen sogar ein kleiner See glitzerte: „Das hier hat nichts mehr zu tun mit den vor Jahren noch üblichen Unterkünften, die zu Recht als menschenunwürdig angeprangert worden sind. Alles, was recht ist: Da hat sich Gott sei Dank einiges getan."

Die Beamten gingen auf das langgestreckte Gebäude zu, in dem viele Fenster erleuchtet waren, und öffneten die Tür zu einem geräumigen Aufenthaltsraum. Es herrschte reges Treiben. Den arbeitsfreien Sonntag nutzten offenbar viele der Bewohner, ihre wöchentlichen Besorgungen oder Verrichtungen wie Wäschewaschen, Saubermachen, Aufräumen und Ähnliches zu erledigen. Durch eine geöffnete Tür konnte Thomas in die Küche sehen, in der einige Bewohner dabei waren zu kochen, andere saßen an den Tischen, lasen oder spielten Karten. Der Fernseher lief ohne Ton; kaum einer achtete auf das, was auf dem Bildschirm zu sehen war. Stimmengewirr erfüllte den Raum in Sprachen, die Thomas nicht verstand.

Als die Beamten den Raum betraten, hielten die Männer und Frauen in ihrer Tätigkeit inne und sahen ihnen neugierig entgegen. Thomas zückte seinen Ausweis und hielt ihn hoch, Susanne tat es ihm gleich.

„Meine Herrschaften, darf ich einen Augenblick um Ihre Aufmerksamkeit bitten?", fragte Thomas mit erhobener Stimme. Sogleich trat Stille ein und alle Augen wandten sich ihm zu.

„Mein Name ist Kriminalhauptkommissar Thomas Morgenroth, das hier ist meine Kollegin, Kommissarin Susanne Holtmann."

Überraschtes Gemurmel folgte seiner Vorstellung.

„Ich muss Ihnen leider mitteilen, dass Herr Dimitru Ducinca heute Nachmittag tot aufgefunden worden ist."

Betroffenes Schweigen. Die Männer, die an einem Tisch zusammensaßen und Karten gespielt hatten, ließen ihre Blätter sinken und sahen einander ungläubig an. Eine junge Frau, Thomas schätzte sie auf höchstens fünfundzwanzig Jahre, die an einem der Tische Wäsche zusammenlegte, hielt sich erschrocken die Hand vor den Mund. Eine schmale Dunkelhaarige setzte ihr Bügeleisen ab und starrte die Beamten entsetzt an. In den Gesichtern der anderen sah Thomas nur Unverständnis. Er war sich nicht sicher, ob die ausländischen Arbeiter überhaupt Deutsch verstanden.

„Können Sie mich verstehen?", fragte Thomas in die Runde. „Ist jemand unter Ihnen, der Deutsch spricht und übersetzen kann?"

Einer der Männer an dem Kartentisch hob zögernd die Hand.

„Wie ist Ihr Name, bitte?", fragte Thomas.

„Maxim Davila", antwortete der Angesprochene.

„Gut, Herr Davila. Wie steht es mit den anderen hier?"

Davila, ein kräftiger, untersetzter Mann mit kleinen schwarzen Augen unter buschigen Augenbrauen, antwortete in gebrochenem Deutsch: „Wohl etwas verstehen die meisten hier. Kommen aus Polen und Rumänien. Aber schlecht sprechen. Ich lerne Deutsch in Volkshochschule. Kann übersetzen."

Er lächelte beifallheischend in die Runde und wischte sich eifrig die Hände an seiner Jeanshose ab, bevor er auf die beiden Männer an seinem Tisch wies. „Das ist Adrian Rudarin und das ist Bogdan Babicinc. Kommen aus Bukarest, wie ich. In Bukarest schlecht für Arbeit, deshalb kommen hierher." Die Männer nickten den Kommissaren zu, ohne zu lächeln. „Die anderen hier sind Polen", fuhr Davila fort. „Sprechen kaum Deutsch. Sie nicht gut kennen Dimitru. Wegen andere Sprache", fügte er erklärend hinzu.

Thomas musterte die Männer im Raum. Herbe dunkle Gesichter, dichtes schwarzes Haar, hier und da durchsetzt mit grauen Strähnen. Der, den Maxim als Bogdan bezeichnet hatte, war hochgewachsen, hager, mit einer großen Hakennase und einem langen, mageren Hals, der ihm das Aussehen eines Geiers gab. Der andere war jünger, athletisch gebaut und gutaussehend. Unter den Polen gewahrte er meist jüngere Männer, die vom Aussehen her durchaus auch Deutsche sein konnten.

Maxim Davila winkte eifrig die beiden Frauen heran, die schüchtern näherkamen. „Das ist Sorana Beculescu und das ist Dora Kovaci. Auch aus Rumänien."

Während Susanne die Namen in ihr Smartphone-Notizbuch eintippte, versuchte der Kommissar den Frauen möglichst vertrauenerweckend zuzulächeln. Die jüngere, eine hübsche Frau mit einem Wust lockiger schwarzer Haare, die sie mit einem bunten Tuch zusammengebunden hatte, erwiderte sein Lächeln zaghaft, während die ältere, Dora Kovaci, ihn mit ernstem Gesicht aufmerksam musterte.

„Sie haben Ihren Landsmann, Herrn Ducinca, also gut gekannt? Was können Sie uns über ihn sagen?"

Thomas wartete, bis Davila übersetzt hatte.

„Dimitru guter Mann, ruhig, hilfsbereit. Guter Arbeiter, sehr fleißig", übersetzte Davila schließlich die bruchstückhaften Äußerungen seiner Kollegen. „Meist allein, manchmal viel trinken. Aber er nicht viel gesprochen. Dimitru erst seit diesem Sommer hier in Deutschland. Ist vorher irgendwo in Italien gewesen. Oder Spanien. Weiß nicht genau."

„Hatte er mit irgendjemandem Streit? Oder eine Auseinandersetzung in letzter Zeit?"

Die fünf Rumänen sahen sich unschlüssig an, bevor einige Bemerkungen hin und her flogen. Thomas meinte das deutsche Wort „Stedefuß" herauszuhören.

„Nun?", forderte er Davila zum Übersetzen auf.

„Also ...", begann der Mann zögernd, „ich weiß nicht, ob ich sagen soll ..." Davila suchte mit den Augen Rat bei seinen Landsleuten. Sorana nickte ihm aufmunternd zu.

„Dimitru hat Streit mit Stedefuß. Stedefuß ist Vorarbeiter. Letzte Woche ich heimlich höre Streit, laut und heftig, zwischen beiden. Ich höre, geht um Geld."

„Um Geld? Worum genau ging es da?"

„Weiß ich nicht. Konnte nichts weiter hören!"

Davila schüttelte heftig den Kopf. Thomas erkannte, er würde von ihm nicht mehr erfahren. Fragend blickte er seine Kollegin an, die sich bisher an der Vernehmung nicht beteiligt, sondern nur einige Stichworte notiert hatte. Susanne nickte. Offenbar hatte sie ebenfalls den Eindruck, dass die fünf Rumänen nichts weiter zur Aufklärung des Mordes beitragen konnten. Vorerst wenigstens.

„Gut", sagte Thomas abschließend. „Könnten Sie uns bitte den Schlafraum von Dimitru Ducinca zeigen?"

Maxim Davila stand eilig auf. „Er mit mir zusammengewohnt. Ich zeige, wo wir schlafen."

Die Kommissare folgten ihm in den Schlafraum, den Ducinca sich mit Davila und zwei anderen Männern geteilt hatte. Thomas sah sich in dem Raum um: Helles Holz, blaugrauer Teppichboden, weiße Wände, ein großes Fenster mit Blick auf den Park. Modern und zweckmäßig, dachte er. Gar nicht so übel. Für einen begrenzten Zeitraum konnte man sich hier sicherlich einrichten, auch wenn das Zusammenleben mit drei weiteren Männern nicht viel Privatsphäre bot. Immerhin hatte jeder der Bewohner Platz für die eigenen Habseligkeiten.

„Hier zwei Polen schlafen", erklärte Davila, auf ein Etagenbett weisend. „Sind jetzt nicht da." Er ging weiter in den Raum hinein und zeigte auf den Kleiderschrank. „Das ist Schrank von Dimitru. Ist abgeschlossen, seine Seite."

Thomas nahm ein Paar Plastikhandschuhe aus seiner Jackentasche und streifte sie sich über die Hände, holte den Cellophanbeutel mit den Sachen des Toten heraus und entnahm ihm den Schlüsselbund, an dem nur zwei Schlüssel hingen. Der kleinere davon schien zu der Schranktür zu passen. Der größere war sicher für die Eingangstür gedacht, nahm Thomas an. Er schloss den Spind auf. Der Inhalt war überschaubar. Ein Stapel Hemden, Pullover und T-Shirts, einige Hosen, Unterwäsche, Schlafanzüge, dazu Schuhe und Strümpfe sowie ein paar Jacken, die ordentlich auf Bügeln hingen. Ein Kulturbeutel mit den üblichen Utensilien wie Rasierzeug, Kamm und Haarbürste, Zahnpasta und Zahnbürste. Neben einem Stapel Handtüchern fand Thomas Shampoo, Duschgel und Rasierwasser. Nichts Besonderes also. Vorsichtig durchsuchte er den Kleidungsstapel, befühlte die Taschen der Jacken und schaute zwischen die Wäsche. Nichts. Dann nahm er die Schuhe und Stiefel in Augenschein, die aufgereiht unten auf dem Boden des Schrankes standen. Als er mit der Hand in einen Stiefel hineingriff, fühlte er etwas Merkwürdiges. Er drehte den Stiefel auf den Kopf und schüttelte ihn. Ein aufgerolltes Bündel Geldscheine fiel heraus und landete auf dem Teppichboden.

„Was haben wir denn hier?", fragte Thomas überrascht, ohne eine Antwort von Susanne oder dem mit offenen Mund dastehenden Rumänen zu erwarten. Vorsichtig zog er das Gummiband, mit dem die Scheine zusammengehalten wurden, von der Rolle ab und faltete das Geldbündel auseinander. „Lauter Hunderter und Fünfziger", stellte er fest. Er hielt Susanne das Geld hin. „Was schätzt du, wie viel ist das?"

„Das sind mindestens zehntausend Euro, wenn nicht mehr", mutmaßte Susanne. „Woher hatte der Mann so viel Geld?"

Maxim Davila starrte wie gebannt auf die Geldscheine.

„Haben Sie von diesem Geld gewusst, Herr Davila?" Thomas' Frage riss Davila aus seiner Starre. „Ich? Nein, ich nichts gewusst davon. Dimitru nie spricht von Geld zu Kollegen. Überhaupt Dimitru nicht spricht viel."

Thomas warf ihm einen prüfenden Blick zu. Der Mann sagt die Wahrheit, dachte er. Er wickelte das Geld wieder zu einer Rolle zusammen und steckte es zu den anderen Utensilien des Toten in den Plastikbeutel. Vielleicht konnten die Leute von der Spurensicherung Fingerabdrücke an den Scheinen feststellen, die eventuell einen Hinweis auf den Mörder gaben.

„Das wär's fürs Erste", sagte er zu dem immer noch wie vom Donner gerührt dastehenden Rumänen. „Vielen Dank, Herr Davila. Sie waren uns eine große Hilfe. Wenn wir noch Fragen haben, melden wir uns wieder bei Ihnen."

Davila sah den Kommissaren stumm hinterher, als sie den Raum verließen, bevor er ihnen kopfschüttelnd in den Aufenthaltsraum folgte.

„Wieviel verdient eigentlich ein Erntearbeiter, weißt du das?", fragte Thomas seine Kollegin, als sie zu ihrem Auto gingen. „Kann der Tote so viel Geld gespart haben?"

Susanne schüttelte den Kopf. „Das glaube ich eher nicht. Ich denke, wir sollten uns diesen Stedefuß, von dem die Rede war, einmal vornehmen. Vielleicht weiß der, woher das Geld stammt."

5

Es war schon spät in der Nacht, als Hanna ihren Sohn nach Hause kommen hörte. Sie hatte nicht einschlafen können, weil die Sorge um das kleine Findelkind ihr keine Ruhe ließ.

Sie stand auf, zog ihren alten Frotteebademantel über, schlüpfte in die ebenso betagten Filzpantoffeln und ging leise die Treppe hinunter in die Küche. Ihr Sohn stand am Kühlschrank und trank Milch aus dem Karton. Hanna schüttelte leise lächelnd den Kopf. Wie oft hatte sie ihn schon ermahnt, sich doch ein Glas zu nehmen! Diesmal verzichtete sie jedoch darauf, ihn zu tadeln. „Gib mir bitte auch etwas Milch, Thomas!", bat sie stattdessen, nahm ein Glas aus dem Schrank und setzte sich an den Tisch.

„Natürlich, Mama!"

Thomas ließ sich ebenfalls auf einen Stuhl sinken. Müde strich er sich mit beiden Händen übers Gesicht. Hanna betrachtete ihren Sohn mitleidig. Wie erschöpft er aussah! Sicher hatte ihn der neue Fall so lange im Büro festgehalten. Sein dunkler Dreitagebart ließ ihn älter erscheinen als neununddreißig, erst recht, wenn die Müdigkeit seine Augen wie jetzt zu kleinen Schlitzen werden ließ.

„Wie war dein Tag, mein Junge? Ein Mordfall, nehme ich an?"

Thomas seufzte. „Ja, und ein ziemlich scheußlicher dazu. Einer der rumänischen Saisonarbeiter ist absichtlich überfahren worden, mindestens zweimal. Ziemlich übel zugerichtet, der Mann."

„Habt ihr schon eine Spur?"

„Nein, bis jetzt stochern wir noch im Nebel. Wir brauchen

mehr Informationen. Merkwürdigerweise haben wir im Besitz des Toten ein großes Bündel Geld gefunden. Zehntausend Euro! Komisch!" Er hielt inne, in Gedanken noch völlig bei den Ereignissen des Abends. „Mal sehen, was der Obduktionsbericht morgen sagt, und der Bericht von der Spurensicherung." Er gähnte herzhaft. „Und hier? Alles in Ordnung?"

„Hat man dir auf dem Revier nicht gesagt, dass wir ein Kind bei uns haben? Ein kleines Mädchen." Hanna berichtete ihrem Sohn im Telegrammstil, was vorgefallen war.

„Soll das heißen, das Kind liegt jetzt bei dir oben in dem kleinen Zimmer und schläft?", fragte er ungläubig.

„Ja. Sie war völlig erschöpft, die Kleine. Morgen gehe ich mit ihr zur Polizei. Vielleicht liegt bis dahin ja eine Vermisstenanzeige vor und wir können das Kind seinen Eltern übergeben."

„Gut." Thomas gähnte wieder. „Jetzt lass uns schlafen gehen, Mama. War ein anstrengender Tag."

Er fasste seine Mutter um die Schulter und verließ mit ihr die Küche. „Morgen sehen wir weiter. Gute Nacht!"

6

„Schläfst du schon?"

Die Frage hing in der nächtlichen Dunkelheit, als wären die Worte mit Händen zu greifen. Durch die gemusterten Vorhänge des Fensters drang fahles Mondlicht in das Vierbettzimmer und malte bizarre Formen an die Decke.

Dora Kovaci drehte sich auf den Rücken, verschränkte die Hände hinter dem Kopf und starrte ins Dunkel. „Nein", antwortete sie leise.

Sorana Beculescu im oberen Teil des Etagenbettes versuchte, eine bequemere Haltung einzunehmen. Sie dämpfte ihre Stimme, denn die Wände waren dünn in der Gemeinschaftsunterkunft, die die Saisonarbeiter von der Gemüsefirma zur

Verfügung gestellt bekommen hatten. Seit Beginn der Saison teilten sich die beiden Frauen ein Zimmer mit zwei jungen Polinnen, deren gleichmäßiger Atem anzeigte, dass sie tief und fest schliefen. Kein Wunder, nach den anstrengenden Arbeitstagen auf den Gemüsefeldern.

Sorana und Dora hatten sich, seit sie zu Beginn des Sommers hier eingezogen waren, ein wenig miteinander angefreundet. Nicht, dass sie beste Freundinnen geworden wären, dazu waren die junge Rumänin Sorana aus dem Kleinstädtchen Gura Homorulu nahe der ukrainischen Grenze im Nordosten Rumäniens und die ältere Dora aus den Slums von Bukarest, die stolz darauf war, der Volksgruppe der Roma anzugehören, viel zu unterschiedlich. Jedoch hatten die gemeinsame Sprache und Herkunft, die Notwendigkeit, hier in dem für sie fremden Land Geld verdienen zu müssen sowie das enge Miteinander während der schweren Arbeit auf den Gemüsefeldern sie einander nähergebracht.

„Ich muss immer an den armen Dimitru denken", flüsterte Sorana. „Wer kann ihm das nur angetan haben?"

Dora zog die Bettdecke fester um ihren Körper. Es war empfindlich kalt geworden in den letzten Nächten und die Heizung in der Unterkunft war noch nicht in Betrieb.

„Keine Ahnung! Es ist so schrecklich! Weißt du, ob er Familie hatte?"

„Ich glaube nicht. Und wenn: Stell dir mal vor, was sein Tod für sie bedeuten muss. Traurig!"

„Ich habe ihn immer sehr nett gefunden. So angenehm zurückhaltend und höflich. Und nie zudringlich. Ganz anders als manch anderer hier ..." In Doras Stimme schwang echtes Bedauern mit. Sie dachte an den unauffälligen, wortkargen Mann mit den schwarzen Haaren, der bei der Arbeit nie müde zu werden schien. Allerdings: Seine Verschlossenheit hatte schon etwas Merkwürdiges gehabt ...

„Ja. Und dazu hat er wirklich gut ausgesehen, so groß und kräftig. Obwohl, mein Typ war er ja nicht. Ich mag lieber die

Hellen, Blonden ..." Sorana seufzte vernehmlich. Sie hob den Kopf etwas an und schüttelte ihr langes Haar aus, so dass es sich über das Kopfkissen ausbreitete.

Dora verzog spöttisch den Mund bei Soranas Worten. „Ja ja, ich weiß. Wie deinen Christian, nicht wahr? Ich kann nur wieder einmal sagen, Sorana, lass die Finger von dem Mann! Er ist verheiratet und hat zwei Kinder. Er wird seine Familie nie verlassen, glaub mir!"

„Ach, was weißt du schon ..." Sorana schüttelte unwillig den Kopf, obwohl niemand in dem dunklen Raum es sehen konnte. „Er hat gesagt, dass er mich liebt und nur noch auf den richtigen Zeitpunkt wartet, es seiner Frau zu sagen. Sie ist krank, etwas Langwieriges, sagt er, und er möchte sie jetzt nicht damit belasten. Das ist doch verständlich, oder?"

„Ach, Sorana, du bist ja blind vor Liebe. Das ist doch nur eine Ausrede von ihm. Dabei müsstest du es doch besser wissen. Und außerdem: Denk an deine Tochter! Meinst du, er wird sie einfach so akzeptieren? Ich wette, du hast ihm noch nicht einmal von ihr erzählt, stimmt's?"

Wie kann die Frau nur so naiv sein, dachte Dora. Nun gut, sie war noch jung mit ihren fünfundzwanzig Jahren, zehn Jahre jünger als sie, Dora, aber immerhin hätte ihr die Sache mit dem Vater ihres Kindes, der auf Nimmerwiedersehen verschwunden war, als er von der Schwangerschaft erfuhr, eine Lehre sein müssen. Allerdings, sie selber war ja auch nicht klüger. Wenn sie an Roland dachte ...

Sorana schwieg. Immer, wenn sie an die vierjährige Zofia, ihre kleine Tochter, dachte, zog sich ihr Herz vor Sehnsucht zusammen. Bald hatte Zofia Geburtstag, dann wurde sie fünf, der kleine Schatz. Und ihre Mama konnte nicht bei ihr sein. Ob es ihr gut ging, daheim in Gura Homorulu in dem schäbigen kleinen Haus bei ihrer Oma? Mit dem Geld, das Sorana ihrer Mutter jeden Monat schickte, konnte die Oma zumindest für das Nötigste sorgen und dem Kind das geben, was es brauchte. Aber da waren ja auch noch Soranas fünf kleinere Geschwister, für die ihre Mutter zu sorgen hatte. Seit ihr Vater tot war, fehlte es der Familie an allem. Wenn es doch erst so weit wäre, dass sie ihre Kleine hier nach Deutschland holen könnte, um zusammen mit Christian Wendland in einem der schönen Häuser, die es hier überall gab, zu wohnen! Wieder entfuhr ihr ein sehnsuchtsvoller Seufzer. Sie müsse Geduld haben, hatte er gesagt, nur noch ein bisschen Geduld. Bis zum Ende der Erntesaison, dann werde er alles in die Wege leiten. Damit sie nach Ablauf ihres Arbeitsvertrages nicht wieder zurück nach Rumänien müsse. Nur noch ein paar Wochen ...

Doras Stimme unterbrach ihre Gedanken.

„Meinst du, dass es einer der Arbeiter war, der Dimitru umgebracht hat? Manchmal hatte ich den Eindruck, dass Roland und Stedefuß nicht gerade gut auf ihn zu sprechen waren. Oder?"

„Willst du das etwa der Polizei sagen, Dora?"

„Nein, nein, natürlich nicht! Ich will ja niemanden in Verdacht bringen. Aber unter uns: Weißt du, was zwischen den dreien ist?"

„Nein, nichts Genaues. Ich denke, sie verstehen sich nur einfach nicht. Dieser Wiktor, der mit Roland und Stedefuß häufig zusammensteckt, ist mir auch nicht geheuer. Seit er in der Kolonne ist, sind die drei immer zusammen. Ich habe sie öfter miteinander flüstern sehen, und wenn man dazukommt, gehen sie schnell auseinander und tun so, als ob nichts wäre."

„Das ist mir auch schon aufgefallen. Ich frage mich, was sie dauernd miteinander zu reden haben, wo Stedefuß doch nichts anderes zu tun hat, als uns ständig zur Arbeit anzutreiben, dieser alte Mistkerl. Außerdem starrt er einen immer so aufdringlich an. Einfach eklig, der Typ!"

Sorana kicherte leise. „Das stimmt. Mich zieht er auch ständig mit seinen Blicken aus, der alte Widerling. Und dauernd versucht er einen anzufassen. Ich möchte ihm nicht allein im Dunkeln begegnen. Und dabei hat er schon fast erwachsene Kinder. Wahrscheinlich lässt ihn seine Frau nicht mehr ran."

Wieder lachte sie. „Würde ich auch nicht an ihrer Stelle." Dora gähnte, drehte sich auf die Seite und suchte eine bequeme Schlafstellung. „Jetzt lass uns schlafen, Sorana. Wir müssen morgen wieder früh raus."

7

„Warum hat das Mädchen meine Sachen an?", fragte Isabell erstaunt, als Hanna mit dem fremden Kind an der Hand die Küche betrat. „Hat sie selber nichts anzuziehen?"

„Das Mädchen heißt Mona und ist unser Gast, Isabell, da fragt man nicht so neugierig." Ingas Rüge entsprang weniger dem Bestreben, ihrem Kind gute Manieren beizubringen, als der Tatsache, dass sie im Moment nicht recht wusste, wie sie das überraschende Erscheinen eines fremden kleinen Mädchens in den Kleidungsstücken ihrer Tochter am Frühstückstisch der Familie Morgenroth erklären sollte.

Thomas, der sich gerade sein Brötchen mit einer Scheibe Ammerländer Schinken belegte, versuchte es mit einer logischen Begründung.

„Im Moment hat das Mädchen keine Sachen dabei, deshalb haben wir ihr welche von dir gegeben. Du hast doch nichts dagegen, oder?"

Die Siebenjährige schüttelte heftig den Kopf, so dass ihre kurzen Zöpfe flogen. „Nee, mir sind sie ja sowieso zu klein. Sie kann sie ruhig behalten", meinte sie großzügig. Sie nahm ihren Becher und trank einen langen Schluck von dem warmen Kakao.

Jannik, der Ruhigere des Zwillingspaares, ebenso strohblond und blauäugig wie seine Schwester, schaufelte stumm sein Müsli in sich hinein, während er das fremde Kind interessiert betrachtete.

Hanna musste schmunzeln über die Reaktion der Kinder.

Während sie das kleine Mädchen zu einem Stuhl am Frühstückstisch führte und ihr Kakao in den Becher mit dem rotweißen Nordseeleuchtturm-Henkel füllte, hob sie zu der notwendigen Erklärung an.

„Also, hört zu, Kinder. Mona hat sich gestern verlaufen; sie weiß nicht mehr, wo ihre Eltern wohnen. Deshalb habe ich sie mit zu uns genommen. Heute werde ich mit ihr zur Polizei gehen, damit wir herausfinden, wo sie wohnt, und sie dann zu ihren Eltern zurückbringen. Alles klar?"

„Alles klar", bestätigte Isabell, und Jannik nickte beifällig, die Backen voller Müsli.

Das Mädchen, das Hanna kurzerhand Mona getauft hatte, setzte sich folgsam auf den Stuhl, den Hanna ihr anwies, und aß das Marmeladenbrötchen, das sie vor ihr auf den Teller gelegt hatte. Dazu trank sie manierlich aus dem Becher mit dem Kakao. Ihre großen Augen blickten aufmerksam von einem zum anderen, jedoch ohne ein Anzeichen, dass sie verstand, was gesprochen wurde. Sie selbst hatte noch immer kein Wort gesagt.

Als Hanna am frühen Morgen in das Zimmer gekommen war, hatte sie mit offenen Augen im Bett gelegen und ihr entgegengesehen. Bereitwillig hatte sie sich Hände und Gesicht gewaschen, sich von Hanna die Haare bürsten und mit dem Haarreif bändigen lassen und die Leggins sowie das pinkfarbene Sweatshirt mit dem Kitty-Aufdruck angezogen, die Inga für sie bereitgelegt hatte. Auf Hannas Geplauder hatte sie nicht reagiert, auch ihr Lächeln nicht erwidert. Erst als sie gemeinsam die Treppe herunterkamen und in der Küche die gesamte am Frühstückstisch versammelte Familie Morgenroth ihnen neugierig entgegenblickte, bemerkte Hanna, wie sich eine kleine Hand in die ihre stahl.

Inga und die Zwillinge hatten ihr Frühstück beendet.

„Los, ihr beiden, es wird Zeit für die Schule. Zähne putzen und Jacken anziehen! Der Schulbus wartet nicht!" Inga packte die Schulbrote und die Getränke in die Schultaschen der

Kinder und brachte sie in den Flur. Kurz darauf hörte man die Kinder „Tschüss" rufen und weg waren sie.

„Merkwürdig, dass Holthus noch nicht angerufen hat", meinte Thomas, als seine Frau an den Frühstückstisch zurückkehrte. Er betrachtete nachdenklich das kleine Mädchen, das brav mit im Schoß verschränkten Händen auf seinem Platz saß und vor sich hin sah.

„Allerdings!", bestätigte Inga, während sie anfing, das Geschirr abzuräumen. „Inzwischen sind doch schon ein Tag und eine Nacht vergangen, seit das Kind allein unterwegs ist. Wie kann es sein, dass es nicht vermisst wird?"

Thomas strich sich wie oft, wenn er keine Antwort wusste, über seinen Dreitagebart. „Wir müssen abwarten. Wer weiß, was für ein Drama da passiert ist." Er trank seinen Kaffee aus und stand auf. „Ich muss los. Wir haben heute viel zu tun mit unserem Mordfall."

Hanna sah ihrem Sohn hinterher. Wie sehr er seinem Vater ähnelte! Je älter er wurde, desto mehr erinnerte er sie an ihren geliebten Klaus, der nun schon seit fünf Jahren tot war. Bauchspeicheldrüsenkrebs, hatte die Diagnose geheißen. Nicht einmal ein halbes Jahr hatte es gedauert, bis er den Kampf gegen die tückische Krankheit verloren hatte. Hanna seufzte wehmütig. Sie durfte nicht vergessen, wieder einmal auf dem Friedhof vorbeizuschauen, um zu sehen, ob das Unkraut auf dem Grab gejätet werden musste. Außerdem wollte sie noch ein paar schöne Herbstblumen pflanzen ... Jetzt jedoch hatte sie anderes zu tun. Sie lächelte dem kleinen Mädchen zu, das hier an ihrem Tisch saß und das niemand zu vermissen schien. Um neun Uhr sollten sie auf dem Polizeirevier sein. Sie beendete ebenfalls ihr Frühstück und nahm Mona an die Hand. Bereitwillig stand das Kind auf und ließ sich mitziehen.

„Komm, meine Kleine, wir haben noch was vor."

8

„Moin, Frau Morgenroth!" Polizeihauptmeister Richard Holthus hievte sich aus seinem Sessel hoch und kam mit zur Begrüßung ausgestreckter Hand auf sie zu, als Hanna mit dem Kind das karge Behelfsbüro des Polizisten betrat. Die Polizeidirektion Cloppenburg war vorübergehend in mehreren zu Büroräumen umfunktionierten Containern untergebracht, die an Nüchternheit und Komfortlosigkeit nicht zu überbieten waren. Holthus war nicht der einzige, der es kaum erwarten konnte, dass der Neubau des Polizeigebäudes an der Bahnhofstraße endlich fertiggestellt sein würde.

„Na, wen haben wir denn da?", wandte er sich sogleich an Mona, die furchtsam vor ihm zurückwich und sich hinter Hanna versteckte. Die laute, polternde Stimme und der mächtige Bauch des Polizisten, über dem sich das weiße Uniformhemd gefährlich spannte, waren nicht gerade dazu angetan, dem Kind Vertrauen einzuflößen. Daran konnten auch die freundlichen blauen Augen und das breite Lächeln des grauhaarigen Beamten nichts ändern. Seine ausgestreckte Hand wurde schließlich von Hanna ergriffen, die sie freundlich drückte. „Moin, Herr Holthus", erwiderte sie seinen Gruß. „Tja, da sind wir. Was nun?"

„Bitte, nehmen Sie erst einmal Platz, Frau Morgenroth. Und dann wollen wir uns das Ganze mal ansehen."

Holthus zwängte sich in seinem Schreibtischsessel und aktivierte eine bestimmte Seite in seinem Computer, während Hanna ihren Mantel auszog und ihn in Ermangelung einer Garderobe über die Stuhllehne hängte. Dem Kind nahm sie den wattierten Anorak ab, den Isabell bis vor einem Jahr getragen hatte. Mona drängte sich dicht an sie und ließ den Mann am Schreibtisch nicht aus den Augen. „Sie sehen, Herr Holthus, die Kleine ist total verängstigt. Ich bin froh, dass sie jetzt allmählich etwas Vertrauen zu mir gefasst hat."

Holthus hatte seine Lesebrille aufgesetzt und studierte die Informationen, die auf dem Monitor seines Computers erschienen, nachdem er mit erstaunlich flinken Fingern einige Daten eingetippt hatte. Dann musterte er das kleine Mädchen ausgiebig.

„Es ist immer noch keine Vermisstenanzeige eingegangen, die auf das Kind passt, Frau Morgenroth. Das ist merkwürdig." Er runzelte die Stirn und schüttelte verständnislos den mächtigen Kopf. „Solch ein kleines Kind müsste doch längst von irgendjemanden vermisst werden."

„Das finde ich auch", bekräftige Hanna die Überlegungen des Beamten. „Was machen wir denn jetzt?"

„Am besten erzählen Sie mir erst einmal alles von Anfang an, damit wir ein Protokoll anfertigen können." Holthus rief ein entsprechendes Formular auf seinen Computerbildschirm und machte sich Notizen, während Hanna so sachlich wie möglich schilderte, was geschehen war.

„Und sie hat bis jetzt noch kein Wort gesagt?"

„Nein. Das ist ja das Schwierige. Ich weiß nicht einmal, wie sie heißt. Um sie irgendwie anreden zu können, habe ich sie Mona genannt."

„Mona? Warum denn Mona?"

„Ist mir gerade so eingefallen. Der Name passt zu ihr, finde ich."

Holthus räusperte sich.

„Nun gut. Wir müssen die Kleine jetzt erst einmal erkennungsdienstlich erfassen, das heißt, ihr ungefähres Alter, ihr Gewicht und ihre Größe, die Haar- und Augenfarbe und etwaige besondere Kennzeichen feststellen. Auch ihre Fingerabdrücke müssen wir nehmen. Haben Sie die Kleidung, die sie trug, als Sie sie fanden, mitgebracht, Frau Morgenroth?"

Hanna holte eine Plastiktüte aus ihrer voluminösen Handtasche und breitete das Kleidchen, die Unterwäsche und die Söckchen sowie die Sandalen auf dem Schreibtisch des Beamten aus. Auch die beiden kleinen Silberkettchen mit den roten

Herzanhängern legte sie dazu. „Das ist alles, was sie anhatte. Für das Wetter draußen viel zu wenig. Ich habe ihr Sachen von meiner Enkelin zum Anziehen gegeben."

„Sehr gut! Die Kleine kann von Glück sagen, dass Sie sie gefunden haben, Frau Morgenroth, und nicht jemand, der es nicht so gut meint mit fremden Kindern."

„Aber das ist doch selbstverständlich, Herr Holthus", wehrte Hanna das Lob des Polizisten ab.

„Also. Ich rufe jetzt eine Kollegin, die das Mädchen messen und wiegen wird. Dann telefoniere ich mit dem Jugendamt, damit das Kind in Obhut genommen wird."

„Was geschieht dann weiter mit der Kleinen?"

„Das Jugendamt wird eine geeignete Pflegefamilie suchen, die das Kind aufnimmt."

„Und was unternimmt die Polizei inzwischen?"

„Wir werden eine Suchmeldung nach den Eltern mit einem Foto und den entsprechenden Daten in die Fahndung geben. Gleichzeitig wird die Presse informiert. Kann gut sein, dass jemand das Mädchen auf dem Foto erkennt und sich bei uns meldet. Irgendwo muss sie ja hingehören, die Kleine."

Es klopfte an der Tür und auf Holthus' „Herein" trat eine junge Polizistin in Uniform ein.

„Das ist unsere Polizeimeisteranwärterin Vanessa Achtermann. Sie wird die Kleine jetzt erkennungsdienstlich behandeln, ganz nach Vorschrift." An die Polizistin gerichtet, sagte er: „Das ist das Kind, Frau Achtermann. Nehmen Sie es mit. Sie wissen ja, was zu tun ist, nicht wahr?"

„Selbstverständlich, Herr Holthus." Die junge Frau beugte sich zu Mona hinunter, lächelte sie freundlich an und versuchte, sie bei der Hand zu nehmen. Erschrocken zuckte die Kleine zurück. Sie drängte sich an Hanna und umklammerte mit beiden Armen deren Hüfte. Immer wieder schüttelte sie den Kopf, die Lippen fest zusammengepresst und die Augen angstvoll auf die verblüffte Polizistin gerichtet.

„Es wird wohl am besten sein, wenn Sie mitgehen, Frau

Morgenroth", meinte der Polizeimeister. Hanna nickte nur, nahm das Kind auf den Arm und folgte der angehenden Beamtin. Es ging über den kahlen Hof in einen anderen Container und dort in einen kleinen Raum, wo neben einer elektronischen Waage, einem Größenmesser und einem Fotoapparat auch ein digitales Messgerät zur Erfassung der Fingerabdrücke bereitstand. Folgsam ließ sich das Mädchen messen und wiegen, legte brav die kleinen Hände auf das Fingerabdruckgerät und setzte sich bereitwillig auf einen hohen Schemel in Positur, damit die Anwärterin eine frontale und eine Profilaufnahme von ihr machen konnte. Die ganze Zeit über kam kein Laut des Protestes über ihre Lippen, aber sie ließ Hanna nicht aus den Augen, voller Sorge, sie könnte den Raum verlassen. Hannas Herz krampfte sich zusammen vor Mitleid mit dem verängstigten Kind. Als die Prozedur beendet war und die Polizistin sich vergewissert hatte, dass Mona außer einem erbsengroßen Leberfleck auf dem rechten Schulterblatt keinerlei besonderen Körpermerkmale besaß, kehrte Hanna mit dem Kind wieder in das Büro des Polizeihauptmeisters zurück.

Eine hochgewachsene Frau mittleren Alters saß Holthus gegenüber auf dem Besucherstuhl. Sie erhob sich, als Hanna mit dem Kind eintrat. Holthus stand ebenfalls auf.

„Das ist Frau Geschonnek vom Jugendamt", erklärte der Polizeimeister. „Ich habe sie telefonisch über unser Problem informiert und sie ist gleich herübergekommen, das Jugendamt ist ja nicht weit von hier. Frau Geschonnek ist stellvertretende Amtsleiterin und zuständig für die Inobhutnahme von Kindern."

Holthus stellte Hanna vor. Die beiden Frauen reichten sich die Hände. Hanna erkannte an dem desillusionierten Blick und an den herben Falten um den Mund der Frau, dass Annette Geschonnek schon viel Kinderleid erlebt hatte. Um so mehr bewunderte sie die Warmherzigkeit und das Einfühlungsvermögen der Sozialpädagogin, als sie jetzt in die Hocke ging, um auf Augenhöhe mit dem Kind zu sein, und es freundlich anlächelte,

43

ohne ihm eine Berührung aufzudrängen. „Hallo, meine Kleine?", sage sie mit leiser, weicher Stimme, „wie geht es dir?"

Trotz der Feinfühligkeit dieses Versuchs, ersten Kontakt aufzunehmen, wich Mona zurück und versteckte ihr Gesicht hinter Hannas Hand, die sie krampfhaft mit ihren beiden umklammert hielt.

Frau Geschonnek richtete sich wieder auf und sah Hanna an.

„Sie spricht nicht, sagten Sie?"

„Nein. Ich weiß nicht einmal, wie ihre Stimme klingt."

Nachdenklich sah die Sozialpädagogin das Kind an.

„Das wird schwierig werden", resümierte sie seufzend.

9

Die morgendliche Dienstbesprechung fand in dem provisorischen Besprechungszimmer statt, das man notdürftig mit dem notwendigen Mobiliar und Gerät ausgestattet hatte. Früher waren die Container als Klassenräume genutzt worden, als das Gymnasium nebenan nach Auflösung der Orientierungsstufe aus allen Nähten platzte. Jetzt boten sie der Polizeidirektion Cloppenburg eine immerhin ausreichende Unterkunft, solange sich ihr neues Domizil noch im Bau befand.

Jens Hartmann, der junge Kommissaranwärter, dünn, schlaksig, mit einem Rest von Jugendakne in dem schmalen Gesicht mit der Nerd-Brille, war als Computerspezialist hauptsächlich für Recherchen im Netz zuständig und erfüllte diese Aufgabe mit absoluter Hingabe. Jetzt baute er mit seinen langen, ungemein geschickten Händen den Beamer und den Computer auf, legte Kabel und überprüfte, ob die Bilder in der richtigen Größe auf die Projektionsfläche übertragen wurden. In dem Raum, der stark an ein Klassenzimmer erinnerte, waren Stühle und Tische aufgestellt worden, die ausreichten für die Mitglieder der Sonderkommission, die unter der Leitung des

Kriminalhauptkommissars mit dem Fall befasst waren.

„Ich fasse zusammen, was wir bis jetzt im Mordfall Dimitru Ducinca haben", begann Thomas Morgenroth seine Ausführungen, nachdem er seine Kollegen begrüßt hatte. Während seines Berichtes projizierte Jens Fotos des Toten, des Tatortes und der Umgebung sowie weitere Dokumente an die Wand.

„Der Tote hieß Dimitru Ducinca, 40 Jahre alt, aus Bukarest, Rumänien. Er war seit dem 1. Juni 2016 bei der Gemüsebaufirma Stowasser beschäftigt, die uns allen bekannt ist. Ducinca war ordnungsgemäß beim Kreis angemeldet und hatte einen befristeten Arbeitsvertrag. Er wurde nach der Lohngruppe A1 bezahlt, das entspricht einem Bruttostundenlohn von 7,50 Euro, dem üblichen Lohn eines Saisonarbeiters. Seit 2014 wird der Lohn schrittweise angehoben, bis er ab 1. Januar 2017 den gesetzlichen Mindestlohn von 8,50 Euro erreicht hat. Ducinca wird allerdings nicht mehr in den Genuss dieser Lohnerhöhung kommen, wie es aussieht", fügte der Kommissar lakonisch hinzu.

Allgemeines Gemurmel.

„Ducinca hat beim Arbeitsamt angegeben, nicht verheiratet zu sein und keine Kinder zu haben. Auf dem Konto des Toten bei der hiesigen Volksbank befinden sich 1223,40 Euro. Irgendwelche Wertgegenstände wurden bei ihm nicht gefunden, außer einer handelsüblichen Armbanduhr, die vielleicht achtzig Euro gekostet hat. Allerdings haben wir - und jetzt wird's interessant - gut versteckt im Schrank in seinem Stiefel ein Bündel Geldscheine gefunden: Zehntausend Euro! Was es mit diesem Geld auf sich hat, müssen wir noch klären."

Thomas hob die Hand, um in der Unruhe, die dieser Eröffnung folgte, wieder die Aufmerksamkeit auf sich zu ziehen.

„Nun zu der Tat selber. Dr. Kretschmer hat mir telefonisch die ersten Ergebnisse der Obduktion durchgegeben; den schriftlichen Bericht erhalten wir in Kürze. Der oder die Täter haben den liegenden Körper des Opfers zweimal überrollt. Das geht aus der Tatsache hervor, dass es auf dem Körper zwei verschiedene Reifenabdrücke gibt, aber keine Aufprallspuren. Vorder- und Hinterreifen haben einmal den Oberkörper des Mannes überfahren und einmal die Oberschenkel. Zudem hatte das Opfer eine Wunde am Hinterkopf, die wahrscheinlich von einem Baseballschläger oder etwas Ähnlichem herrührt; es sind winzige Holzpartikel in der Wunde gefunden worden. Dieser Schlag war jedoch nicht tödlich. Zum Tod haben die Quetschungen durch das Auto geführt."

„Konnte Dr. Kretschmer die Todeszeit noch näher eingrenzen?", fragte Jan Hendrik.

„Zwischen 15.00 und 16.00 Uhr, sagt er."

„Was ist mit Blutalkohol oder Drogen beim Opfer?"

„Nur eine geringe Menge Blutalkohol", Thomas sah kurz auf seine Notizen, „0,6 Promille. Der Mann hatte also wohl ein oder zwei Bier getrunken, war aber nicht betrunken. Von Drogen keine Spur. Wenn man von den Verletzungen durch das Auto absieht, war der Mann in einem guten körperlichen Zustand, kräftig und gesund."

Susanne meldete sich zu Wort: „Ducinca hatte doch Abschürfungen an den Handknöcheln. Was ist damit?"

„Das gerichtsmedizinische Labor arbeitet noch daran. Sie versuchen, Spuren von Fremd-DNA zu finden. Der Mann hat sich offensichtlich vor seinem Tod mit jemandem geprügelt. Ob mit seinem Mörder, können wir natürlich noch nicht sagen."

Thomas wandte sich an den Leiter des Fachkommissariats 5, Wilhelm Stör: „Was kann die Spurensicherung uns bis jetzt sagen, Wilhelm?"

Der hagere Mann stand auf und räusperte sich.

„Wir haben in dem weichen Untergrund neben der Straße am Tatort verschiedene Reifenspuren gesichert, die ganz frisch waren, ebenso einen gut sichtbaren Fußabdruck von einem Schuh mit erhöhtem Absatz, vorne spitz zulaufend. Die Breite der Autoreifen und das Profil weisen auf einen schweren Wagen hin, entweder einen SUV oder einen Geländewagen. Wir konnten sogar einen gewissen Grad an Profilabrieb feststellen;

wenn ihr uns also einen entsprechenden Wagen zeigt, kann ich euch sagen, ob der Abdruck von ihm stammt."

Beifälliges Raunen.

„Der Schuhabdruck stammt von einem großen Mann, der die Schuhgröße 47 hat und etwa 90 bis 95 Kilo wiegt. Das konnten wir anhand der Tiefe des Abdrucks feststellen. Außerdem haben wir direkt am Tatort eine frische Zigarettenkippe gefunden; der Täter hat uns also möglicherweise seine DNA hinterlassen. An der Kleidung des Toten konnten wir nichts Besonderes finden. Ob in den Schürfwunden an den Handknöcheln oder unter den Fingernägeln des Toten noch fremde DNA festgestellt wurde, konnte Dr. Kretschmer uns bisher nicht sagen. Das Labor arbeitet noch daran, wie gesagt."

„Was ist mit den Geldscheinen?", fragte Susanne. „Sind sie schon untersucht worden?"

„Sind in Arbeit", antwortete der Spurenexperte. „Dauert noch ein bisschen."

„Das ist also der Stand der Dinge. Wir haben einige vielversprechende Spuren, denen wir nachgehen müssen: Wem gehörte das Auto, das am Tatort die Spuren hinterlassen hat? Was wissen die Arbeitskollegen oder Freunde über Ducinca, besonders über das Geld? Ein Zeuge sprach von einem Streit, den das Opfer mit einem gewissen Ludger Stedefuß gehabt haben soll. Das ist ein Anhaltspunkt. Kollege Höltinghaus wird herausbekommen, ob die Leute, die in der Nähe des zuletzt bearbeiteten Gemüsefeldes etwas beobachtet haben, an das wir anknüpfen können. Wenn die Ergebnisse der KTU vorliegen, können wir den Fingerabdruck- und DNA-Spuren nachgehen." Er klappte die Akte zu.

„Machen wir uns an die Arbeit, Kollegen!" Die Sitzung war beendet.

10

„Und dann?"

Liesbeth Nording vergaß vor gespannter Neugier fast, das Stück Torte, das sie auf ihrer Kuchengabel balancierte, in den Mund zu schieben. Gerade hatte Hanna ihren beiden Freundinnen von dem Erlebnis mit dem Kind, das sie gefunden hatte, erzählt und war bei der Stelle angelangt, wo Frau Geschonnek vom Jugendamt das kleine Mädchen mitnehmen wollte.

„Es war nichts zu machen. Mona fing an, entsetzlich zu schreien, als Frau Geschonnek sie auf den Arm nehmen wollte, um sie mitzunehmen. Sie hat gestrampelt und gezappelt, bis sie sie wieder losließ. Natürlich haben wir versucht, sie irgendwie zu beruhigen, aber Mona hörte nicht auf zu jammern und zu weinen und klammerte sich an meine Beine. Es war herzzerreißend."

„Ts, ts", machte Edith Helmers und schüttelte den Kopf. „Das arme Kind. Sie muss ja schwer traumatisiert sein, die Kleine. Verständlich, dass sie nicht mit einer Fremden mitgehen wollte, nachdem sie gerade erst ein wenig Vertrauen zu dir gefasst hatte, Hanna." Edith steckte eine Strähne ihres grauen Haars, das mit einer großen silbernen Spange am Hinterkopf zusammengehalten wurde, wieder fest, bevor sie einen Schluck Kaffee nahm.

Die drei Frauen betrachteten nachdenklich und voller Mitgefühl das Kind, von dem die Rede war. Es saß auf einer Decke in der Ecke des Wohnzimmers und blätterte selbstvergessen in einem Bilderbuch.

„Schließlich habe ich angeboten, das Mädchen vorläufig hier bei mir zu behalten, bis sich jemand meldet, zu dem es gehört", setzte Hanna ihren Bericht fort. „Nach einigem Hin und Her war Frau Geschonnek damit einverstanden, mich als Pflegemutter in ihre Kartei aufzunehmen."

„Ach! Und das geht so einfach? Ich dachte bisher, nur

Ehepaare könnten Kinder in Pflege nehmen", meinte Edith. Die Oberstudienrätin, die wie immer ganz in Grau gekleidet war, was ihrem Gelehrtenimage als Altphilologin und Philosophin optisch bestens entsprach, sah ihre ehemalige Kollegin erstaunt an. Edith war zwei Jahre jünger als Hanna und befand sich noch im Schuldienst.

„Das habe ich auch gedacht, aber es gibt Ausnahmen. Dies sei solch eine Ausnahme, sagte Frau Geschonnek. Aber ihr dürft nicht glauben, dass es einfach war."

Hanna machte eine wirkungsvolle Kunstpause und stieß einen tiefen Seufzer aus, während Edith und Liesbeth sie gespannt ansahen. „Ich musste eine Unmenge an Papieren ausfüllen und tausend Fragen beantworten. Über meinen Gesundheitszustand, meine finanzielle Situation, über die Größe meiner Wohnung, sogar wie mein Verhältnis zu der Familie meines Sohnes ist, wollten sie wissen. Unglaublich!"

„Die Behörde will eben genau wissen, wem sie das Kind anvertraut", meinte Liesbeth pragmatisch. „Schließlich trägt sie letztendlich die Verantwortung für ihre Pflegekinder." Die ehemalige Bäckermeisterin - der Familie Nording gehörte eine Reihe von gutgehenden Bäckereifilialen in der Stadt - nahm sich ein zweites Stück von der Käsesahnetorte, die Hanna für ihre Kränzchenschwestern zubereitet hatte, und hielt ihrer Gastgeberin ihre Kaffeetasse zum Nachfüllen hin. Lissy, wie Liesbeth von ihren Freundinnen genannt wurde, stellte mit ihren rundlichen Formen und den kleinen weißen Löckchen einen auffälligen Gegensatz zu der hochgewachsenen und schlanken Edith dar. Ihre Vorliebe für pastellfarbene Blusen mit Rüschen und ihre rosigen Apfelbäckchen trugen dazu bei, diesen äußeren Kontrast noch zu verstärken.

Trotz dieser Unterschiede - Hanna stellte zwischen den optischen Extremen der beiden Frauen ein eher ausgewogenes Mittelmaß dar - waren die drei Freundinnen ein Herz und eine Seele. Ihre allwöchentlichen Treffen bildeten einen Fixpunkt in ihren Kalendern, die nur in extremen Ausnahmesituationen ausfallen durften, dienten sie doch nicht nur dem Austausch wichtiger Neuigkeiten, sondern in viel größerem Maße der Festigung und Vertiefung ihrer jahrzehntelangen Freundschaft.

„Wie wird es denn jetzt weitergehen, Hanna?", fragte Edith. „Du kannst das Kind doch nicht für immer behalten, oder?"

„Wir werden sehen. Ich denke, irgendwann wird die Polizei schon ermitteln, wohin das Kind gehört. Es kann ja nicht vom Himmel gefallen sein."

Hanna betrachtete das kleine Mädchen mit einem liebevollen Blick. Mona nahm von den Frauen keine Notiz, sondern fing an, mit den Legobausteinen, die Hanna ihr in einem großen Pappeimer zum Spielen hingestellt hatte, kleine Bauwerke zusammenzusetzen. Sie hatte noch immer kein Wort gesagt. Die italienischen, griechischen oder skandinavischen Sprachbrocken, mit denen die Mitarbeiter des Jugendamtes versucht hatten, Mona ein Wort zu entlocken, hatten keine Wirkung gezeigt. Schließlich hatte Frau Geschonnek einen Dolmetscher kommen lassen, der die osteuropäischen Sprachen beherrschte, aber das Kind hatte weder auf Russisch noch auf eine der baltischen Sprachen reagiert, ebenso wenig auf eine der Sprachen des Balkanraumes. Auch den deutsch-türkischen Mitarbeiter des Jugendamtes, der das Mädchen auf Türkisch ansprach, hatte sie nur mit großen, erschreckten Augen angesehen und sich an Hannas Rock festgeklammert. Das Mädchen habe eine durch einen Schock verursachte Sprechblockade, diagnostizierte der Amtsarzt, der die körperliche Untersuchung vornahm. Mona hatte auch die stumm über sich ergehen lassen. Der Arzt stellte fest, dass das kleine Mädchen etwa viereinhalb Jahre alt und gesund sei, ein wenig untergewichtig, aber unversehrt. Bis auf die blauen Flecken an ihren Oberarmen, die schon etwas verblasst waren. Als hätte man das Kind ein paar Mal hart angefasst und festgehalten.

„Jetzt mal etwas anderes: Ihr habt doch sicher auch von dem Mord gehört an dem rumänischen Saisonarbeiter, oder?" Liesbeth brachte das Thema auf den Tisch, das seit dem großen

Artikel in der Lokalzeitung in aller Munde war. „Du weißt doch bestimmt Näheres darüber, wo doch dein Thomas bei der Kriminalpolizei ist, Hanna. Erzähl mal!"

„Ich weiß nur, dass es ein äußerst brutaler Mord war. Der Täter ist mit einem großen Auto über den am Boden liegenden Mann gefahren, zweimal. Also, ein Unfall kann es nicht gewesen sein. Aber das ist noch nicht das Interessanteste."

Edith und Liesbeth beugten sich vor, um ja kein Wort aus Hannas Mund zu überhören. Hanna musste sich leicht beschämt eingestehen, dass sie die Aufmerksamkeit ihrer Freundinnen genoss.

„Man hat eine Menge Geld bei dem Opfer gefunden. Zehntausend Euro! Versteckt in seinem Spind in einem Stiefel!"

„Tatsächlich!?" Liesbeth war sprachlos.

„Das ist ja hochinteressant", meinte Edith. „Die Frage ist: Woher hatte der Mann so viel Geld? Und warum hatte er es nicht auf der Bank? Na gut, es gibt kaum noch Zinsen für Erspartes", fügte sie hinzu, „aber dennoch. Wie leicht hätte es ihm gestohlen werden können in dem Wohnheim, wo die Saisonarbeiter leben!"

„Ja", bestätigte Liesbeth, „man weiß ja nie. Komisch, so viel Bargeld! In einem Stiefel versteckt. Das ist doch etwas faul. Vielleicht hat er es gestohlen? Oder irgendwelche krummen Geschäfte gemacht?"

„Jedenfalls kann der Mann es kaum gespart haben, bei dem geringen Verdienst als Arbeiter im Gemüsebau", ergänzte Hanna ihre Neuigkeit.

„Womöglich hängt das Geld mit der Ermordung des Mannes zusammen", mutmaßte Edith, „wahrscheinlich sogar."

Hanna stand auf, um frischen Kaffee aufzubrühen. Der Nachmittag war noch lange nicht zu Ende.

11

Das mit den ortsüblichen blauroten Klinkersteinen verblendete Wohnhaus der Familie Stowasser lag in unmittelbarer Nähe der weitläufigen Fabrikanlagen der Gemüsebau-Firma, in denen das frisch geerntete Gemüse verarbeitet und verpackt wurde. Es machte auf Thomas Morgenroth einen wohnlichen, nahezu gemütlichen Eindruck, trotz seiner ansehnlichen Größe. In einem modernen Nebentrakt waren die Büroräume untergebracht, in denen der umfangreiche Verwaltungs- und Planungsapparat seinen Platz hatte. In der Saison beschäftigte die Firma mehr als achthundert Mitarbeiter.

Thomas betrat die Empfangshalle. Hinter einem niedrigen Tresen saß eine hübsche Frau mittleren Alters an einem Schreibtisch und wandte sich ihm höflich lächelnd zu. Er zeigte seinen Ausweis vor.

„Moin! Hauptkommissar Thomas Morgenroth, Kriminalpolizei. Ich hätte gerne Herrn Stowasser gesprochen, wenn's geht."

Die Frau wirkte nicht überrascht. „Sie kommen sicher wegen des Vorfalls gestern. Einen Moment bitte, ich sage meinem Mann Bescheid."

Sie griff zum Telefonhörer und tippte eine Nummer ein. „Hinrich, hier ist die Polizei. Sie möchte dich sprechen." Thomas hörte, wie ein paar Worte gesprochen wurden, dann legte die Frau auf.

„Ich bin Silvia Stowasser", stellte sie sich vor. Sie stand auf und reichte Thomas freundlich die Hand zur Begrüßung. „Kommen Sie, ich bringe Sie zu meinem Mann. Er hat Sie schon erwartet." Sie zeigte in Richtung Durchgang zu den Büroräumen. „Mein Mann und ich waren entsetzt, als wir von dem Mord an unserem rumänischen Mitarbeiter erfuhren. Herr Höltinghaus hat uns informiert. Es war doch Mord, oder?"

Silvia Stowasser war eine zierliche brünette Frau Ende vierzig. Sie trippelte in ihren hochhackigen Schuhen eilig neben

Thomas her, während sie ihm den Weg wies. Unauffällig musterte Thomas sie. Ihr schmales Gesicht war dezent geschminkt, die Haare straff aus der Stirn gekämmt und am Hinterkopf mit einem großen Kamm zusammengehalten. Hinter ihrer randlosen Brille blitzten lebhafte dunkle Augen. Thomas wusste, dass Silvia Stowasser drei schon fast erwachsene Kinder hatte und registrierte bewundernd ihr jugendliches Aussehen und ihr professionelles Auftreten.

Auf ihre Frage ging er nicht ein, stattdessen lächelte er sie nur unverbindlich an. Schließlich waren sie beim Büro ihres Mannes angelangt und Silvia Stowasser ließ den Kommissar an sich vorbei eintreten.

„Entschuldige die Störung, Hinrich. Hier ist Herr Morgenroth von der Kripo", sagte sie. Dann ging sie auf den Besucher ihres Mannes zu, der sich schwerfällig aus dem Ledersessel erhob, und reichte ihm die Hand. „Guten Tag, Herr Mühlenbach. Es tut mir leid, Ihre Besprechung mit meinem Mann unterbrechen zu müssen, aber ich glaube, die Polizei hat im Moment Vorrang."

Das füllige Gesicht des dicken Mannes verzog sich zu einem breiten Grinsen. „Aber selbstverständlich, gnädige Frau. Wir waren ohnehin fertig mit unserer Unterhaltung, nicht wahr, Hinrich?" Neugierig wandte er sich an Thomas, der abwartend im Hintergrund stand. „Herr Kommissar? Ich nehme an, es handelt sich um den Unfall, bei dem einer der Feldarbeiter ums Leben gekommen ist?" Er schüttelte missbilligend den Kopf, wobei sein Doppelkinn in Bewegung geriet. „Tragisch, das Ganze, wirklich tragisch! Ich hoffe, Sie finden den Schuldigen bald."

„Wir tun, was wir können", antwortete Thomas. Er kannte den Mann vom Sehen. Mühlenbach leitete einen großen örtlichen Supermarkt, der sein Gemüse und Obst von Stowasser bezog. Ohne genauer sagen zu können, warum, war ihm der Mann mit seinem feisten Grinsen und der Halbglatze in dem teuren Maßanzug unsympathisch.

Hinrich Stowasser kam hinter seinem modernen, mit allerlei Papieren und Bürogeräten bedeckten Schreibtisch hervor.

„Ich verabschiede mich dann also", sagte Mühlenbach zu ihm. „Wir haben soweit alles klar, Hinrich? Wenn noch was sein sollte: Du weißt ja, wie du mich erreichst." Er schüttelte Stowasser kräftig die Hand, nickte dem Kommissar zu und verließ mit Silvia Stowasser das Büro.

Stowasser reichte dem Kommissar die Hand. „Moin, Herr Morgenroth. Können Sie mir schon etwas Neues über diesen furchtbaren Vorfall berichten? Wir wissen ja bisher nur, was uns dieser Bereitschaftspolizist, wie heißt er noch gleich?, ach ja, Höltinghaus, was uns Herr Höltinghaus gestern Abend mitgeteilt hat." Er wies auf den Besuchersessel. „Nehmen Sie Platz! Darf ich Ihnen etwas anbieten? Kaffee? Tee?"

„Nein danke", antwortete Thomas. Hinrich Stowasser war ein übergewichtiger Mann Mitte fünfzig mit einem gutmütig wirkenden runden Gesicht und einem noch vollen dunkelblonden Haarschopf, der an den Schläfen grau zu werden begann. Seine laute Stimme signalisierte, dass er gewöhnt war, gehört zu werden, und seine leutselige Art konnte nicht darüber hinwegtäuschen, dass er das Sagen hatte. Dem scharfen Blick der kleinen grauen Augen entging nichts, und Thomas hatte das deutliche Gefühl, schon genau taxiert worden zu sein.

„Leider können wir noch nichts Genaues sagen zu diesem frühen Zeitpunkt, Herr Stowasser. Wir sind dabei, Informationen zu sammeln. Deshalb bin ich hier."

„Sicher, sicher, das verstehe ich vollkommen. Wenn ich Ihnen irgendwie behilflich sein kann: Immer raus damit!"

„Wir brauchen möglichst genaue Informationen über das Mordopfer, Herrn Dimitru Ducinca. Haben Sie ihn gekannt?"

Stowasser schüttelte bedauernd den Kopf. „Leider nein. Ich kenne nur die wenigsten meiner Mitarbeiter persönlich, das können Sie sich ja denken. Und die Saisonarbeiter sowieso nicht, weil die meisten von ihnen jedes Jahr wechseln. Es sind Hunderte, müssen Sie wissen. Sie arbeiten ja nicht nur auf den

Feldern, sondern auch in den Verarbeitungshallen, wo das Gemüse gewaschen, geputzt und für den Transport in die Supermärkte verpackt wird. Also kann ich Ihnen über diesen Herrn Ducinca nichts weiter sagen. Tut mir leid."

Er holte einen schmalen Hefter aus einer Schreibtischschublade und schlug ihn auf.

„Aber ich habe mir natürlich die Akte aus der Personalabteilung kommen lassen, als ich von dem Vorfall hörte. Hier steht alles drin, was wir über ihn wissen. Ich stelle sie Ihnen gerne zur Verfügung."

Thomas nahm die Akte entgegen.

„Hm", meinte er nachdenklich. „Über etwaige Differenzen zwischen Herrn Ducinca und Herrn Stedefuß ist Ihnen also nichts zu Ohren gekommen? Herrn Ludger Stedefuß kennen Sie doch, oder?"

„Selbstverständlich! Herr Stedefuß ist ein langjähriger, zuverlässiger Mitarbeiter. Er leitet als Vorarbeiter eine Gruppe der Feldarbeiter. Liegt etwas gegen ihn vor?" Interessiert beugte er sich vor. „Glauben Sie, er hat etwas mit dem Vorfall zu tun?"

„Wir haben nur gehört, dass es eine Auseinandersetzung zwischen ihm und dem Opfer gegeben habe. Sie wissen also nichts davon?"

Entschieden schüttelte Stowasser den Kopf. „Mir ist nichts bekannt. Aber gewöhnlich regeln die Leute so etwas auch unter sich. Damit habe ich als Chef nichts zu tun."

„Gut. Nur eins noch: Ich habe auf dem Parkplatz vor Ihrem Haus einen Jeep gesehen, einen Jeep Cherokee, wenn ich mich nicht täusche. Gehört der Wagen Ihnen?"

„Der Jeep? Ja, der gehört mir. Die Wege zu den einzelnen Gemüsefeldern sind häufig nicht sehr gut, da ist ein solcher Geländewagen ganz nützlich. Warum fragen Sie?"

„Welche Art Reifen hat der Wagen?"

„Ich habe gerade heute Morgen die Winterreifen aufziehen lassen. Pirelli 235/50 R19 99 V, wenn Sie es genau wissen wollen. Aber warum … ?"

„Das ist ein Breitreifen, nicht wahr? Der Getötete wurde mit einem Autotyp überfahren, der solche Reifen benötigt."

„Aber Sie wollen doch damit nicht andeuten, dass ich …"

„Nein, nein, Herr Stowasser, das ist nur eine Routinemaßnahme. Wir überprüfen natürlich alle Geländewagen im Umfeld des Toten, die solch eine Reifenstärke haben. Sagen Sie mir bitte noch die Adresse der Werkstatt, die Ihre Sommerreifen eingelagert hat, damit die Kriminaltechnik sie untersuchen kann?"

Das großflächige Gesicht Stowassers hatte sich gerötet, seine Leutseligkeit war frostiger Höflichkeit gewichen.

„Wenn Sie es für nötig halten, Herr Kommissar." Er nannte den Namen der Werkstatt.

„Fährt außer Ihnen noch jemand den Jeep?"

„Nein, meine Frau hat ihren eigenen Wagen."

Thomas setzte ein freundliches Lächeln auf und stand auf.

„Das wär's schon, Herr Stowasser. Ich hoffe, ich habe Sie nicht zu lange aufgehalten."

„Schon gut, Herr Morgenroth", meinte Stowasser versöhnlich. „Sie tun ja nur Ihre Arbeit." Er stand auf und begleitete den Kommissar zur Tür. „Hoffen wir, dass Sie den Täter bald finden."

„Ach, eins noch, Herr Stowasser: Wo waren Sie gestern Nachmittag zwischen 14.00 und 16.00 Uhr?"

Wieder rötete sich das Gesicht des Mannes. „Sie fragen mich nach meinem Alibi?", empörte er sich.

„Routine, Herr Stowasser, nur Routine."

„Also gut! Nach dem Mittagessen mit meiner Familie bin ich hierher ins Büro gegangen, weil ich noch einen Auftrag fertigstellen wollte."

„Kann jemand bestätigen, dass Sie die ganze Zeit hier waren?"

„Nein, ich war allein hier. Er war ja Sonntag." Er war nun wirklich wütend. „War's das?"

„Ja. Auf Wiedersehen, Herr Stowasser!"

Thomas hörte, wie Hinrich Stowasser hinter ihm heftig die Tür ins Schloss drückte.

12

Kriminaloberkommissar Jan Hendrik Klüver und Kommissarin Susanne Holtmann stiegen aus ihrem Dienstfahrzeug und stapften durch den lockeren Acker auf die Gruppe von Arbeitern zu, die gerade eine Frühstückspause einlegten. Die etwa fünfundzwanzig Männer und Frauen standen oder saßen in Grüppchen um die Erntemaschine und den Lastwagen herum, auf dem sich die Kisten mit den geernteten Kohlrabiknollen stapelten, aßen Butterbrote oder Obst und tranken Tee oder Kaffee aus ihren Thermoskannen. Das schöne, sonnige Herbstwetter hielt immer noch an und einige der Frauen wandten ihre Gesichter mit geschlossenen Augen der Sonne zu, um die Wärme auf der Haut zu genießen.

Jan Hendrik zückte seinen Ausweis und trat an einen der Männer heran. „Oberkommissar Jan Hendrik Klüver. Das ist meine Kollegin Susanne Holtmann. Wo finde ich denn Herrn Stedefuß?"

Der Angesprochene deutete mit dem Kinn in Richtung Lastwagen, wo eine kleine Gruppe Männer beisammenstand und sich unterhielt.

Wieder arbeiteten sich die Beamten durch den aufgewühlten feuchten Boden und näherten sich den Arbeitern, die ihnen misstrauisch entgegensahen. Susanne zückte ihr Notebook, um sich Notizen über das Gespräch zu machen.

„Hallo!" Jan Hendrik hielt den Männern seinen Ausweis vor die Nase. „Polizei. Wir möchten gerne mit Herrn Stedefuß sprechen. Sind Sie das?" Er richtete seine Frage an den Ältesten in der Gruppe, einen untersetzten Mann um die fünfzig mit einem breiten Gesicht und misstrauischen hellen Augen unter buschigen Augenbrauen.

„Ja."

„Herr Stedefuß, Sie sind der Leiter dieser Arbeitsgruppe hier?"

„Ja. Und?"

Jan Hendrik wandte sich an die anderen Männer, die bei dem Vorarbeiter standen. „Und Sie sind ...?"

Die Männer sahen sich gegenseitig an. Dann antwortete der jüngere der beiden: „Mein Name ist Roland Meyer, das ist Wiktor Dubrowski aus Warschau. Er spricht kaum Deutsch."

Susanne notierte sich die beiden Namen. Ihr war nicht entgangen, wie Stedefuß sie von oben bis unten gemustert hatte, mit diesem schnellen, abschätzigen Blick, mit dem manche Männer jede Frau bis auf die Haut auszogen. Sie war sicher, dass er sie im Geist vollkommen nackt vor sich sah, trotz ihrer Jeans und der dicken wattierten Jacke. Angewidert presste sie die Lippen aufeinander und konzentrierte sich auf ihre Notizen.

„Herr Stedefuß, wir haben ein paar Fragen an Sie wegen des Mordes an Ihrem Kollegen Dimitru Ducinca. Sollen wir sie Ihnen hier stellen", er warf einen Blick auf Meyer und Dubrowski, „oder wollen Sie mit aufs Revier kommen?"

Stedefuß kreuzte die Arme vor der Brust. „Das können wir hier erledigen. Die beiden sind meine Freunde; ich habe keine Geheimnisse vor ihnen."

„In Ordnung", sagte Jan Hendrik. „Wie gut haben Sie Ducinca gekannt?"

Stedefuß schürzte nachdenklich die Lippen, während er an dem Kommissar vorbei in die Luft blickte.

„Ich kannte ihn erst seit dieser Saison. Er ist im Juni zu uns gestoßen. War ein guter Arbeiter. Sprach kaum." Mit einem Blick gab er die Frage an die anderen beiden weiter.

„Genau. Habe ihn auch kaum gekannt", bestätigte Roland Meyer die Aussage seines Chefs. „Du, Wiktor?" Der Pole schüttelte den Kopf.

„Wann haben Sie ihn denn zum letzten Mal gesehen?"

„Wann ich ihn zuletzt gesehen habe?" Stedefuß wechselte wieder einen fragenden Blick mit seinen Kollegen. „Das muss letzten Samstag gewesen sein, am Feierabend, denke ich."

„Und Sie?"

„Wir haben ihn am Sonntagmorgen noch gesehen, im Wohnheim", antwortete Meyer. Dubrowski bestätigte seine Aussage mit einem Nicken. Der Pole schien der Unterhaltung trotz seiner angeblich mangelhaften Deutschkenntnisse ohne Weiteres folgen zu können, stellte Jan Hendrik fest.

„Ich habe gesehen, wie er mit dem Fahrrad wegfuhr", ergänzte Meyer. „Das war so gegen Mittag."

„Können Sie das bestätigen?", wandte der Kommissar sich direkt an Dubrowski. Dieser nickte. „Ja. Fuhr oft Rad, der Ducinca."

Jan Hendrik bemerkte, dass die Ohren des Mannes rot anliefen. Seine misstrauischen Augen blickten unruhig von einem zum anderen. Er verheimlicht etwas, dachte der Kommissar. Er wechselte einen Blick mit Susanne, deren Gesichtsausdruck seine Annahme bestätigte. „Denk daran, dass wir überprüfen, wo das Fahrrad jetzt ist", sagte er leise zu ihr. Sie nickte und machte sich eine Notiz.

„Wir haben gehört, dass Sie sich heftig mit Ducinca gestritten haben, Herr Stedefuß. Worum ging es denn dabei?"

„Gestritten? Niemals! Wer behauptet das?" Die Abwehr des Vorarbeiters fiel um einige Grade zu heftig aus. Aha, eine Lüge, registrierte Jan Hendrik.

„Es soll um Geld gegangen sein, stimmt das?"

„Wieso? Nein! Ich hatte keinen Streit mit Ducinca! Wann soll denn das gewesen sein? Wer das behauptet, der lügt!" Nervös trat der Mann von einem Fuß auf den anderen. Immer wieder blickte er seine beiden Mitarbeiter hilfesuchend an.

„Also kein Streit. Alle waren ein Herz und eine Seele", resümierte Jan Hendrik lakonisch.

„Ja, so war es, Herr Kommissar. Sie dürfen nicht alles glauben, was erzählt wird. Hier wird dauernd getratscht und alles Mögliche behauptet."

„Wo waren Sie denn am Sonntagnachmittag, so gegen 15.00 Uhr?"

„Wo ich war? Sie wollen wissen, ob ich ein Alibi habe?", fuhr Stedefuß auf. Sein Gesicht nahm eine rote Farbe an. „Sie glauben doch nicht etwa, dass ich mit dem Tod des Rumänen etwas zu tun habe?"

Jan Hendrik entging nicht, dass Stedefuß wieder einen schnellen Blick mit den beiden anderen Männern wechselte.

„Warum beantworten Sie nicht einfach die Frage, Herr Stedefuß? Sie brauchen sich nicht aufzuregen, das ist alles nur Routine."

Stedefuß atmete heftig. „Also gut. Wir drei waren bei mir zu Hause. Meine Frau kann das bestätigen. Genügt das?" Herausfordernd starrte er dem Kommissar ins Gesicht.

„Sie alle drei? Das trifft sich ja gut. Was haben Sie denn gemacht, am heiligen Sonntag, wenn ich fragen darf?"

„Natürlich dürfen Sie das, Herr Kommissar", meinte Stedefuß. Offenbar hatte er wieder Oberwasser. „Wir haben Skat gespielt."

„Na, dann ist ja alles in Ordnung. Wer hat denn gewonnen?"

Wieder ein Blickwechsel zwischen den dreien.

„Mal der, mal der. Ging nur um ein paar Cent."

Jan Hendrik wandte sich an seine Kollegin. „Hast du alles?", fragte er.

Susanne nickte. Dann hob sie den Blick und sah Stedefuß direkt an.

„Nur eins noch: Was fahren Sie für einen Wagen, Herr Stedefuß?"

„Wozu wollen Sie das denn wissen?"

„Einfach antworten, Herr Stedefuß!", mahnte Jan Hendrik.

Auf dem breiten Gesicht des Vorarbeiters erschien ein stolzes Lächeln. „Ich fahre einen BMW X5, zwei Jahre alt. Das ist ein tolles Auto!"

„Das sind doch die mit den breiten Reifen, oder?", fragte Susanne gespielt arglos. „Solche Reifen hatte auch das Fahrzeug, mit dem Ducinca überfahren wurde, nicht wahr, Jan Hendrik?"

Das Lächeln auf Stedefuß' Gesicht war wie weggewischt.

„Wollen Sie damit sagen ... ?" Drohend trat er einen Schritt auf die Beamtin zu. Susanne wich zurück.

„Nur die Ruhe, Herr Stedefuß", warnte Jan Hendrik. „Wir wollen gar nichts damit sagen. Aber Sie haben doch nichts dagegen, dass die Spurensicherung die Reifen Ihres Wagens überprüft, oder? Sie haben ja mit dem Mord an Ihrem Kollegen nichts zu tun, haben Sie gesagt. Also haben Sie nichts zu befürchten."

Er wandte sich zum Gehen, ohne auf die verblüfften Gesichter der Männer zu achten.

„Sie hören von uns." Susanne klappte ihr Notebook zu und folgte ihrem Kollegen.

„Die lügen", sagte sie leise, als sie wieder durch den Acker stapften. „Alle drei."

Jan Hendrik nickte. „Wir müssen das Alibi überprüfen." Er lachte laut auf. „Skat am Sonntagnachmittag in Mutters Stube: Dass ich nicht lache!"

Susanne warf einen Blick zurück zu den drei Männern. „Guck nur, er telefoniert. Wetten, dass Frau Stedefuß das Alibi bestätigt, wenn wir sie fragen?"

„Wir werden sehen", sagte Jan Hendrik. Er legte seinen Arm um Susannes Schultern. „Abwarten". Im Auto nahm er sein Handy zur Hand und rief in der Polizeiinspektion an. Jens Hartmann meldete sich.

„Hallo, Jens! Bitte lass doch mal folgende Namen durchs System laufen: Ludger Stedefuß ..." Susanne hatte schnell ihr Notebook geöffnet und ihre Notizen aufgerufen, so dass der Kommissar die Namen vom Bildschirm ablesen konnte, „ ... Roland Meyer und Wiktor Dubrowski. Letzterer ist Pole. Alles klar? Und lass' mal überprüfen, ob sich das Fahrrad, mit dem der

Rumäne gefahren ist, im Wohnheim befindet, ja?"

Er stellte sein Handy aus und sagte zu Susanne: „Und wir beiden Hübschen fahren jetzt zum Hause Stedefuß. Mal sehen, wie wasserdicht sein Alibi ist. Aber erst einmal habe ich Hunger."

13

Hanna saß mit Mona am Küchentisch und studierte ein Rezept in dem neuen Kochbuch, dessen Titel „1000 Vegetarische Genüsse" eine Vielzahl an fleischlosen Gerichten versprach. Heute sollte es Kartoffel-Gemüse-Rösti mit Joghurt-Dip zum Abendessen geben, hatte Hanna zusammen mit Inga am Frühstückstisch beschlossen. Ihre Schwiegertochter hatte Nachmittagsdienst im Kindergarten, die Zwillinge befanden sich beim geschlechterübergreifenden Fußballtraining, bei dem noch nicht zwischen Mädchen- und Jungenfußball unterschieden wurde. Isabell, die temperamentvollere und selbstbewusstere der beiden, stellte dabei ihren Bruder oft in den Schatten, sehr zum Leidwesen des sportbegeisterten Vaters, der nicht verstehen konnte, dass sein Filius in dieser Männerdomäne seiner Schwester nicht das Wasser reichen konnte. Hanna musste lächeln beim Gedanken an diesen Rest von männlichem Chauvinismus bei ihrem ansonsten recht aufgeschlossenen Sohn.

Die Zutaten für das anspruchsvolle vegetarische Gericht lagen schon ausgebreitet vor ihr auf dem Küchentisch. Zunächst mussten sechs mittelgroße Kartoffeln sowie vier Möhren und zwei Zucchini geschält und geraspelt werden. Hanna breitete die ausgelesene Tageszeitung aus als Unterlage für die Schalen und stellte Schüsseln bereit für das Gemüse. Mona sah ihr mit großen Augen bei der Arbeit zu. Im Radio spielte der NDR Schlagermelodien, die Hanna leise mitsummte.

Urplötzlich, ohne erkennbaren Grund, stieß das kleine Mädchen einen spitzen Schrei aus, fing lauthals an zu weinen und rannte aus der Küche. Hanna war eine Sekunde lang starr vor Schreck, dann lief sie hinter dem Kind her. Sie fand es in der hintersten Ecke des Wohnzimmers, versteckt hinter dem Sofa, völlig zusammengekauert, das Gesicht verborgen unter den Armen. Heftiges Schluchzen erschütterte den schmalen Körper, das jammervolle Weinen hätte einen Stein zum Erweichen gebracht. Völlig außer Fassung, kniete Hanna sich neben dem Kind auf den Teppich und versuchte, es in die Arme zu nehmen und zu trösten, aber Mona verkrampfte sich und verharrte in der Kauerstellung. Es blieb Hanna nichts anderes übrig, als abzuwarten. Vorsichtig strich sie dem Kind immer wieder sanft über den völlig steifen Rücken und redete ihm gut zu.

„Was hast du nur, meine Kleine, was ist denn passiert?", fragte sie ein ums andere Mal. Es dauerte etliche Minuten, bis das Schluchzen leiser wurde und die verkrampfte Haltung des Kindes sich entspannte. Schließlich ließ das Mädchen sich von Hanna in die Arme nehmen. Sie wiegte das Kind hin und her wie ein Baby, solange, bis das Weinen aufhörte.

„Was hat man dir nur angetan, du armes Kind?", fragte Hanna mehr sich selbst als das Mädchen. Sie nahm Mona auf den Arm und trug sie in das kleine Gästezimmer, das sie inzwischen zu einem behelfsmäßigen Kinderzimmer umgestaltet hatte.

„Komm, wir schauen uns gemeinsam ein Bilderbuch an", schlug Hanna vor, um das Kind von seinem Kummer abzulenken. Aber Mona griff zu dem Block mit Zeichenblättern, nahm eine Schachtel mit Buntstiften und setzte sich damit an den winzigen Kindertisch. Erstaunt beobachtete Hanna, wie das Mädchen anfing zu malen. Bisher hatte sie von den Mal-Utensilien, die sie ihr angeboten hatte, noch keinen Gebrauch gemacht. Gut, dachte Hanna, Bilder sind vielleicht eine Möglichkeit, sich mitzuteilen, wenn die Sprache nicht zu Verfügung steht. Sie beobachtete Mona eine Weile. Völlig konzentriert war das Kind mit seinem Tun beschäftigt. Hanna entfernte sich leise, ohne dass Mona es bemerkte.

Wieder in der Küche, holte Hanna erst einmal tief Luft, um sich von dem eben ausgestandenen Schrecken zu erholen. Was konnte diesen Ausbruch nur verursacht haben? Eben noch war Mona völlig ruhig gewesen und hatte ihr aufmerksam bei der Zubereitung des Gemüses zugesehen, und dann, wie ein Blitz aus heiterem Himmel, wurde sie völlig hysterisch. In Gedanken noch ganz bei dem unerklärlichen Vorfall, setzte Hanna ihre Arbeit fort. Dabei fiel ihr Blick auf die Zeitung, die sie als Unterlage für die Kartoffelschalen benutzt hatte. Es war eine Doppelseite aus der Lokalzeitung. Ein einziges Foto war darauf zu sehen, das nicht von den Gemüseresten und Schalen verdeckt wurde: Das Foto des Mannes, der ermordet aufgefunden worden war. Der Artikel befasste sich mit dem spektakulären Fall, der die ganze Stadt in Aufregung versetzt hatte. Hanna sah sich das Bild genauer an. Es war das Porträtfoto aus dem Ausweis des Mannes. Ein recht gut aussehender Mann Anfang vierzig, dunkelhaarig, mit ernstem Gesichtsausdruck.

Es war nichts Erschreckendes an diesem Foto. Nichts, was ein Kind solcherart in Panik versetzen müsste. Es sei denn … Bestand etwa eine Verbindung zwischen dem Mann auf dem Foto und dem Kind? Sollte das möglich sein? Seine Leiche war am Sonntagabend entdeckt worden, an dem gleichen Abend, an dem Hanna Mona gefunden hatte. Ein auffälliges Zusammentreffen! Wenn zwei außergewöhnliche Ereignisse am gleichen Ort und zu gleichen Zeit eintraten, war es dann nicht sehr wahrscheinlich, dass diese Ereignisse etwas miteinander zu tun hatten?

Hanna überlegte weiter, während ihre Hände automatisch das Gemüse und die Kartoffeln bearbeiteten.

Wie konnte sie herausbekommen, ob es wirklich das Bild in der Zeitung gewesen war, das Mona so erschreckt hatte? Sollte sie es der Kleinen vielleicht noch einmal zeigen? Nein, auf keinen Fall wollte sie das Mädchen ein zweites Mal so in Panik versetzen wie eben. Vorausgesetzt, das Zeitungsfoto war wirklich der Auslöser für den Angstausbruch: Konnte es nicht sein, dass die Arbeitskollegen des Mordopfers, die Saisonarbeiter bei Stowasser, etwas über die Kleine wussten? Sicher hatte dieser - wie hieß er noch gleich? Hanna sah in dem Zeitungsartikel nach. Ja, richtig: Dimitru Ducinca, sicher hatte Herr Ducinca Bekannte oder sogar Freunde unter den Rumänen oder Polen, die wussten, ob er in irgendeiner Beziehung zu einem kleinen Mädchen wie Mona stand. Sollte sie vielleicht einmal zu den Arbeitern hinfahren und sie befragen?

Der Gedanke gefiel ihr. Fotos! Sie brauchte Bilder von Mona, um sie den Leuten zu zeigen. Komisch, sie hatte bisher noch kein einziges Mal daran gedacht, das Kind zu fotografieren. Eilig wischte Hanna sich ihre Hände an einem Küchentuch ab und nahm ihr Handy zur Hand, das wie immer auf der Flurkommode lag. Das Smartphone machte exzellente Fotos, ohne viel Zutun des Fotografen. Man konnte die Bilder auch bis zu einem gewissen Grad vergrößern, wenn man Details sehen wollte. Leise ging Hanna ins Kinderzimmer, wo Mona immer noch dabei war, Bilder zu malen. Unbemerkt von dem Kind, das so vertieft in seine Tätigkeit war, dass es sich nicht einmal von dem Blitz der Kamera stören ließ, machte Hanna mehrere Aufnahmen. So, jetzt war sie gerüstet.

Während sie die Kartoffeln und das Gemüse raspelte und die Zwiebel schälte, nahm Hanna sich vor, ihrem Sohn von ihren Überlegungen zu erzählen. Schließlich waren er und seine Kollegen ja mit dem Mordfall befasst. Womöglich gaben seine bisherigen Ermittlungsergebnisse einen Hinweis auf ein kleines Mädchen, das in der Angelegenheit eine Rolle spielte. Immerhin war es nun schon der zweite Tag, seit sie Mona gefunden hatte, und immer noch hatte sich niemand gemeldet, der das Kind vermisste.

Ohne, dass sie es bemerkt hatte, war Mona in die Küche gekommen und an Hanna herangetreten. Sie schaute mit einem rätselhaften Ausdruck in den grünen Augen zu ihr auf und hielt ihr das Bild hin, das sie gemalt hatte. Sie hatte es sorgfältig dreimal zusammengefaltet, so dass das Blatt kaum noch die Größe einer Postkarte hatte. Hanna hatte plötzlich das deutliche Gefühl, dass dies ein ganz besonderer Augenblick für das Kind war. Sie wusch sich die Hände und trocknete sie sorgfältig ab, bevor sie das Bild entgegennahm und es vorsichtig, genau beobachtet von Mona, auseinanderfaltete. Auf der weißen Fläche des Blattes waren allerlei Figuren, Striche, Linien und Punkte verteilt, ohne dass man eine einheitliche Szene erkennen konnte. Hanna sah ein kleines Haus mit spitzem Dach, unregelmäßige Zickzacklinien, ein Gebilde, das aussah wie eine Krone mit verschieden hohen Zacken, und mehrere große Kreisspiralen. Am auffälligsten waren zwei ineinander verschlungene Herzen, in grellem Pink, die mit einem schwarzen Stift heftig überkritzelt worden waren.

Hanna sah in die erwartungsvollen Augen des Kindes und war ratlos. Sie konnte mit dem Bild nichts anfangen, ahnte aber, dass es höchst bedeutungsvoll war für das traumatisierte Mädchen. Sie lächelte Mona an, sagte: „Danke, mein liebes Kind", nahm sie in die Arme und hielt sie lange an sich gedrückt. Mona schmiegte sich an sie und erwiderte die Umarmung aktiv, zum ersten Mal.

Schließlich löste Hanna sich aus der Umarmung und richtete sich auf.

„So, dann wollen wir mal aufräumen und das Essen fertig machen."

Als sie die Zeitung mit den Kartoffel- und Möhrenschalen aufnahm, konnte sie nicht verhindern, dass Monas Blick wieder auf das Foto in der Zeitung fiel. Sofort versteifte ihr Körper sich, sie schlug die Hände vors Gesicht und stand stocksteif da. Also doch das Bild, dachte Hanna. Schnell ließ sie die Zeitung samt Abfall im Mülleimer verschwinden, nahm das Kind auf den Arm und setzte sich mit ihm auf einen Stuhl. Während sie es hin- und herwiegte, summte sie eine beruhigende Melodie, solange, bis sich der Körper des Mädchens entspannte.

Der Mann hat etwas mit der Kleinen zu tun, da bin ich sicher, dachte Hanna. Sie würde der Sache auf den Grund gehen.

14

Nachdem sie beim McDonalds-drive-in je einen Cheeseburger mit Pommes frites als Ersatz fürs Mittagessen verdrückt hatten, fuhren die beiden Kommissare in die Inselstraße, nahe dem BVC-Stadion, wo die Familie Stedefuß wohnte. Das ältere Einfamilienhaus war umgeben mit einem üppigen Garten, in dem jetzt im Herbst eine Unmenge bunter Dahlien blühten.

Susanne klingelte. Nichts rührte sich. „Wohl keiner zu Hause", konstatierte sie. „Die Kinder sind sicher noch in der Schule, nehme ich an. Aber die Ehefrau müsste doch da sein, oder?" Sie drückte noch einmal auf den Klingelkopf. Gerade, als sich die beiden Ermittler zum Gehen wenden wollten, wurde die Tür geöffnet.

„Ja?"

Ein junges Mädchen von vielleicht sechzehn Jahren stand in der Tür, in einen Trainingsanzug gehüllt und mit einem Schal um den Hals. Ihre Augenlider waren gerötet, ebenso die Nase; offenbar hatte sie eine Erkältung.

Jan Hendrik zeigte seinen Ausweis, Susanne ebenso.

„Guten Tag. Wir sind von der Kriminalpolizei. Ich bin Jan Hendrik Klüver, das ist meine Kollegin Susanne Holtmann. Ist Ihre Mutter zu Hause?"

„Nein, sie ist einkaufen gefahren. Sie müsste aber jeden Moment zurückkommen. Wenn Sie warten wollen? Vielleicht kann ich Ihnen ja auch weiterhelfen?" Trotz ihrer Krankheit blitzten die Augen des Mädchens vor Neugier. „Wollen sie nicht hereinkommen?", fragte sie. Einladend trat sie einen Schritt zur Seite.

„Gerne", antwortete Jan Hendrik. „Es dauert auch nicht sehr

lange. Wir haben nur ein paar Fragen."

Sie traten ein und das Mädchen ging voraus in ein aufgeräumtes Wohnzimmer. Sie stellte den Ton des überdimensionalen Flachbildfernsehers leiser und wies höflich auf das Sofa.

„Bitte nehmen Sie Platz."

Fröstelnd zog sie eine Wolldecke heran und kauerte sich in einen Sessel. Erwartungsvoll sah sie die Beamten an.

„Es tut uns leid, Sie zu stören, wir sehen ja, dass es Ihnen nicht gut geht. Sicher wären Sie sonst auch in der Schule, oder?" Nach einem Blickwechsel mit Jan Hendrik hatte Susanne die Befragung übernommen.

Dem Mädchen gelang ein kleines Lächeln. „Sie können mich ruhig duzen, ich heiße Nele. Ja, mir geht es schon seit Tagen nicht gut. Eine schlimme Erkältung."

„Gut. Also, Nele. Wir ermitteln in dem Mordfall Ducinca. Du hast ja sicher davon gehört?"

„Ja, die Zeitung ist ja voll davon. Ein Kollege von meinem Vater ist getötet worden. Schrecklich!"

„Genau. In diesem Zusammenhang möchten wir gern wissen, wie dein Vater den Sonntag verbracht hat. Kannst du uns das sagen?"

„Ja, sicher. Wir waren wie immer alle zu Hause. Vormittags sind meine Eltern zum Gottesdienst gegangen, dann haben wir zusammen Mittag gegessen. Nachmittags haben die Jungs, ich meine meine beiden Brüder, das Fußballspiel des BVC besucht, glaub ich jedenfalls. Ich war natürlich zu Hause, meine Eltern wollten zum Antikmarkt in der Münsterlandhalle. Ach ja, so gegen halb fünf kamen die Kumpels von meinem Vater zum Skatspielen. Sind zum Abendessen geblieben. Ich war die ganze Zeit in meinem Zimmer; ich fühlte mich nicht besonders."

„Danke, Nele, damit hast du uns sehr geholfen." Sie machte eine kleine Pause. „Deine Mutter ist also einkaufen gefahren. Hat sie ein Handy?"

„Ja. Warum?"

„Nur so. Hat sie es jetzt bei sich?"

68

„Ich glaub schon. Ist das wichtig?"

„Nein, nicht besonders", sagte Susanne. „Du sagst also, deine Mutter war an Sonntag den ganzen Tag mit deinem Vater zusammen; zuerst in der Kirche, dann beim Mittagessen, dann beim Markt, dann zu Hause mit den Skatbrüdern. Ist das so?"

„Ja, natürlich."

„Du warst die meiste Zeit in deinem Zimmer. Wenn dein Vater zum Beispiel zwischendurch, sagen wir, so gegen 15.00 Uhr, einmal mit seinem Auto weggefahren wäre, hättest du das mitbekommen?"

Nele sah die Beamten irritiert an. „Ich weiß nicht. Ich habe Musik gehört und ein bisschen geschlafen. Wahrscheinlich nicht."

Susanne sah auf die Uhr.

„Anscheinend dauert es doch noch länger, bis deine Mutter zurückkommt", stellte sie fest. Sie wechselte einen Blick mit Jan Hendrik, der ihr zunickte. „Wir kommen später noch einmal wieder. Jetzt müssen wir gehen. Danke für deine Hilfe, Nele!" Sie stand auf, Jan Hendrik ebenso. Nele machte ebenfalls Anstalten, aufzustehen, bekam aber einen heftigen Hustenfall.

„Bleib ruhig sitzen, wir finden schon allein hinaus", sagte Jan Hendrik. „Und gute Besserung!"

Vor dem Haus blieben die Beamten einen Moment stehen.

„Was meinst du?", fragte Susanne.

„Die Kleine sagt die Wahrheit", antwortete Jan Hendrik im Weitergehen. „Es ist nicht ausgeschlossen, dass Stedefuß die Tat begangen hat, denn die Tochter hätte seine Abwesenheit zur Tatzeit nicht bemerkt. Die Gelegenheit hätte er also gehabt." Er schloss das Auto auf und die beiden Kommissare setzten sich in den Wagen.

„Sollten wir nicht die Ehefrau noch befragen?", meinte Susanne.

„Ich denke, die wird über ihr Handy schon genauestens von ihrem Mann instruiert worden sein. Du weißt ja, ein Alibi durch den Ehepartner ist nicht viel wert. Trotzdem müssen wir sie natürlich noch dazu hören. Aber egal, was sie sagt: Stedefuß hat kein wasserdichtes Alibi für die Tatzeit, davon können wir ausgehen."

Sie machten sich auf den Weg zur Polizeidirektion. Um 17.00 Uhr stand die nächste Lagebesprechung an.

15

Thomas saß im Konferenzraum und ordnete seine Unterlagen für die anstehende Besprechung mit seinen Mitarbeiten, in der die bisherigen Ermittlungsergebnisse zusammengetragen und ausgewertet werden sollten. Die Staatsanwältin, Frau Dr. Roswitha Engelbrecht, hatte ihr Kommen angekündigt, um sich über den Fortgang der Ermittlung zu informieren, damit sie beim Pressetermin am Abend, an dem auch Thomas als Leiter der Kommission teilnehmen musste - eine Aufgabe, die er von Herzen hasste - den Zeitungsleuten Rede und Antwort stehen konnte. Nicht, dass Thomas wegen der Anwesenheit seiner Vorgesetzten sonderlich nervös gewesen wäre, aber er war unzufrieden mit der bisherigen Ausbeute der Recherchen. Die Berichte, die er bislang vorliegen hatte, gaben nur ein unvollständiges Bild des Geschehens am Sonntagnachmittag ab.

Er strich sich über seinen Dreitagebart und studierte wieder und wieder die Akten. Mit gerunzelter Stirn sah er zu Jan Hendrik und Susanne auf, die als Erste den Raum betraten, wie es schien, guter Dinge und Hand in Hand. Ärgerlich fuhr Thomas sie an:

„Könnt ihr euer albernes Rumgemache nicht mal einen Moment sein lassen? Wir haben hier wirklich Wichtigeres zu tun."

Überrascht sahen sich die beiden an. „Was für eine Laus ist dir denn über die Leber gelaufen, Chef?", fragte Jan Hendrik, ohne Susannes Hand loszulassen.

„Ach nichts. Entschuldigt. Es ist nur ... "

„Ach so", feixte Jan Hendrik, „die Engelbrecht ist im An-
marsch. Klar, die Presse sitzt ihr im Nacken und du sollst ihr
Futter geben. Keine Sorge, Chef, wir machen das schon." Gutgelaunt schlenderte er in die Kaffeeecke, um frischen Kaffee auf-
zusetzen. „Willst du auch einen, Susanne? Und du, Chef?"

Beide nickten.

Jens Hartmann kam mit seinem Laptop unter dem Arm for-
schen Schrittes in den provisorischen Besprechungsraum. „In-
teressante Neuigkeiten, Chef!" Eilig verkabelte er seien Computer mit dem Beamer. „Ihr werdet staunen."

Nach und nach füllte sich der Raum mit den Polizei- und
Kriminalbeamten, die mit dem Fall befasst waren. Zum Schluss
betrat Dr. Engelbrecht den Raum. Sie gab dem Hauptkommissar die Hand und nickte den anderen zur Begrüßung zu.
Roswitha Engelbrecht war eine hagere Frau Ende fünfzig, die
grauen Haare kinnlang, das herbe Gesicht mit der langen Nase
ungeschminkt. Wie immer trug sie eine weiße Bluse und ein
dunkles Kostüm. Thomas schätzte und fürchtete sie gleicher-
maßen, hatte sie doch einen scharfen Blick für Defizite in der
Ermittlungsarbeit, die sie gnadenlos aufspürte und den Ermitt-
lern unter die Nase rieb. Allerdings waren die Fälle, die sie
dem Richter am Ende vorlegte, auch immer tadellos recherchiert und wasserdicht.

„Also", eröffnete Thomas die Sitzung, „was haben wir bisher:
Erstens: Die Kriminaltechnik hat die Tatortspuren ausgewertet, ebenso die Spuren an der Leiche. Tatsächlich konnten in
den Knöchelverletzungen des Opfers fremde DNA-Spuren entdeckt werden. Diese DNA ist identisch mit der auf der Zigarettenkippe, die am Tatort gefunden wurde. Das heißt, wir haben
hier wahrscheinlich den genetischen Fingerabdruck des Täters
vorliegen. Was uns ein ganzes Stück weiterhilft, sobald wir
einen hinreichend Verdächtigen haben, dessen DNA wir mit
den gefundenen Spuren abgleichen können. In der Datenbank
der Polizei jedenfalls ist diese DNA nicht registriert.

Zweitens. Die Fußspur am Tatort weist auf einen etwa

71

1,90 Meter großen und ca. neunzig Kilo schweren Mann hin. Das geht aus der Schuhgröße und der Tiefe des Abdrucks hervor. Zudem ist es wahrscheinlich eine Art Stiefel gewesen, mit einem erhöhten Absatz und spitz zulaufender Spitze. Bisher ist mir ein solcher Mann im Umfeld des Toten noch nicht begegnet. Euch vielleicht, Kollegen?"

Allgemeines Kopfschütteln.

„Wir können natürlich nicht sicher sein, dass der Mann, dem der Fußabdruck gehört, überhaupt etwas mit dem Mord zu tun hat", fuhr Thomas fort.

„Drittens: Die Reifenspuren auf dem Körper des Toten und am Rand der Straße am Tatort. Es ist ein Breitreifen, der von SUVs oder Geländewagen gefahren wird."

Jens Hartmann unterbrach ihn. „Ich habe sämtliche Wagen, die einen solchen Breitreifen brauchen und im Kreis Cloppenburg zugelassen sind, ausfindig gemacht. Es sind mehrere Hundert, die in den letzten zehn Jahren, neu oder gebraucht, zugelassen wurden".

Überraschtes Gemurmel.

„Diese Spur nützt uns also nur etwas, wenn wir einen Tatverdächtigen haben, der ein solches Auto besitzt", resümierte Jens.

„Darauf wollte ich gerade kommen", sagte Thomas. „Wir haben im Umfeld des Toten zwei solche Autos gefunden: Ludger Stedefuß, Vorarbeiter bei Stowasser und Leiter der Arbeitsgruppe, zu der Dimitru Ducinca, das Opfer gehörte, fährt einen BMW X5, Hinrich Stowasser, Besitzer der Gemüsefirma, bei der Ducinca arbeitete, hat einen Jeep Cherokee, mit dem er auf seinen Feldern unterwegs ist. Die Kriminaltechnik ist dabei, die beiden Wagen daraufhin zu überprüfen, ob die Reifenspuren passen. Das Ergebnis steht noch aus."

„Wie wäre es mit Ludger Stedefuß?", schlug Jan Hendrik vor. „Es gibt einige Verdachtsmomente gegen ihn. Zum einen soll er einen Streit mit Ducinca gehabt haben, bei dem es um Geld gegangen sei, laut eines Zeugen. Zum anderen hat der Mann kein hieb- und stichfestes Alibi für die Tatzeit."

„Gut. Das reicht aus, um ihn erkennungsdienstlich zu behandeln, auch für einen DNA-Abgleich", sagte die Staatsanwältin. Thomas machte sich eine Notiz.

Jens Hartmann tippte mit seinen langen Fingern auf seinen Laptop herum und schon erschienen Fotos und Daten auf der Projektionsfläche.

„Oberkommissar Klüver hat mich gebeten, zwei Namen zu recherchieren, und: Bingo! Roland Meyer, Saisonarbeiter bei Stowasser, geboren am 03. 05. 1984, ungelernt, wohnt im Wohnheim bei Stowasser. Er ist vorbestraft: Einbruchsdiebstahl in drei Fällen, Körperverletzung, Raub. Er ist in Häuser eingebrochen, hat sich in Kneipen geprügelt und zusammen mit einem Kumpel nachts auf der Straße ein Pärchen ausgeraubt. Hat aber nur geringe Beute gemacht. Hat ein halbes Jahr gesessen. Ist seit gut einem Jahr draußen. Zweitens: Wiktor Dubrowski, geboren am 23. 08. 1978 in Warschau, Polen. Dort vor fünf Jahren wegen Bandendiebstahls verurteilt, zwei Jahre in Haft. Danach keine Straftaten mehr. Arbeitet bei Stowasser. Beide sind unverheiratet."

Jan Hendrik ergänzte die Angaben. „Susanne und ich haben die beiden gemeinsam mit Stedefuß gesehen. Angeblich spielen sie Skat zusammen. Ich finde das Trio hochverdächtig. Wir hatten den deutlichen Eindruck, dass sie etwas zu verbergen haben, nicht wahr, Susanne?"

Die junge Kommissarin nicktc. „Unangenehme Typen, die drei. Besonders dieser Stedefuß".

„Das bringt mich auf den letzten Punkt in dieser Sache", setzte Thomas seinen Bericht fort. „Bei dem Opfer wurde, wie ihr wisst, eine große Summe Geldes gefunden: Zehntausend Euro. Was hat die KTU ergeben diesbezüglich?"

Die Frage richtete sich an Wilhelm Stör, den Leiter des FK5. Der Spurenspezialist räusperte sich: „Wir konnten auf den äußeren Scheinen der Geldrolle halbwegs brauchbare Fingerabdrücke sicherstellen. Sind aber nicht im System. Also brauchen wir Abdrücke von Verdächtigen, um sie vergleichen zu können."

„Gut. Wir werden also Stedefuß, Meyer und Dubrowski vorladen. Was ist mit Stowasser? Ich habe ihn befragt. Er hat kein Alibi und fährt einen Jeep, käme also auch in Frage." Thomas richtete seine Frage an die Staatsanwältin.

„Selbstverständlich auch Herrn Stowasser, Herr Hauptkommissar, oder meinen Sie, als Chef der Firma ist er außen vor?", fragte sie spitz.

„Natürlich nicht, Frau Staatsanwältin", grinste Thomas.

Wieder hob Jens Hartmann die Hand. „Ich habe übrigens die Firma Stowasser etwas näher unter die Lupe genommen. In den letzten Jahren ist ja die Beschäftigung der Saisonarbeiter, besonders ihre Unterbringung, in die Schlagzeilen geraten. Aber die Firma Hinrich Stowasser steht tadellos dar. Bezahlt ihre Steuern, wie es sich gehört, sagt das Finanzamt, und die Arbeiter werden korrekt bezahlt und sind gut untergebracht, sagt das Arbeitsamt. Von der Seite gibt es also nichts Verdächtiges."

Uwe Höltinghaus meldete sich. „Ich hab' da noch etwas", meinte er schüchtern.

„Und? Nur zu, Polizeimeister Höltinghaus!" Der Blick der Staatsanwältin fasste den jungen Polizisten aufmerksam ins Auge.

„Ja, also. Ich sollte ja das Fahrrad, mit dem das Mordopfer oft unterwegs war, ausfindig machen. Zuerst habe ich im Wohnheim nachgefragt. Es fehlt ein Fahrrad. Die Firma stellt den Saisonarbeitern ja eine Anzahl Fahrräder zur Verfügung, die sie während ihres Aufenthaltes hier benutzen können, alle auffällig grün und durchnummeriert", fügte er erklärend hinzu. „Dann habe ich überlegt, ob der Mann vielleicht einen Ausflug gemacht hat in die Umgebung. Das Wetter war ja so schön. Aber nirgendwo ist ein herrenloses Fahrrad aufgefunden worden. Dann habe ich gedacht, das Ducinca vielleicht mit dem Bus oder mit dem Zug weggefahren ist. Ich war beim ZOB und beim Bahnhof. Und tatsächlich: Im Fahrradständer am Bahnhof steht seit Sonntagmittag das fehlende Fahrrad der Fa. Stowasser."

Verblüfftes Gemurmel.

„Danke, Herr Höltinghaus, das ist sehr wichtig! Das wirft ein ganz neues Licht auf die Angelegenheit. Denn es bedeutet, dass Ducinca höchstwahrscheinlich mit dem Zug gefahren ist, mit der Nordwestbahn, entweder Richtung Osnabrück oder Wilhelmshaven. Womöglich ist die Auseinandersetzung, in deren Rahmen er niedergeschlagen worden ist, ganz woanders erfolgt. Wie müssen recherchieren, wohin er gefahren ist."

„Das mach ich", rief der junge Polizeimeister sofort. Sein Gesicht glühte vor Eifer.

„Gut!" Thomas blickte in die Runde. „Also warten wir die weiteren Ergebnisse ab. Morgen sehen wir weiter. Schönen Feierabend."

Er schloss die Akten. Frau Dr. Engelbrecht trat zu ihm. „Also dann, auf in die Höhle des Löwen, Herr Morgenroth. Die Presseleute warten auf Neuigkeiten."

Thomas seufzte abgrundtief.

16

Hanna parkte ihren Toyota Aygo, den Thomas immer respektlos als Kleinstwagen bezeichnete und der Hanna schon seit mehr als sieben Jahren treue Dienste leistete, auf dem beleuchteten Parkplatz vor dem Wohnheim der Saisonarbeiter der Firma Stowasser. Sie hatte Mona in der Obhut Ingas zurückgelassen, nachdem das Kind endlich eingeschlafen war.

Der große Aufenthaltsraum war voll mit Männern und Frauen, die ihren Feierabend mit den verschiedensten Beschäftigungen ausfüllten. Manche spielten Karten, einige lasen Zeitungen, blätterten in Zeitschriften oder waren in Bücher

vertieft. Viele waren dabei, sich ihre Mahlzeiten zuzuberei-
ten, andere verfolgten das Fernsehprogramm auf dem großen
Flachbildschirm. Als Hanna eintrat, wandten sich ihr alle Augen zu. Unschlüssig stand sie da und setzte ein freundliches
Lächeln auf.

„Guten Abend allerseits. Mein Name ist Hanna Morgenroth.
Ich suche jemanden, der Dimitru Ducinca gut gekannt hat."

Schweigen.

„Ich habe nur ein paar Fragen. Es geht um ein Kind."

Hilflos blickte Hanna in die abweisenden Gesichter und
wartete. Schließlich hob eine junge Frau, die mit einer anderen
Frau und zwei Männern an einem Tisch saß, die Hand. Erleichtert ging Hanna auf die Gruppe zu. „Guten Abend", grüßte sie
noch einmal. Sie reichte den Vieren reihum die Hand. „Ich bin
Hanna Morgenroth. Danke, dass Sie bereit sind, mit mir zu
sprechen."

Die junge Frau stellte die Runde vor. „Ich bin Sorana Beculescu, das ist Dora Kovaci, das ist Roland Meyer und das ist Maxim Davila. Wir sind alle aus Rumänien, nur Roland kommt
von hier." Sie zog vom Nebentisch einen Stuhl heran und bedeutete Hanna, Platz zu nehmen.

„Danke, das ist sehr freundlich von Ihnen", sagte Hanna.

„Sie sagten, es geht um ein Kind?", fragte Sorana.

Hanna nickte und zog ihr Handy aus der Tasche. „Ich muss
Ihnen das näher erklären. Können Sie mich denn überhaupt
alle verstehen?"

Sorana lächelte selbstbewusst. „Ich und Maxim lernen
Deutsch an Volkshochschule. Wir verstehen sehr gut Deutsch
und ich kann auch ganz gut sprechen, Maxim noch nicht so gut.
Dora versteht auch etwas, spricht aber nicht gut. Ich werde
übersetzen."

„Das ist sehr nett, Frau ...? Verzeihung, ich habe Ihren Namen nicht behalten."

„Be-cu-les-cu", wiederholte Sorana, jede Silbe betonend. „Ist
nicht einfach", fügte sie verständnisvoll hinzu.

„Also", begann Hanna ihre Erklärung, „Sie haben ja sicher von dem Tod Ihres Kollegen gehört, nicht wahr?"

Alle nickten.

„Am selben Abend, als Dimitru Ducinca ermordet wurde, habe ich ein kleines Mädchen gefunden, das kein Wort spricht. Ich habe es fürs Erste bei mir aufgenommen. Heute nun hat die Kleine das Foto von Dimitru Ducinca in der Zeitung gesehen und ist ganz hysterisch geworden. Ich glaube, das Kind hat irgendetwas mit dem Mann zu tun. Vielleicht können Sie mir helfen?"

Roland Meyer, der Deutsche am Tisch, meldete sich zu Wort. „Wie sollen wir Ihnen denn dabei helfen können? Wir haben den Mann doch kaum gekannt."

Sein abweisender Ton veranlasste Hanna, den jungen Mann näher zu betrachten. Gutaussehend, intelligente, etwas eng stehende Augen, etwa fünfunddreißig. Die schwarzhaarige Frau neben ihm schien ihm näher zu stehen als einem gewöhnlichen Kollegen, wenn Hanna den Blick, mit dem Dora Kovaci den Mann von der Seite ansah, richtig deutete.

„Ich habe hier einige Fotos von der Kleinen. Vielleicht haben Sie ja Dimitru Ducinca irgendwann einmal mit diesem Kind gesehen?"

Sie rief die Fotos, die sie von Mona gemacht hatte, auf das Display ihres Smartphones und reichte es Sorana. Die junge Frau betrachtete die Bilder eins nach dem anderen, schüttelte den Kopf und gab das Handy weiter an Dora.

„Ein niedliches Kind. Wohl genauso alt wie meine Tochter Zofia." Sie lächelte Hanna an. „Meine kleine Zofia! Lebt bei Oma in Rumänien, wissen Sie?" Ihr Blick ging an Hanna vorbei ins Leere. „Ich vermisse sie so ..."

Inzwischen hatte Dora, die auch verneinend den Kopf schüttelte, das Handy weitergegeben an Roland Meyer und Maxim Davila, die die Fotos eingehend betrachteten.

„Nie gesehen, das Kind", sagte Meyer entschieden. „Soviel ich weiß, hat Dimitru nie von einem Kind gesprochen. Oder von einer Familie. Allerdings habe ich ihn auch nur bei der Arbeit gesehen", fügte er hinzu.

Maxim Davila hielt das Smartphone immer noch in der Hand und betrachtete die Fotos ausgiebig. Hanna bemerkte, dass er wiederholt eins nach dem anderen auf das Display rief.

„Nun, Herr Davila? Kennen Sie das Kind?"

„Nein, ich glaube, nein."

„Aber Sie sind nicht sicher?"

„Weiß nicht. Kind kommt mir irgendwie bekannt vor, aber weiß nicht, wieso."

„Du bist doch Freund von Dimitru gewesen, Maxim, hat er nie von einem Kind gesprochen? Oder Familie?" Sorana bemühte sich sehr, Hannas Anliegen zu unterstützen. Eine nette Frau, dachte Hanna. Sie fühlt sich durch Mona wohl an ihre eigene Tochter erinnert.

Davila schüttelte den Kopf. „Dimitru nie sprechen viel. Immer nur arbeiten. Und manchmal fahren mit dem Fahrrad, ganz lange Touren. Aber immer allein. Ich glaube, er sehr einsam."

Davila reichte das Handy an Hanna zurück. Hanna lächelte der Gruppe zu und erhob sich. „Ich bedanke mich sehr für Ihre Mühe." Sie reichte wieder jedem einzelnen die Hand zum Abschied.

Roland Meyer sah Hanna misstrauisch an.

„Sagen Sie, Frau Morgenroth, Ihr Name kommt mir so bekannt vor. Heißt der Kommissar, der den Mord untersucht, nicht auch so?"

Hanna räusperte sich verlegen, wusste sie doch, dass Thomas ihre Detektivspielerei nicht gerne sah.

„Ja, das stimmt. Er ist mein Sohn. Aber mit den polizeilichen Ermittlungen in dieser Sache habe ich nichts zu tun. Es geht mir nur um das unbekannte Mädchen."

Sie wandte sich noch einmal an Maxim Davila.

„Wenn Ihnen doch noch einfällt, woher Sie das Mädchen kennen, Herr Davila, bitte melden Sie sich bei mir." Sie holte ihren kleinen Notizblock, den sie immer bei sich trug, aus der Handtasche, riss ein Blatt heraus und schrieb ein paar Ziffern auf das Papier. „Hier ist meine Telefonnummer." Davila nahm den Zettel und starrte geistesabwesend auf die Zahlenreihe.

„Nochmals vielen Dank für Ihre Hilfe", sagte Hanna. „Schönen Abend noch."

Im Auto seufzte Hanna tief auf. Das hat mich kein Stück weitergebracht, dachte sie. Schade! Und doch: Ich bin sicher, der ermordete Rumäne hat etwas mit Mona zu tun.

17

„Endlich!", flüsterte Sorana Beculescu kaum hörbar, als der dunkelblaue Opel Astra auf den Parkplatz der Wohnanlage fuhr. Schnell schlug sie ihren bunten Schal um die Schultern und lief zu dem mit laufenden Motor wartenden Wagen. Sie öffnete die Beifahrertür und schlüpfte hinein.

„Da bist du ja endlich, Liebster, ich habe schon gewartet!" Überschwänglich schlang sie die Arme um den Hals des Mannes und küsste ihn innig auf den Mund.

Christian Wendland erwiderte ihre Umarmung flüchtig und schob sie dann von sich. Es war ihm unangenehm, dass sie von den erleuchteten Fenstern des Wohnheims aus gesehen werden konnten, auch wenn ihm klar war, dass die meisten von Soranas Kollegen sowieso über sein Verhältnis mit ihr Bescheid wussten. Er legte den Gang ein und fuhr los.

„Wohin fahren wir?", fragte Sorana. Sie hatte sich zurechtgesetzt, ihr Schultertuch abgestreift und schüttelte ihre lockige schwarze Mähne. „Lass uns in eine schicken Club gehen, wo man Musik hören und tanzen kann", schlug sie vor. „Das wäre schön!"

„Okay, mein Liebling", antwortete Christian, „wenn es dir

Spaß macht." Er nahm die Hand Soranas und führte sie an seine Lippen. „Alles, was mein kleiner Schatz sich wünscht." Er steuerte den Opel auf die Bundesstraße, die zur Autobahn nach Oldenburg führte. Das Lokal, an das er dachte, kannte er recht gut, war es doch nicht das erste Mal, dass er seine Damenbekanntschaften dorthin ausführte.

„Leider können wir aber nicht allzu lange bleiben, ich darf nicht zu spät nach Hause kommen", sagte er bedauernd. „Meiner Frau geht es nicht besonders gut; dann bleibt sie oft die ganze Nacht wach und würde es merken, wenn ich erst morgens heimkomme."

Kathrin, seiner Frau, ging es ausgezeichnet. Sie hatte heute ihren Bowlingabend mit ihren Vereinsschwestern und würde gar nicht merken, dass er weg gewesen war, denn meistens zog sich solch ein Abend bis weit nach Mitternacht hin. Die Lügen gingen Christian wie immer glatt über die Lippen; es gelang ihm sogar, so etwas wie Mitleid mit seiner angeblich kranken Frau durchklingen zu lassen.

„Das verstehe ich doch", meinte Sorana. Im Dunkel des Wagens biss sie sich auf die Lippen. Es waren jetzt nur noch wenige Wochen bis zum Ende der Saison, dann lief ihr Arbeitsvertrag aus und sie musste zurück nach Rumänien, in das arme Dorf und die jämmerliche Hütte, die sie ihr Zuhause nannte. Sie musste Christian dazu bringen, seiner Frau endlich reinen Wein einzuschenken und ihr zu sagen, dass er sich scheiden lassen würde, um mit ihr, Sorana, und ihrer kleinen Zofia eine neue Familie zu gründen. Hier in dem schönen, reichen Deutschland. Später am Abend würde sie ihn ernsthaft darum bitten, nahm sie sich vor.

Christian steuerte den Wagen mit ruhiger Hand durch die Dunkelheit. Geschickt legte er eine CD ein und romantische Musik erklang. Er freute sich auf den Fortgang des Abends. Sie würden eine Kleinigkeit essen in dem Restaurant, das er gut kannte, dann in der Bar ein paar Drinks nehmen und ein wenig tanzen und danach auf dem Parkplatz in dem Waldgebiet bei den Ahlhorner Fischteichen anhalten. Wie er Soranas jungen, geschmeidigen Körper liebte und ihre leidenschaftliche, temperamentvolle Art, sich ihm hinzugeben! Die Liegesitze in dem großen Wagen waren bequem, und wenn sie etwas getrunken hatte, war Sorana nicht zu bremsen. Dumm nur, dass sie in letzter Zeit immer öfter anfing, von der Zukunft zu sprechen. Offensichtlich ging sie davon aus, dass er sich ihretwegen scheiden lassen würde. Was natürlich vollkommen ausgeschlossen war. Er liebte seine Frau, ihre Ehe war glücklich. Die gelegentlichen Seitensprünge, die nie länger als ein paar Wochen oder höchstens Monate dauerten, schadeten der Ehe nicht, im Gegenteil, er fühlte sich nach Beendigung einer Affäre immer besonders zu seiner Frau hingezogen. Und schließlich hatten sie die beiden Jungen, zwölf und vierzehn Jahre alt, auf die sie stolz waren und die sich prächtig entwickelten. Das Einfamilienhaus, in dem sie lebten, war schon so gut wie abbezahlt; der Verdienst Kathrins als Schulsekretärin erleichterte es ihm, die Raten für die Hypothek aufzubringen. Und schließlich verdiente er nicht schlecht als Chefmechaniker bei Stowasser; der große Fuhrpark an Traktoren, Pflanz- und Erntemaschinen sorgte dafür, dass ihm die Arbeit nie ausging.

„Sag einmal", unterbrach Soranas Stimme seine Gedanken, „hast du den armen Mann gekannt, der ist ermordet worden? Dimitru Ducinca?"

„Nur flüchtig", antwortete Christian. „Mit den Erntearbeitern habe ich nicht viel zu tun, das weißt du ja. Kanntest du ihn näher?"

„Eigentlich nicht. Er immer sehr ruhig, sprach nicht viel. War ganz sympathisch. Und jetzt ist er tot. Grausam ermordet. Wer kann das nur getan haben? Hast du Ahnung?"

Christian schüttelte den Kopf. „Nicht die geringste. Du vielleicht?"

„Ein Kollege von mir, der Maxim Davila, hat erzählt, man hat im Stiefel von Dimitru einen ganzen Haufen Geld gefunden. Ob Geld ist Grund gewesen für den Mord?"

„Ach Schätzchen, ich habe wirklich keine Ahnung. Lass uns von etwas anderem reden. Wir sind gleich da." Er steuerte den Wagen geschickt auf den Parkplatz des Restaurants, stellte den Motor aus und wandte sich Sorana zu. „Da sind wir. Hier werden wir eine Kleinigkeit essen. Worauf hast du Appetit?"

Sorana wandte sich ihm zu, strich ihm mit der Hand liebevoll über die Wange und fuhr ihm durch sein kurzes hellblondes Haar. Sein Lächeln ließ ihr Herz höherschlagen und sie beugte sich zu ihm hinüber, um ihn zärtlich zu küssen. „Was du willst, ist mir immer recht, Liebster. Ich liebe dich."

Christian Wendland erwiderte ihren Kuss sanft. Wie süß die Kleine war! Und dieser niedliche Akzent, wenn sie sprach! Das würde wieder eine schöne Liebesnacht werden. Schade, dass sie schon so bald nach Rumänien zurückkehren musste. Er seufzte. Aber alles musste ja einmal ein Ende haben.

18

„Mein Gott, bin ich geschafft!"

Thomas ließ sich in den Sessel fallen und streifte seine Schuhe von den Füßen. „Und gegessen habe ich auch noch nichts. Hab' einen Mordshunger."

Inga stand vom Sofa auf, wo sie zusammen mit Hanna die Talkshow im Ersten verfolgt hatte, und gab ihrem Mann einen Begrüßungskuss auf die stoppelige Wange.

„Ich mach dir schnell die Gemüse-Rösti in der Mikrowelle warm, die Hanna heute Abend gemacht hat. Sie sind sehr lecker, obwohl die Kinder sie nur mit einer Unmenge Ketchup essen wollten. Übrigens: Mein Tag war auch nicht von schlechten Eltern. Der Nachmittagsdienst im Kindergarten ist immer besonders anstrengend", fügte sie hinzu, ehe sie in der Küche verschwand.

„Was machen die Kinder, Mama?", fragte Thomas, „alles in

Ordnung?" Er unterdrückte ein Gähnen.

Hanna lächelte. „Sie schlafen, alle drei. Die Zwillinge waren vom Fußballtraining so müde, dass sie sofort nach dem Essen eingeschlafen sind. Und Mona ... Na ja, sie braucht sehr lange, bis sie in den Schlaf findet. Ich habe ihr Geschichten vorgelesen, obwohl ich nicht sicher bin, ob sie überhaupt etwas versteht. Aber anscheinend beruhigt es sie, einfach nur meine Stimme zu hören."

Inga brachte auf einem Tablett das Essen und eine Flasche Weizenbier ins Wohnzimmer und stellte es vor Thomas hin.

„Hm, das duftet gut", meinte er, „was Vegetarisches?"

„Ja", antwortete Inga trotzig, „aber es schmeckt trotzdem gut. Und ist gesund."

Der Kommissar schlang die Rösti in großen Happen in sich hinein und spülte mit einem Schluck Bier nach. Ihm war im Moment eigentlich egal, was er aß, sein Hunger sorgte dafür, dass er alles vertilgen würde, was ihm vorgesetzt wurde.

„Na, seid ihr schon vorangekommen mit eurem Mordfall?", fragte Hanna.

Thomas nickte mit vollem Mund.

„Ich komme gerade von der Pressekonferenz. Du kannst alles morgen Früh in der Zeitung lesen, Mama. Wir haben tatsächlich einen Verdächtigen. Vielleicht haben wir den Fall schon bald gelöst."

Inga setzte sich wieder auf ihren Platz und sah ihrem Mann beim Essen zu. Als er den Teller leer gegessen hatte, stellte sie ihm als Nachtisch einen Becher Vanillepudding mit Kirschen hin, den er besonders gerne aß, und reichte ihm einen Löffel. Nicht ganz ohne Hintergedanken.

„Hast du dir inzwischen die Sache mit der Hölzernen Hochzeit überlegt? Wir kommen doch nicht darum herum, eine kleine Feier zu veranstalten. Also können wir es auch gleich richtig machen."

Thomas seufzte. Um Zeit zu schinden, löffelte er langsam seinen Pudding. Seit Tagen löcherte Inga ihn mit dem leidigen

Thema, zum 10. Jahrestag eine Hölzerne Hochzeit zu arrangieren. Er für seinen Teil hatte nicht die geringste Lust dazu. Viel lieber würde er den Tag ganz alleine mit seiner Frau verbringen, zum Beispiel bei einem Wochenende an der Küste, sich den frischen Nordseewind um die Nase wehen lassen, zusehen, wie das Wasser auflief, frisch gefangenen Fisch essen und abends in einem gemütlichen kleinen Hotel ... Aber nein. Sie bestand darauf, alle Freunde, Verwandten und Bekannten einzuladen zu einem riesigen Besäufnis unter dem Kranz aus Holzspänen, den man um die Haustür herum anbrachte. Jeder Nagel, mit dem der Kranz befestigt wurde, musste dabei, der Tradition folgend, zünftig begossen werden, vorzugsweise mit Korn und Bier, damit das Glück auch weiterhin dem jungen Ehepaar hold blieb. Natürlich waren alle Beteiligten an der Herstellung der Sägespäne, am Binden des Kranzes, am Basteln der Papierblumen, also an Tätigkeiten, die gut und gerne einen ganzen Nachmittag in Anspruch nahmen, anschließend völlig ausgehungert und mussten mit Schnittchen, Salaten und Würstchen wieder zu Kräften gebracht werden. Das Ganze zog sich meistens hin bis tief in die Nacht hinein.

„Meinst du wirklich, wir sollten ... ? Denk doch nur an die viele Arbeit, Inga! Ein schönes Wochenende in Horumersiel, nur du und ich ... ?"

„Birte und Henning haben auch groß gefeiert, weißt du noch? Und Ulla und Wilfried auch. Alle rechnen damit, auch zu unserer Hölzernen Hochzeit eingeladen zu werden. Wir können uns davor unmöglich drücken. Wie sähe das denn aus!" Zwischen Ingas schönen blauen Augen war eine ärgerliche Falte erschienen. „Außerdem möchte ich es auch. Ich freue mich darauf, mal wieder richtig zu feiern. Du weißt doch, wie lustig es wird, wenn wir alle zusammen sind."

Thomas stieß einen resignierten Seufzer aus. „Na gut, wenn es sein muss. Wen hast du denn vor, alles einzuladen?"

„Na, meine Kolleginnen und deine Kollegen und die Nachbarn links und rechts und unsere Freunde aus Oldenburg und

Lingen, die sehen wir sowieso so selten.“

„Um Gottes willen, wie sollen die denn alle hier in unser Haus passen?“

„Ach, das geht schon. Das wird sowieso eine Stehparty. Im Flur können wir tanzen ... “

„Okay, okay, Liebling. Aber die Organisation übernimmst du, dass das klar ist!“

„Natürlich, Schatz. Ich mache das schon. Also bist du einverstanden?“ Inga setzte sich auf seinen Schoß und schlang ihre Arme um seinen Hals. „Danke, Schatz! Du wirst sehen, das wird ganz toll!“

Hanna hatte dem Gespräch zwischen ihrem Sohn und seiner Frau lächelnd zugehört, ohne sich einzumischen. Ihr war von vorneherein klar gewesen, dass Thomas gegen die Überredungskünste seiner Frau keine Chance haben würde.

„Ich würde gern etwas anderes mit dir besprechen, Thomas. Es hat mit dem Mordfall zu tun, aber auch mit Mona. Inga habe ich es schon erzählt“, bat sie nun um seine Aufmerksamkeit.

„Mit dem Mord? Was kann Mona denn mit unserem Fall zu tun haben?“, fragte er erstaunt.

Hanna erzählte in kurzen Worten, wie Mona auf das Bild in der Zeitung reagiert hatte und von ihrem anschließenden Besuch bei den Saisonarbeitern in der Stowasser-Wohnanlage.

„Hm“, machte er nachdenklich, als Hanna geendet hatte. „Das ist wirklich mysteriös. Mir völlig unerklärlich, weil wir im Umfeld des Opfers nirgendwo auf ein kleines Mädchen gestoßen sind. Der Mann war ein Einzelgänger, hatte nur wenig Kontakt mit seinen Kollegen. Alle sagen, er habe wenig gesprochen, sei oft alleine unterwegs gewesen mit dem Fahrrad. Und dann ist da auch noch diese Sache mit dem Geld, diesen zehntausend Euro.“

„Ich finde, das Geld deutet auf irgendeine krumme Sache hin, in die der Mann verwickelt war“, meinte Hanna. „Niemand versteckt so viel Bargeld bei sich. Noch dazu solch eine runde Summe. Wenn man Geld anspart, ist es doch meistens eine unregelmäßige Summe."

„Das ist auch unsere Überlegung. Wir verfolgen da schon eine vielversprechende Spur. Aber ich wüsste nicht, wie ein kleines Mädchen wie Mona da hineinpassen sollte." Er sah seine Mutter stirnrunzelnd an. „Und bitte, Mama, überlass' uns die Ermittlungen. Wir sind Profis. Wenn es einen Zusammenhang geben sollte zwischen dem Mordopfer und unserem kleinen Findelkind, was ich nicht glaube, so finden wir ihn schon. Halte dich bitte aus unserer Arbeit heraus!"

„Natürlich, Thomas. Du kennst mich doch!"

„Eben!"

Hanna schmunzelte. Thomas hatte ja nicht ganz Unrecht: Es war nun einmal ihre Leidenschaft, rätselhaften Ereignissen auf den Grund zu gehen. In einem anderen Leben wäre sie sicher eine erfolgreiche Detektivin geworden statt Lehrerin. Aber immerhin hatte sie schon einmal, damals, in der Sache mit dem französischen Mädchen, gezeigt, dass sie eine gute Spürnase besaß.

Alle drei schwiegen einen Moment, in Gedanken versunken. Inga, die bisher nur zugehört hatte, nahm den Gesprächsfaden wieder auf. „Hanna, du hast doch erzählt, dass Mona im Anschluss an diesen Panikanfall angefangen hat zu malen. Wie wäre es, wenn du die Bilder einem Kinderpsychologen zeigen würdest? Vielleicht kann der ja deuten, was Mona mit ihren merkwürdigen Zeichnungen mitteilen will. Mir kommen sie jedenfalls sehr seltsam vor. Die meisten Vierjährigen im Kindergarten malen ganz andere Bilder, richtige Szenen mit Häusern, Bäumen, Blumen, Sonne und Wolken. Oder sie zeichnen Autos und Bagger. Monas Bilder sind völlig anders."

Hanna nickte Inga dankend zu. „Das ist eine gute Idee, Inga! Gleich morgen lasse ich mir einen Termin bei Dr. Rudolf geben. Das ist der Psychologe beim Jugendamt."

Thomas stand auf. „Ich jedenfalls gehe jetzt ins Bett. Ich bin todmüde. Kommst du mit, Inga?"

Inga erhob sich ebenfalls und fasste ihrem Mann um die

Taille. „Natürlich, Schatz. Gute Nacht, Hanna!"

„Gute Nacht, ihr beiden! Schlaft gut."

Hanna trank nachdenklich den Rest des Rotweins, der in ihrem Glas verblieben war. Sie würde noch kurz nach Mona sehen und dann ebenfalls zu Bett gehen. Morgen war schließlich auch noch ein Tag.

19

Ludger Stedefuß verschränkte die Arme vor der Brust und starrte missmutig vor sich hin. Er saß in dem provisorischen Vernehmungsraum im Polizeicontainer und wartete auf die Beamten, die ihn einbestellt hatten zu einer neuerlichen Befragung, wie es hieß. Am Fenster lehnte ein uniformierter Polizist, der gelangweilt auf den Hof hinausschaute. Auf dem Tisch vor ihm stand ein Aufnahmegerät und auf einem Stativ war eine Kamera aufgebaut. Anscheinend wird das hier eine hochoffizielle Sache, dachte Stedefuß beunruhigt.

Die Tür ging auf und ein hochgewachsener Typ mit dunklem Dreitagebart in Zivil betrat den Raum, gefolgt von dem Beamten, den Stedefuß schon kannte, Klüver hieß er, erinnerte er sich. Die niedliche blonde Tussi, die Klüver damals dabeigehabt hatte, ließ sich diesmal bedauerlicherweise nicht blicken, stellte er enttäuscht fest. Ungeduldig starrte er die beiden Beamten an, die sich ihm gegenüber an den Tisch setzten.

Was für ein unsympathischer Kerl, dachte Thomas, als er die Befragung eröffnete. Er stellte die Geräte an und nannte Datum und Uhrzeit für das Aufnahmeprotokoll. Auf die Frage, ob Stedefuß etwas dagegen habe, dass die Vernehmung aufgezeichnet würde, zuckte der Vorarbeiter nur die Schultern.

„Ich bin Kriminalhauptkommissar Thomas Morgenroth, dies ist Oberkommissar Klüver, den Sie schon kennen, der Kollege dort ist Polizeimeister Uwe Höltinghaus. Sie sind Ludger Stedefuß, wohnhaft in Cloppenburg, Inselstraße 14, geboren am 12. 03. 1961, ist das richtig?"

„Ja", bestätigte Stedefuß einsilbig.

„Sie werden als Tatverdächtiger vernommen in der Tötungsangelegenheit Dimitru Ducinca. Sie haben das Recht, die Aussage zu verweigern und das Recht auf einen Anwalt. Wollen Sie einen Anwalt hinzuziehen?"

„Einen Anwalt? Ich brauche keinen Anwalt. Ich habe mit dem Mord nichts zu tun! Ich weiß gar nicht, was Sie von mir wollen!"

„Gut. Dann fangen wir von vorne an, Herr Stedefuß. Sie sind Vorarbeiter bei der Gemüsebaufirma Stowasser hier vor Ort, richtig?"

Knappes Nicken.

„Sie leiten eine Gruppe von Feldarbeitern, zu denen auch Dimitru Ducinca gehörte, stimmt das?"

Wieder ein Nicken.

„Würden Sie bitte laut und deutlich antworten, Herr Stedefuß? Nicken genügt nicht."

Stedefuß richtete sich auf und beugte sich nach vorne. Betont deutlich wiederholte er: „Ja, das stimmt."

„Vor ein paar Tagen haben Zeugen beobachtet, wie Sie eine laute Auseinandersetzung mit dem Mordopfer hatten. Es soll um Geld gegangen sein. Was sagen Sie dazu?"

Stedefuß fuhr auf. Sein breites Gesicht rötete sich. „Das hat der da ... ", er zeigte mit dem Kinn auf Jan Hendrik Klüver, „ ... auch schon behauptet. Aber das stimmt nicht. Die lügen, Ihre 'Zeugen'!" Das Wort Zeugen setzte er mit den Fingern in Häkchen.

„Aha, dann stimmt es also nicht, dass Sie dem späteren Opfer eine große Summe Geld gegeben haben, Herr Stedefuß?"

„Nein, natürlich nicht!"

Thomas meinte, eine deutliche Unsicherheit in der Stimme des Verdächtigen zu hören. Er entnahm der Akte, die er vor sich auf dem Tisch liegen hatte, ein Stück Papier und schob es über den Tisch zu Stedefuß hinüber.

„Sehen Sie sich das einmal an, Herr Stedefuß!"

Verunsichert warf Stedefuß einen Blick auf das Papier. „Das kann ich jetzt nicht alles lesen. Was ist das?"

„Das ist der Bericht der Kriminaltechnik. Sie hat ein Bündel Geldscheine, das bei Ducinca gefunden worden ist, auf frische Fingerspuren überprüft. Wir haben diese Fingerabdrücke mit denen verglichen, die der Erkennungsdienst Ihnen heute Morgen abgenommen hat. Und siehe da: sie passen. Was sagen Sie denn dazu?"

Nervös rutschte Stedefuß auf seinen Stuhl hin und her, während er unablässig seine Hände knetete. Thomas sah ihn ruhig an und wartete.

„Vielleicht habe ich den Geldschein irgendwann einmal in der Hand gehabt. Das ist doch kein Beweis, Geldscheine gehen schließlich von Hand zu Hand", begehrte Stedefuß auf.

„Das ist richtig, da haben Sie Recht. Aber hier war es so, dass die Geldscheine zusammengerollt und mit einem Gummiband zusammengehalten worden sind. Und auf exakt dem äußersten Geldschein haben wir wunderbare Abdrücke Ihrer fünf Finger gefunden? Zufall?"

Eigensinnig presste Stedefuß die Lippen zusammen. „Kann doch trotzdem zufällig so sein! Oder etwa nicht?" Er klemmte die Hände unter die Achseln und ließ sich auf seinem Stuhl zurücksinken.

„Nun gut." Wieder holte Thomas ein Papier aus seiner Akte und schob es über den Tisch.

„Hier habe ich die Kontobewegungen Ihres Girokontos der letzten vier Wochen. Am letzten Mittwoch haben Sie zehntausend Euro von Ihrem Konto abgehoben. Und nun raten Sie mal, wie groß die Summe war, die wir bei Ducinca gefunden haben?"

Die zur Schau getragene Selbstsicherheit des Verdächtigen fing an zu bröckeln. Thomas registrierte, wie sich winzige Schweißperlen auf der Stirn des Mannes sammelten.

„Es waren genau zehntausend Euro", ergänzte Thomas. „Ein

Zufall?"

Schweigen. Stedefuß starrte stur geradeaus.

„Wohl kaum. Bitte erklären Sie uns, wofür Sie Ducinca bezahlt haben, Herr Stedefuß!"

Der Vorarbeiter kaute nervös auf seiner Unterlippe herum. Schließlich blickte er die Kommissare trotzig an und behauptete: „Ich hab' das Geld für etwas anderes gebraucht. Ducinca hat damit nichts zu tun."

„Aha. Für etwas anderes. Wollen Sie uns nicht verraten, wofür? Sicher haben Sie doch Quittungen und Belege, wofür Sie diese nicht ganz kleine Summe ausgegeben haben, oder? Also: Wofür?"

Thomas registrierte mit Genugtuung, dass sein Gegenüber immer mehr in Bedrängnis geriet. Offenbar war er auf dem richtigen Weg. Stedefuß kramte ein Taschentuch aus seiner Hosentasche und wischte sich damit über das Gesicht.

„Hab' ich nicht", kam es kleinlaut über seine Lippen.

Jan Hendrik, der sich bis jetzt noch nicht an dem Verhör beteiligt hatte, räusperte sich. „Nun halten Sie uns bitte nicht für blöd, Herr Stedefuß! Natürlich haben Sie Ducinca das Geld gegeben. Die Frage ist nur, wofür?"

„Ich hab' es ihm geschenkt."

Thomas und Jan Hendrik brachen unisono in lautes Lachen aus.

„Sie haben es ihm geschenkt! Entschuldigen Sie, dass wir lachen, aber das ist wirklich zu komisch! Weshalb sollten Sie einem rumänischen Saisonarbeiter, den Sie kaum kennen, eine solche Summe schenken? Das müssen sie uns erklären, lieber Herr Stedefuß." Die Kommissare beugten sich gespannt nach vorne.

„Ich habe es ihm geschenkt und damit basta. Warum, brauche ich Ihnen nicht zu erklären. Er hat mir eben leidgetan und ich wollte ihm helfen. Das ist alles, was ich Ihnen dazu sagen werde." Stedefuß hatte sein Selbstbewusstsein halbwegs wiedergefunden. Er starrte den Beamten direkt ins Gesicht und verschränkte wieder die Arme.

„Okay", meinte Thomas, „lassen wir das für den Moment und kommen wir auf etwas anderes zu sprechen. Herr Stedefuß, Sie haben ausgesagt, Sie seien den ganzen Sonntagnachmittag, also zu der Zeit, als Dimitru Ducinca ermordet wurde, mit Ihrer Frau und Ihren Skatfreunden zusammen gewesen. Stimmt das?"

„Ja! Sie können meine Frau ja fragen!"

„Das haben wir getan. Sie hat Ihr Alibi bestätigt."

Ein triumphierendes Lächeln breitete sich auf dem Gesicht des Verdächtigen aus. Er bekam Oberwasser.

„Allerdings ... " Thomas machte eine wirkungsvolle Kunstpause.

„Was: allerdings?", fragte Stedefuß prompt.

„Sie hat ausgesagt, Sie seien nach dem Mittagessen mit ihr zum Antikmarkt in der Münsterlandhalle gefahren, bevor später Ihre beiden Skatkumpel gekommen seien."

„Ja, und das stimmt ja auch."

„Allerdings konnte sie uns nicht bestätigen, dass Sie die ganze Zeit, also von etwas 14.30 Uhr bis 16.00 Uhr, mit ihr zusammen gewesen sind. Als wir sie nämlich nach dem genauen Ablauf des Nachmittags befragten, erzählte sie uns, sie habe ihre Freundin getroffen, ... wie heißt die Dame noch gleich, Jan Hendrik?"

Der Oberkommissar sah kurz in der Akte nach und ergänzte: „Eleonore Schneider."

„Sie hat also ihre Freundin, Frau Eleonore Schneider, getroffen, und diese Frau Schneider hat uns auf Nachfrage mitgeteilt, dass sie mindestens eine Dreiviertelstunde allein mit Ihrer Frau beim Kaffee gesessen habe und Sie erst gegen 16.00 dazugestoßen seien. Das bedeutet: Sie sind mit Ihrer Frau zum Antikmarkt gefahren, haben sie dort alleingelassen und sind wieder weggefahren. Was sagen Sie dazu, Herr Stedefuß?"

Wieder kam das schon reichlich feuchte Taschentuch zum Einsatz.

„Ja, es stimmt. Es war mir zu langweilig auf dem Markt, und da bin ich noch ein wenig mit dem Auto herumgefahren. Das ist doch nicht verboten, oder?"

„Sicher nicht. Aber es bedeutet, dass Sie kein Alibi für die Tatzeit haben. Zusätzlich geben Sie zu, dass Sie mit ihrem SUV unterwegs waren, gerade zu dem Zeitpunkt, als das Opfer mit einem SUV überfahren wurde. Alles nur Zufall, Herr Stedefuß?"

„Aber ich habe mit dem Mord nichts zu tun, Herr Kommissar, Sie müssen mir glauben!" Aufgeregt sprang Stedefuß auf und beugte sich zu den Beamten über den Schreibtisch. „Ich habe den Mann nicht überfahren, glauben Sie mir doch!", wiederholte er.

Es klopfte an der Tür. Thomas unterdrückte einen Fluch. Die Unterbrechung kam zum schlechtesten Zeitpunkt, Stedefuß schien nicht mehr weit von einem Geständnis entfernt zu sein.

Wilhelm Stör betrat den Raum. Der Kriminaltechniker entschuldigte sich für die Störung, trat an Thomas heran und flüsterte ihm etwas ins Ohr. Dann gab er ihm ein Blatt mit technischen Daten und Erklärungen und verließ wieder den Verhörraum. Thomas studierte kurz, was auf dem Papier stand und reichte es dann zu Jan Hendrik hinüber, der es ebenfalls schnell überflog. Stedefuß beobachtete die beiden Kommissare gespannt.

„Was ist denn nun", fragte er ungeduldig, „bin ich jetzt verhaftet?"

Thomas stand auf, Jan Hendrik beugte sich übers Mikrofon, verkündete: „Ende der Befragung um 11.56 Uhr" und stellte die Geräte ab.

„Nein", sagte er, „Sie können gehen."

20

Dr. Reinhold Rudolf sah genauso aus, wie Hanna sich einen erfahrenen Kinderpsychologen vorgestellt hatte: Ende fünfzig, mittelgroß und schlank, grauhaarig, mit einer randlosen Brille und einem gepflegten grauen Kinnbart. Fast wie Sigmund Freud persönlich, dachte Hanna beeindruckt. Er begrüßte sie mit leiser, sanfter Stimme, gab dem Kind lächelnd die Hand, die Mona zögernd ergriff, bevor sie sich wieder ängstlich hinter Hanna versteckte, und forderte sie auf, Platz zu nehmen.

In einem abgegrenzten Bereich des geräumigen Büros war eine Spielzeugecke eingerichtet worden, ausgestattet mit einem Puppenhaus, das einem realen Haus sehr ähnelte, vielen Puppenfiguren, Stofftieren, großen und kleinen Holzspielzeug und weiteren, wohl auch therapeutischen Dingen wie verschiedenen Kinderstühlchen und -tischen, Büchern, Bällen und vielen Gegenständen, deren Funktion Hanna auf dem ersten Blick nicht erkennen konnte. Mona fühlte sich offenbar magisch angezogen von dem vielfältigen Spielangebot und löste zögernd ihre Hand aus der Hannas.

„Lassen Sie das Kind ruhig in die Ecke zum Spielen gehen, Frau Morgenroth, dann können wir beide uns ungestört unterhalten", sagte der Psychologe, während er sich wieder hinter seinen mit Büchern und Schriftstücken übersäten Schreibtisch setzte. Hanna konnte sich nicht genug wundern über ihren kleinen Schützling, der sich ohne Weiteres von ihr zu der Ecke führen ließ und sich sofort mitten hineinbegab in die Spielzeuglandschaft.

„Erstaunlich", konstatierte sie, „sonst lässt sie meine Hand nicht los, wenn wir bei jemand Fremdem sind."

Dr. Rudolf lächelte. „Sie spürt, dass sie in diesem Raum nichts zu befürchten hat, die Kleine."

Hanna löste ihren Blick von dem Kind und wandte sich dem Psychologen zu.

„Sie wissen sicher von Frau Geschonnek, worum es geht, nicht wahr, Herr Doktor?"

„Ja, meine Kollegin hat mich über diesen merkwürdigen Fall informiert. Ist denn immer noch niemand aufgetaucht, der zu dem Kind gehört?"

„Nein, leider nicht. Und dabei ist heute schon der dritte Tag, seit ich sie gefunden habe. Es ist unglaublich, dass niemand dieses Kind zu vermissen scheint."

„Nun, in der derzeitigen Situation ist es für die Kleine am besten, bei Ihnen zu bleiben. Wie ich sehen konnte, hat sie schon großes Vertrauen zu Ihnen gefasst. Das ist gut. Aber was ist es denn konkret, was Sie nun zu mir führt?"

Hanna schilderte dem Arzt ausführlich, was sich am gestrigen Nachmittag zugetragen hatte. „Und dann fing sie an zu malen", fuhr sie fort. „In kurzer Zeit hat sie drei Bilder fertiggestellt, die sie mir eins nach dem anderen geradezu feierlich überreicht hat." Sie holte die zusammengefalteten Blätter aus ihrer Handtasche und gab sie dem Psychologen.

„Die Blätter sind gefaltet, dreimal. Haben Sie das gemacht?"

„Nein, das war Mona selbst. Sie hat sie mir so zusammengefaltet überreicht."

„Das ist schon ein erster wichtiger Hinweis darauf, was diese Zeichnungen für das Kind bedeuten. Es sagt uns damit, dass diese Bilder ein Geheimnis enthalten, womöglich ein schlimmes, belastendes Geheimnis, welches jetzt, aber nur ganz vorsichtig, gelüftet werden soll. Das vielfache Zusammenfalten heißt: Ich behalte mein Geheimnis eigentlich noch lieber unter Verschluss, aber du bist jemand, von dem ich weiß, dass er behutsam damit umgehen wird. Es ist ein großer Vertrauensbeweis für Sie, Frau Morgenroth, dass die Kleine Ihnen diese Bilder übergeben hat."

Hanna war gerührt, fast kamen ihr die Tränen. Sie warf einen liebevollen Blick auf das kleine Mädchen, das selbstvergessen in einem riesigen Bilderbuch blätterte.

Dr. Rudolf hatte inzwischen die drei Blätter auseinandergefaltet und vor sich ausgebreitet.

„Die Bilder ähneln sich sehr, das heißt, es ist im Wesentlichen immer dieselbe Botschaft, die sie enthalten." Er machte eine Pause, während er die Zeichnungen genau betrachtete. Hanna beobachtete ihn gespannt.

„Auf dem ersten Blick kann ich erkennen, dass diese Zeichnungen von einem hochtraumatisierten Kind stammen. Was nicht verwunderlich ist, wenn man bedenkt, unter welchen Umständen es aufgefunden worden ist. Allein die Tatsache, dass Mona - Sie haben sie Mona genannt, nicht wahr? - dass sie nicht spricht, lässt darauf schließen, dass sie etwas erlebt hat, was ihr buchstäblich die Sprache verschlagen hat, wie es im Volksmund heißt."

„Aha. Und woran erkennen Sie das?", fragte Hanna.

„Mona hat lauter kleine Einzelzeichen gemalt, über das ganze Blatt verteilt. Es fehlen die stabilisierenden Grundbewegungen, also waagerechte und senkrechte Ausrichtungen. Senkrechte Ausrichtungen bedeuten Stehen, und Stehen hat etwas mit Standfestigkeit zu tun, mit Stärke und Stabilität. Denken Sie zum Beispiel an einen Baum, der fest und gerade auf dem Boden steht. Er bildet eine Senkrechte. Waagerechte Linien bedeuten Liegen, Ruhen. Im Zusammenhang mit der Senkrechten ist die Waagerechte der feste Boden, auf dem alles steht. Oft malen Kinder, die sich geborgen und sicher fühlen, ihre Motive auf einer waagerechten Linie am unteren Rand des Bildes, die sozusagen den Boden verkörpert. Auf diesem Boden stehen dann die Bäume, das Haus, aus ihm wachsen die Blumen und so weiter. Alles das fehlt in den Bildern hier. Wir müssen davon ausgehen, dass Mona zutiefst verunsichert ist. Ihre gesamte Welt hat ihre Stabilität und Zuverlässigkeit verloren. Dazu passt, dass sie sich kaum von Ihnen lösen kann. Sie sind im Moment die einzige zuverlässige Bezugsperson für das Kind."

„Oh Gott!", entfuhr es Hanna.

„Dazu kommt, dass das Kind offenbar etwas Furchtbares erlebt hat. Sehen sie hier!"

Der Psychologe zeigte auf das mit einem pinkfarbenen Stift gemalte Doppelherz, das in allen drei Zeichnungen auftauchte.

„Mona hat hier ineinander verschmolzene Herzen gemalt, in einer leuchtenden, geradezu grellen Farbe. Wir lesen die Herzform gerne symbolisch für Liebe oder Zuneigung. Aber es kann auch sein, dass Mona dieses Doppelherz irgendwo gesehen hat und es mit einem traumatischen Erlebnis verbindet, das sie am liebsten auslöschen möchte. Deshalb hat sie es mit einem schwarzen Stift überkritzelt, so dass man es kaum noch erkennen kann. Es ist der Versuch, dieses Ereignis auszulöschen."

„Das arme Mädchen!"

„Ja. Dazu kommen noch andere Faktoren. Sehen Sie einmal, hier, das kleine Haus. Es kommt ebenfalls in allen drei Bildern vor. Ich deute das Haus als das Kind selbst, sein Ich, seine Person. Die Häuser, die Mona gezeichnet hat, sind sehr klein und mit einem dünnen gelben Stift gezeichnet. Und es hat kein Fundament, keine Tür und keine Fenster. Ich glaube, Sie können selbst interpretieren, was das bedeutet."

„Sie fühlt sich klein, unscheinbar, ohnmächtig, denke ich. Sie wagt ja kaum, ihrem Ich einen Ausdruck zu geben. Die fehlende Grundlinie heißt, nach dem, was Sie vorhin über die Waagerechte sagten, dass sie keinen Halt, keine Sicherheit spürt. Aber was bedeuten die fehlenden Fenster und Türen?"

„Ganz eindeutig kann man dieses Phänomen nicht interpretieren. Ich denke, es hat mit der fehlenden Sprache zu tun. Mona ist in sich eingeschlossen, kann nicht aus sich heraus, das heißt, bildlich gesprochen, es fehlt ihr der 'Blick nach draußen', sie kann sich nicht mitteilen. Vielleicht ist es aber auch ein Zeichen dafür, dass sie sich abschotten will, weil sie womöglich zu sehr den 'Blicken', das heißt, den Zudringlichkeiten psychischer, wenn nicht sogar physischer Art ausgesetzt war. Das bringt mich zu der Frage: Gibt es Hinweise auf sexuellen Missbrauch?"

Hanna musste an die rot lackierten Fingernägel denken und an die blauen Flecken. „Nicht direkt." Sie berichtete dem Arzt von ihren Feststellungen.

„Ich frage auch deshalb danach, weil ich diese Zeichnung", er zeigte Hanna ein Strichmännchen mit drei ungleichen Beinen und übergroßen Händen, „in allen drei Bildern finde. Sehen

Sie, hier links unten im Bild, ganz klein. Die riesigen Hände könnten bedeuten, dass Mona tatsächlichen Übergriffen ausgesetzt war. Das kürzere Bein könnte dabei der Penis eines Mannes sein."

„Oh mein Gott! Ich habe es befürchtet!", sagte Hanna.

„Sie hat diese Strichmännchen winzig klein gezeichnet, nicht etwa, weil sie unwichtig sind, sondern weil sie sie unwichtig machen möchte, das heißt, sie möchte diese Erlebnisse vergessen, aber es gelingt ihr nicht ganz. Zu dieser Deutung passt auch dieses Graphem hier." Dr. Rudolf zeigte auf ein mit dickem schwarzen Stift gezeichnetes, schräg nach links verlaufendes Muster, das aus vielen dicht aneinander gesetzten Auf und Abbewegungen bestand. Die dabei entstandenen Zickzacklinien gingen teilweise ineinander über oder überschnitten sich.

„Diese eigentlich auf die Grundbewegung 'Gehen' zurückgehende Zickzacklinie erscheint hier gestaucht, unruhig und regelrecht zusammengepresst, ein Zeichen für eine große innere Belastung, auch verbunden mit buchstäblich lähmenden Ängsten. Das Nach-links-Gerichtetsein deutet auf Erfahrungen aus der Vergangenheit hin; nach rechts gerichtete Grapheme verweisen auf Zukünftiges."

Hanna nahm eins der Bilder und betrachtete es. „Nun sehe ich diese Bilder mit ganz anderen Augen, Herr Doktor. Es ist erstaunlich, was für eine deutliche Sprache die Zeichnungen sprechen."

„Ja, das stimmt. Mona hat ein oder mehrere traumatisierende Erlebnisse gehabt. Sie braucht unbedingt eine Therapie, die sie aus ihrer Sprachlosigkeit befreit. Einstweilen ermuntern Sie sie ruhig, weiter zu malen. Sie hat damit eine Ausdrucksmöglichkeit gefunden."

Hanna nickte, den Blick immer noch auf dem Bild in ihrer Hand.

„Sagen Sie, Doktor, auf diesem Bild ist eine Zeichnung, die auf den anderen nicht auftaucht, also wohl nicht so wichtig ist.

Schauen Sie, hier: Sieht das nicht aus wie eine Krone mit fünf Zacken?"

Der Psychologe besah sich die Zeichnung und nickte. „Das könnte sein. Allerdings passt die kleine Öffnung hier unten nicht so recht dazu. Aber es kann gut sein, dass wir hier einen Hinweis auf Monas Wünsche haben. Prinzessinnen tragen ja häufig eine Krone. Eigentlich ein gutes Zeichen."

Er stand auf und reichte Hanna die Bilder zurück. „Ich hoffe, ich habe Ihnen ein wenig helfen können, Frau Morgenroth. Wie gesagt, das Kind braucht eine Therapie."

„Ja, da haben Sie Recht, Herr Dr. Rudolf. Fürs Erste vielen Dank."

Sie nahm Mona an die Hand, verabschiedete sich und verließ das Jugendamt. Auf dem großen Parkplatz am Markt angekommen, half sie dem Mädchen, auf den Kindersitz im Fond des Aygos zu klettern. Den silberfarbenen Mercedes GLK, einen großen SUV, der einige Plätze neben ihr geparkt hatte und kurz nach ihr startete, bemerkte sie nicht. Auch nicht, dass er ihr auf dem ganzen Heimweg folgte.

21

Kriminalhauptkommissar Thomas Morgenroth saß in seinem Büro über den Akten, die sich im Mordfall Ducinca inzwischen angesammelt hatten, und fluchte leise vor sich hin. Da waren sie sich so sicher gewesen, dass sie den Mörder schon auf dem Verhörstuhl sitzen hatten, als Wilhelm Stör mit seinem Bericht von der Untersuchung der Reifen dazwischenfunkte! Die Reifen des BMW X5 von Ludger Stedefuß hatten die Spuren am Tatort nicht hinterlassen! Jedenfalls passte die Profiltiefe nicht, und auch Faserspuren der Kleidung des Toten waren nicht auffindbar. Auch der DNA-Abgleich mit der Zigarettenkippe vom Tatort hatte keine Übereinstimmung mit der

DNA von Stedefuß ergeben. Also schied der Vorarbeiter als Mörder aus, es sei denn, er hätte einen anderen Geländewagen für die Tat benutzt, was aber abwegig war, wie Thomas sich eingestehen musste. Auch der Jeep Stowassers kam als Tatfahrzeug nicht in Frage, denn auch er wies nicht das entsprechende Profilbild auf, wie die Untersuchung der inzwischen eingelagerten Sommerreifen des Firmenchefs ergeben hatte. An eine Schuld des Gemüsebauern hatte Thomas sowieso nicht geglaubt. Warum hätte der Chef der gutgehenden Firma einen seiner Mitarbeiter umbringen sollen?

Nein, der Einzige, der sich im Zusammenhang mit dem Ermordeten verdächtig gemacht hatte, war und blieb Ludger Stedefuß. Da war zum einen das Geld. Nie und nimmer hatte er es dem Rumänen geschenkt, wie er frech behauptete. Viel wahrscheinlicher war es, dass Stedefuß Ducinca für irgendetwas bezahlt hatte. Aber wofür? Wieder und wieder strich der Kommissar sich über seien Dreitagebart mit der für ihn typischen Geste der Ratlosigkeit.

Jens Hartmann, der Computerspezialist, kam ins Büro gestürmt.

„Ich glaub, ich hab' da was, Chef!"

Erwartungsvoll hob Thomas den Kopf. „Na, dann her damit!"

Der Kommissaranwärter trat neben seinen Chef und breitete mehrere Blätter vor ihm auf dem Schreibtisch aus.

„Wir haben doch laut Gerichtsbeschluss die Erlaubnis, die Konten des Herrn Stedefuß einzusehen, nicht wahr? Auf dem von ihm angegebenen Girokonto haben wir außer den üblichen monatlichen Abbuchungen wie Strom, Hypothekenraten und so weiter nur den jeweiligen Eingang seines Gehaltes und dem seiner Frau, die halbtags im Supermarkt an der Kasse arbeitet, gefunden. Und natürlich die Auszahlung der zehntausend Euro, die er angeblich dem Ducinca geschenkt hat. Und dann war da auch noch ein Sparkonto mit knapp fünftausend Euro darauf."

„Ja", sagte Thomas. „Worauf willst du hinaus? Nun mach es nicht so spannend!"

„Ich habe mir gedacht, frag' doch mal bei den anderen Banken hier in Cloppenburg nach, ob Stedefuß nicht noch weitere Konten hat. Und siehe da: Er hat noch ein Tagesgeldkonto bei der Landessparkasse!"

„Und?"

„Natürlich habe ich dort die Kontobewegungen der letzten Monate ebenfalls überprüft. Und was meinst du, habe ich festgestellt?"

Thomas seufzte ungeduldig. „Jens! Nun komm auf den Punkt!"

Jens Hartmann genoss es sichtlich, seinen Vorgesetzten auf die Folter zu spannen.

„Also: Stedefuß hat auf dieses Konto in unregelmäßigen Abständen Geld eingezahlt. In bar! Und immer größere Beträge! Hier, schau mal!" Er zeigte mit seinen langen Fingern auf die gelb markierten Zahlen auf den Kontoauszügen. „Hier: neuntausend Euro, zwölftausend Euro, dreitausend Euro. Der Kontostand beläuft sich auf sage und schreibe 37 000 Euro! Nicht schlecht, was?"

Triumphierend sah der junge Kommissar Thomas an, der ungläubig die Auszüge betrachtete.

„Das ist allerdings hochinteressant. Da werden wir doch den feinen Herrn Stedefuß einmal fragen, woher dieses Geld stammt. Gute Arbeit, Jens!"

„Das ist aber noch nicht alles, Chef. Schau dir mal die Ausgabenseite auf den Auszügen an. Es ist immer nur ein Posten verbucht, der aber regelmäßig Monat für Monat."

Thomas studierte die Blätter noch einmal.

„Ja, hier. Ein Betrag von hundertfünfzig Euro. Bezahlt an Werner Heisig. Den kenne ich. Das ist ein Bauer hier in der Nähe. Hat sich auf Schweinemast spezialisiert." Er sah seinem Mitarbeiter ins Gesicht. „Wie ich an deinem breiten Grinsen sehe, hast du schon längst recherchiert, wofür Stedefuß dem

Bauern Heisig diese hundertfünfzig Euro bezahlt. Nun spuck's schon aus!"

„Das ist die Miete für einen Schuppen oder, besser gesagt, eine alte Scheune, die Heisig nicht mehr braucht. Sie steht ziemlich verlassen auf freiem Feld. Nur ein schlecht befahrbarer Feldweg führt dorthin."

„Soll das heißen, du warst schon da?"

Jens nickte. „Ich wollte sehen, was es damit auf sich hat. Ist aber abgeschlossen, die Scheune."

„Du bist aber nicht ...?"

„Um Himmels willen Chef, doch nicht ohne richterlichen Durchsuchungsbeschluss! Würde ich doch niemals ...!"

„Gut. Den Beschluss werden wir sofort beantragen. Ich sage Frau Dr. Engelbrecht Bescheid. Kann aber etwas dauern. Richter Hüning ist sicher bei Gericht."

Thomas' Handy klingelte. Er nahm das Gespräch an und bedeutete Jens, dass es privat sei.

„Ja, Mama, was gibt's?", fragte er ins Telefon.

22

Hanna fuhr in die Einfahrt zu ihrem Haus und stellte den Aygo vor der geschlossenen Garagentür ab. Nachdem sie ausgestiegen war, schob sie den Vordersitz, so weit es ging, nach vorne. „Komm, Mona, wir sind zu Hause", sagte sie zu dem Mädchen. Sie öffnete Monas Gurt und half ihr, aus dem engen Fond des Kleinwagens herauszuklettern. Dabei bemerkte sie, dass das Mädchen die Nase hochzog.

„Du wirst dich doch nicht erkältet haben, meine Kleine?" Mona schniefte. Hanna stellte das Kind neben dem Wagen ab, nahm ihre Handtasche und suchte nach einem Tempotaschentuch, um Mona die Nase zu putzen.

Plötzlich bremste ein großes Auto vor der Hauseinfahrt.

Während der Motor weiterlief, öffnete sich die Fahrertür. Ein riesiger schwarzgekleideter Mann mit einer Motorradmütze auf dem Kopf, die nur die Augenpartie offen ließ, stieg eilig aus und rannte direkt auf Hanna zu. Ein paar lange Schritte und er war bei ihr und dem Kind angelangt. Mit einer heftigen Armbewegung stieß er Hanna beiseite, so dass sie ins Fallen geriet und sich nur mit Mühe mit den Händen abfangen konnte. Ein stechender Schmerz durchfuhr ihr rechtes Bein, als sie hart mit Knien und Händen auf den Boden aufprallte. Eine Zeitspanne, die ihr wie eine Ewigkeit vorkam, verharrte sie reglos. Wie in Zeitlupe nahm sie wahr, was um sie herum geschah. Sie sah, wie der Inhalt ihrer Handtasche sich auf dem Boden verteilte, sah, wie der Mann das kleine Mädchen packte, hörte die gellenden Schreie des Mädchens, die von der groben Hand des Angreifers sofort erstickt wurden, sah, wie er, das zappelnde und um sich schlagende Kind unter dem Arm, zu seinem Auto zurückrannte. Schon war er bei der offenen Wagentür angelangt. Der Mann entführt das Kind!, schrie es in Hannas Kopf, tu etwas!

Ohne auf ihre Schmerzen zu achten, sprang sie auf, ergriff geistesgegenwärtig das Pfefferspray, das mit den anderen Sachen aus ihrer Handtasche herausgefallen war, und stürzte hinter dem Mann her. Der versuchte inzwischen, das strampelnde Kind auf den Beifahrersitz zu bugsieren. Dazu musste er die Hand von Monas Gesicht nehmen, und schon schrie und kreischte das Kind wieder wie ein Tier in Todesangst. In der nächsten Sekunde war Hanna bei dem Angreifer. Sie packte den Mann, der sie um Haupteslänge überragte, an der Schulter und zerrte mit all ihrer Kraft an seiner Kleidung. Dabei erwischte sie neben seinem Pullover auch den Kragen seiner Motorradmütze, die Öffnung für die Augen verzog sich und der obere Teil der Mütze verdeckte die Augen des Mannes. Um wieder etwas sehen zu können, musste er sie zurechtrücken. Diese Sekunde genügte Hanna, um an die Vorderseite des Angreifers zu gelangen und ihm, als seine Augenpartie wieder halbwegs offen lag, einen kräftigen Strahl aus der Pfefferspraydose ins Gesicht zu sprühen.

Der Mann schrie vor Schmerz laut auf. Reflexartig ließ er das Kind los und griff sich mit beiden Händen ins Gesicht. „Lauf weg, Mona!", schrie Hanna, während sie immer wieder auf den Auslöser der Spraydose drückte, vage in Richtung auf das Gesicht des Angreifers zielend. Das Kind, das auf den Straßenasphalt gefallen war, hörte auf zu schreien, rappelte sich auf und lief in Richtung Haus. Der Angreifer fuchtelte halbblind mit den Armen herum, fand schließlich den Holm der Autokarosserie und kletterte hinter das Steuerrad. Hanna sprang zurück, als der schwere Wagen einen Satz vorwärts machte und die offene Fahrertür hin und her schlug. Dann gab der Fahrer Gas, der Motor heulte auf und das Auto brauste mit zunehmender Geschwindigkeit in Schlangenlinien die Wohnstraße hinunter.

Hanna stand mit zitternden Knien da, die Spraydose in der Hand, mitten auf der Straße, und schaute dem Auto hinterher. Sie fühlte plötzlich ihr Herz wie einen Trommelwirbel gegen ihre Rippen schlagen. Ihr Atem ging keuchend, als hätte sie gerade einen Hundertmeterlauf hinter sich. Sie sah sich um. Die Wohnstraße war menschenleer; kein Wunder, jetzt um die Mittagszeit, in der die Kinder in der Schule und die Erwachsenen bei der Arbeit waren. Nur Frau Maschewski, die alte Nachbarin, die die Schreie des Kindes gehört haben musste, kam herbeigelaufen.

„Was ist denn passiert?", rief sie schon von weitem. Hanna sah Mona vor der Haustür stehen. Eilig lief sie zu ihr hin, ging in die Knie und nahm das völlig verstörte Kind in die Arme. Mona zitterte am ganzen Körper, unfähig, auf die Umarmung zu reagieren.

Inzwischen war Frau Maschewski bei den beiden angelangt. „Ist das Kind angefahren worden?", fragte sie, vom Laufen ganz außer Atem. „Ich habe das Auto gesehen. Es fuhr viel zu schnell!"

Immer noch wiegte Hanna das Kind in ihren Armen. „Wir müssen die Polizei rufen, Frau Maschewski. Könnten Sie mir bitte mein Handy holen? Es liegt dort hinten bei meinem Auto. Und auch meine Handtasche mit den anderen Sachen, bitte. Ich kann die Kleine jetzt nicht loslassen."

Mühsam stand Hanna auf. Das Kind klammerte sich krampfhaft an ihr fest, die Arme um ihren Hals geschlungen. Es gab keinen Laut von sich. Als die alte Nachbarin ihr das Telefon reichte, tippte Hanna auf Thomas' Nummer.

„Ja, Mama, was gibt's?", meldete sich die muntere Stimme ihres Sohnes.

„Thomas, du musst sofort herkommen. Jemand hat versucht, Mona zu entführen!"

„Was?!" Kurze Pause. „Ist sie verletzt?"

„Ich glaube nicht. Bitte komm her! Und bring deine Leute mit. Es war ein regelrechter Überfall."

„Und du? Geht es dir gut?"

Hanna spürte die Sorge in der Stimme ihres Sohnes.

„Ja, mir ist nichts passiert. Aber bitte komm her."

„Wo seid ihr denn? Zu Hause?"

„Ja, Wir sind gerade zurückgekommen vom Psychologen ... aber das erzähle ich dir besser, wenn du da bist."

„Gut. Bleibt im Haus und schließ' ab! Wir sind in fünf Minuten da."

Er legte auf.

„Oh mein Gott, ein Überfall!" Frau Maschewski stand da, mit der Hand vor dem Mund. „Wie schrecklich! Kann ich denn irgendetwas für Sie tun, Frau Morgenroth?"

Hanna schloss die Haustür auf. „Vielen Dank, Frau Maschewski. Im Augenblick nicht. Es wird am besten sein, wenn Sie wieder in Ihr Haus gehen. Womöglich wird die Polizei später noch mal zu Ihnen kommen, wegen des Autos. Sie sind ja eine wichtige Zeugin. Aber jetzt ist es besser, wenn ich mit dem Kind alleine bin. Wir müssen uns erst einmal von dem Schreck erholen, das verstehen Sie sicher, oder?"

„Aber selbstverständlich, Frau Morgenroth, natürlich verstehe ich das. Dann also ..." Sie reichte Hanna die Handtasche und wandte sich zum Gehen. Hanna ging ins Haus, schloss die Haustür ab und drehte den Schlüssel zweimal herum. Im Wohnzimmer ließ sie sich auf das Sofa fallen, das zitternde Kind immer noch im Arm. Plötzlich fühlte sie sich völlig erschöpft.

23

„Wie geht es dir, Mama? Alles in Ordnung soweit?"

Als Thomas Morgenroth zehn Minuten später das Wohnzimmer betrat, saß Hanna immer noch an derselben Stelle auf dem Sofa, das Kind auf ihrem Schoß. Er setzte sich neben seine Mutter, legte ihr den Arm um die Schultern und drückte sie tröstend an sich.

„Ich habe Susanne Holtmann mitgebracht; sie kann dir vielleicht mit der Kleinen helfen; als Frau hat sie sicher einen besseren Zugang zu ihr als ein Mann. Außerdem soll sie auf euch aufpassen, wenigstens heute."

Die junge Kommissarin setzte sich an Hannas andere Seite und versuchte, Kontakt mit dem Mädchen, das sich immer noch an Hanna festklammerte, aufzunehmen.

Thomas sah seine Mutter besorgt an. „Bist du schon in der Lage zu erzählen, was vorgefallen ist, Mama?"

„Es geht schon wieder", meinte Hanna, obwohl sie sich noch recht zittrig fühlte. Vorsichtig löste sie Monas Arme von ihrem Hals und schob sie ein wenig von sich. Sie wandte sich an die Beamtin mit dem blonden Pferdeschwanz und den bernsteinfarbenen Augen. Viel zu jung und zu hübsch für eine gestandene Polizistin, ging es Hanna flüchtig durch den Kopf.

„Vielleicht können Sie sie mit einem Bilderbuch etwas ablenken, Frau Holtmann. Sie hat es gern, wenn jemand ihr etwas vorliest."

Thomas nickte seiner Kollegin zu. „Du findest Bücher im Kinderzimmer im Regal. Im Flur zweite Tür rechts."

Als Susanne mit ein paar bunten Büchern zurückkehrte, ließ Mona es tatsächlich zu, dass die Polizistin sie vorsichtig neben sich zog, damit sie zusammen eines der großen Bücher betrachten konnten. Mit leiser Stimme fing Susanne an, den Text vorzulesen, und die Augen des Kindes folgten ihrem Zeigefinger, wenn sie auf bestimmte Details der Bilder hinwies.

Hanna stand auf und streckte sich. Endlich konnte sie ihre Jacke ausziehen. „Sie hat mich die ganze Zeit nicht losgelassen, die arme Kleine. Sie steht völlig unter Schock." Hanna griff sich an den Ellbogen. Als sie den Ärmel ihres Pullovers hochstreifte, sah sie, dass die Haut aufgeschürft war, ebenso wie ihre Handflächen, mit denen sie den Sturz auf das Pflaster abgefangen hatte.

„Mein Gott, Mama, du bist ja verletzt!"

„Ach, das ist halb so wild. Der Schreck war viel schlimmer."

Thomas war schon aufgesprungen.

„Komm, ich werde dich jetzt erst einmal verarzten und dann mache ich dir eine schöne Tasse Tee, in Ordnung? Danach erzählst du mir alles in Ruhe und der Reihe nach", schlug Thomas vor.

Wilhelm Stör, der mit seinen Leuten gekommen war, um nach etwaigen Spuren zu suchen, steckte den Kopf zur Tür herein und fragte: „Wo sollen wir anfangen, Chef?"

Thomas sah seine Mutter fragend an.

„Das Auto hat direkt vor unserer Einfahrt scharf gebremst und ist danach mit Vollgas weggefahren", sagte Hanna. „Vielleicht kann man ja irgendwelche Spuren dort finden!"

Der Spurenspezialist nickte und machte sich an die Arbeit.

Wenig später wärmte Hanna ihre Hände an dem Becher Tee, den Thomas vor sie hingestellt hatte, und berichtete ausführlich, was sich ereignet hatte. Thomas hörte ihr aufmerksam zu.

„Pfefferspray? Seit wann hast du Pfefferspray in deiner

Handtasche, Mama?"

„Seit damals, seit der Sache mit dem französischen Mädchen. Du weißt doch noch? Es gibt mir das Gefühl, nicht ganz wehrlos zu sein."

„Ja, ich erinnere mich gut." Thomas strich ihr liebevoll über den Arm. „Meine Mutter, die Meisterdetektivin", schmunzelte er. Hanna lächelte zurück, dankbar für sein Verständnis.

Thomas wurde wieder ernst. „Kannst du das Auto beschreiben? Farbe, Marke, irgendetwas?"

„Ach, Thomas, du weißt ja, ich und Autos! Aber lass mich nachdenken: Es war silberfarben, ein großer Wagen, eins von diesen Monsterautos, neben denen mein Aygo aussieht wie das Kind von einem Auto."

„Hast du die Marke erkannt?"

„Ich glaube, es war ein Mercedes. Oder ein Opel? Ich weiß nicht, es ging alles so schnell ..."

„Und der Mann: Kannst du ihn näher beschreiben?"

„Er war groß, größer als du. Und kräftig gebaut. Aber nicht dick. Athletisch, würde ich sagen. Sein Gesicht habe ich nicht gesehen, er trug ja eine dieser komischen Motorradmützen, oder Skimasken, die nur die Augen frei lassen. Beängstigend, sage ich dir!"

„Was hatte er an? Kannst du dich daran erinnern?"

„Er war ganz in Schwarz. Hose und Pullover. Und eben diese Mütze." Plötzlich musste Hanna lachen. Es klang selbst in ihren eigenen Ohren reichlich hysterisch. „Der buchstäbliche Schwarze Mann! Eigentlich lächerlich!"

„Du warst wirklich sehr tapfer, Mama! Wie du ihn in die Flucht geschlagen hast: Alle Achtung! Das hätte manch einer nicht geschafft."

Hanna trank einen Schluck Tee. Ihre Hände hatten endlich aufgehört zu zittern. „Was passiert denn nun weiter, Thomas? Das Kind ist in Gefahr, das wissen wir jetzt."

„Wir werden den Überfall aufnehmen, Spuren sichern und nach dem Auto suchen. Würdest du das Auto wiedererkennen, wenn wir dir Bilder zeigen?"

„Eventuell. Ach, die Autos ähneln sich doch alle so heutzutage."

„Das Nummernschild hast du wohl nicht erkannt, oder?"

„Nein, natürlich nicht. Ich hatte alle Hände voll zu tun, das Kind zu retten. Aber vielleicht hat Frau Maschewski es erkannt. Sie hat das Auto nämlich auch gesehen und hat mir geholfen."

„Das hast du bisher noch gar nicht erwähnt, Mama. Damit hätten wir ja eine Zeugin!"

„Ja, aber sie ist schon über achtzig. Trotzdem: Ihr solltet sie auch befragen."

„Das werden wir. Nun ruh' dich aus. Später wird Susanne dir einige Automodelle auf ihrem Laptop zeigen. Vielleicht erkennst du das Auto ja doch wieder."

Wilhelm Stör schaute zur Küchentür herein. „Wir sind fertig draußen, Thomas. Gibt es sonst noch etwas?"

„Die Sachen des Mädchens nehme ich nachher mit. Vielleicht finden sich Faserspuren von der Kleidung des Täters darauf. Fürs Erste war's das." Er nickte seinem Mitarbeiter zu.

„Du müsstest mir die Jacke und die Hose, die Mona trägt, mitgeben zur Untersuchung. Kannst du das Mädchen bitte gleich umziehen?"

„Natürlich, kein Problem. Hauptsache, ihr findet den Verbrecher."

„Susanne wird heute hierbleiben, wenigstens solange, bis Inga wieder im Haus ist. Damit du mit dem Kind nicht allein bist. Wer weiß, ob der Entführer es nicht noch einmal versucht."

„Gut. Danke, Thomas!"

24

Zurück im Büro, fiel es Thomas schwer, sich wieder auf seine Arbeit zu konzentrieren. Nachdem er den Überfall protokolliert und die Kleidung des Mädchens zur KTU gegeben hatte, schickte er Jan Hendrik Klüver los, um die Zeugenaussage der Nachbarin aufzunehmen. Vielleicht konnte der Oberkommissar der alten Frau genauere Angaben über das Fahrzeug des Angreifers entlocken, indem er ihr Bilder von entsprechenden Automodellen zeigte. Wenn sie sehr viel Glück hatten, hatte Frau Maschewski sich sogar die Autonummer gemerkt, aber daran glaubte Thomas eigentlich nicht. Die wenigsten Zeugen waren in der Lage, in solch einer Schrecksituation überlegt zu handeln oder zu beobachten.

Ungeduldig wartete er auf die Genehmigung zur Durchsuchung der Scheune, die Stedefuß angemietet hatte. Wie er aus Oldenburg erfahren hatte, war Richter Hüning bis 15.00 Uhr im Gericht; vorher war mit dem Durchsuchungsbeschluss nicht zu rechnen.

Jens Hartmann kam mit zwei Bechern Kaffee ins Büro und setzte sich auf den Besucherstuhl Thomas gegenüber.

„Das ist ja ein Ding, das mit deiner Mutter, Chef", sagte er mitfühlend. Er reichte Thomas den Kaffee, den dieser dankbar annahm.

„Hm", machte Thomas nur und trank vorsichtig ein paar Schlucke von dem heißen Getränk.

„Ich hab übrigens noch etwas Interessantes gefunden in Sachen Stedefuß", meldete der Kommissaranwärter. „Ich weiß zwar nicht genau, wie viel es zu bedeuten hat ...", meinte er bescheiden.

„Erzähl!"

„Also: Ich habe die Daten des Geldeingangs auf das zweite Konto von Stedefuß verglichen mit den Autodiebstählen der letzten Monate hier in der Gegend. Du weißt doch, diese ungeklärten Fälle, bei denen die Kollegen vom FK2 einfach nicht weiterkommen. Und was soll ich dir sagen: Das Geld auf Stedefuß' Konto wurde immer ein paar Tage nach einem Autodiebstahl eingezahlt. Was sagst du dazu?"

„Ist nicht wahr! Das kann doch kein Zufall sein! Gute Arbeit, Jens!" Er überlegte kurz. „Also Autodiebstahl! Ein ganz neuer Aspekt in dieser Sache. Sollte etwa Stedefuß zusammen mit seinen Kumpels für die Diebstähle in der Gegend verantwortlich sein? Kann sein, wir haben da einen wirklich dicken Fisch an der Angel. Das wär' ja ein Ding!"

„Aber gar nicht so abwegig", überlegte Jens weiter. „Wahrscheinlich dient die Scheune sozusagen als Zwischenlager. Einer klaut das Auto am helllichten Tag, versteckt es in der Scheune, wo es mit neuen gefälschten Nummernschildern versehen wird, und wenn ein wenig Gras über die Sache gewachsen ist, fährt einer den Wagen in aller Ruhe nach Polen oder Bulgarien oder sonst wo im Osten und verscherbelt es. Dubrowski wäre ja der geeignete Mann dafür. Er spricht die Sprache und kennt sich in seinem Heimatland aus."

Aufgeregt blätterte Thomas in seinen Akten. „Wo ist denn der Bericht über ... Haben wir eigentlich seine beiden Skatkumpel schon genauer überprüft? Wo waren die beiden zu der Zeit am Sonntagnachmittag, für die Stedefuß kein Alibi hat?" Endlich hatte er gefunden, was er suchte: Die Protokolle der Vernehmungen von Roland Meyer und Wiktor Dubrowski. Aber Jens kam ihm zuvor.

„Sie haben ausgesagt, sie seien zusammen im Wohnheim gewesen, bis sie zum Skatspielen zum Haus der Familie Stedefuß gefahren seien. Und, du wirst es nicht glauben: Am Sonntagvormittag ist von dem Parkplatz an der Josefskirche ein Auto gestohlen worden. Der Besitzer hat es gemerkt, als er aus der Messe kam. Ein fast neuer Opel Insignia. Richtig teuer!"

Thomas nickte begeistert. „Alles passt zusammen: Die Übereinstimmung der Zeiten der Diebstähle mit dem Geldeingang auf Stedefuß' Konto, die Scheune, die zu dem Zweck von

Stedefuß angemietet wurde, die gemeinsamen Aktivitäten der drei … Jens, überprüf' die Kontobewegungen von Meyer und Dubrowski und besorge die Einzelverbindungsnachweise der Handys der drei. Ich sorge für den entsprechenden Durchsuchungsbeschluss bei Richter Hüning. Wir müssen ihnen nachweisen, dass sie miteinander in Verbindung standen und die Diebstähle gemeinsam geplant und durchgeführt haben."

„Ist schon in Arbeit, Chef", verkündete Jens. „Ich habe nur noch auf dein Okay gewartet."

Der Hauptkommissar musterte seinen Mitarbeiter überrascht. „Gut gemacht, Jens!"

Jens konnte nicht verhindern, dass seine Ohren rot anliefen. Sein breites Grinsen ließ sein Gesicht wie das eines Schuljungen aussehen.

„Danke, Chef!" An der Tür drehte es sich noch einmal um. „Roland Meyer fährt übrigens selber ein schickes Auto, einen BMW Z4 Coupé mit 340 PS. Für einen Saisonarbeiter in der Gehaltsklasse A1 ein ganz schön teures Vergnügen, wenn du mich fragst. Auch wenn es nur ein Gebrauchter ist."

Thomas hielt plötzlich inne.

„Warte mal, Jens. Komm noch mal her, bitte. Gesetzt den Fall, wir haben Recht mit unseren Vermutungen: Das erklärt aber immer noch nicht die Sache mit den zehntausend Euro an Ducinca." Thomas strich sich mehrmals über seinen Bart. „Und den Mord auch nicht, denn es war ja nicht der SUV von Stedefuß, mit dem der Mann überfahren wurde."

Der Computerspezialist setzte sich auf die Ecke von Thomas' Schreibtisch.

„Hm", machte er nachdenklich, „vielleicht war Ducinca mit von der Partie und die Zehntausend waren sein Anteil. Das würde auch seinen Streit mit Stedefuß erklären. Vielleicht wollte er mehr Geld oder er wollte nicht mehr mitmachen. Und vielleicht haben sie einen gestohlenen Geländewagen für den Mord benutzt."

Thomas schüttelte den Kopf. „Eigentlich hatte ich nicht den

Eindruck, dass die drei viel mit dem Rumänen zu tun hatten."

Das Diensttelefon klingelte.

„Ja, hier Kriminalhauptkommissar Thomas Morgenroth."

„Hier Hüning. Sie wollen einen Durchsuchungsbeschluss für eine Scheune? Lese ich das richtig?"

„Ja, Herr Richter. Wir haben den berechtigten Verdacht, dass Ludger Stedefuß diese ausgediente Scheune angemietet hat, um gestohlene Ware dort unterzubringen. Seine Kontobewegungen und das bei unserem Mordopfer gefundene Geld weisen darauf hin. Außerdem brauche ich die Genehmigung zum Auslesen der Mobiltelefone folgender Personen: Ludger Stedefuß, Roland Meyer und Wiktor Dubrowski. Die drei sind dringend verdächtig des bandenmäßigen Autodiebstahls."

„Bisschen mager, was Sie da vorbringen. Will hoffen, dass Ihr Verdacht sich bestätigt. Ich faxe die Unterlagen 'rüber. Wiederhören."

Im nächsten Moment fing das Faxgerät an, Geräusche von sich zu geben, dann spuckte es ein Blatt aus. Thomas nahm das Papier, faltete es und steckte es in seine Jacketttasche. Er griff zum Telefon.

„Auf geht's, Jens, worauf wartest du? Ich sage Stör Bescheid."

25

Elfriede Maschewski öffnete die Tür unmittelbar, nachdem Jan Hendrik Klüver geklingelt hatte; offensichtlich hatte sie auf seinen Besuch gewartet.

„Kommen Sie herein, junger Mann, immer herein", meinte sie munter und wies mit der knochigen Hand in die Richtung, in der Jan Hendrik das Wohnzimmer vermutete. Die alte Frau hatte nur einen flüchtigen Blick auf seinen Ausweis geworfen und trippelte eilig hinter ihm her. „Ich habe Sie schon erwartet. Es geht doch sicher um den Überfall nebenan, nicht wahr?"

Jan Hendrik sah auf die agile alte Frau hinunter, die er um gut und gerne zwei Haupteslängen überragte.

„Ja, das stimmt, Frau Maschewski."

„Bitte nehmen Sie doch Platz, Herr ... Wie war Ihr Name noch gleich?"

„Klüver", wiederholte Jan Hendrik. „Oberkommissar Klüver."

„Oberkommissar also. Soso. Ich habe gerade Tee gekocht, Herr Klüver. Wollen Sie nicht eine Tasse mittrinken? Und ein paar Kekse. Selbst gebacken. Bitte sehr!"

Die Greisin wies auf den liebevoll für zwei Personen gedeckten Tisch. Jan Hendrik, der noch nicht dazu gekommen war, zu Mittag zu essen, setzte sich auf das Sofa in dem altmodischen, aber gemütlichen Wohnzimmer.

„Ja, danke, das ist sehr nett, Frau Maschewski!", sagte er.

„Bin gleich wieder da, ich hole nur eben den Tee", sagte die alte Frau, „greifen Sie ruhig schon zu!" Sie verschwand in der angrenzenden Küche.

Jan Hendrik tat wie geheißen. „Hmm, die schmecken aber gut, Ihre Kekse!", rief er. Tatsächlich waren sie ausgesprochen lecker. Genau wie die, die Oma immer gebacken hat, dachte der Kommissar.

Elfriede Maschewski lächelte, als sie mit der Teekanne ins Wohnzimmer zurückkehrte. „Meine Enkel essen sie auch so gerne", sagte sie. „Greifen Sie ruhig tüchtig zu, junger Mann." Sie goss mit leicht zitternder Hand den Tee in die Tassen und stellte die Kanne dann auf dem Stövchen mit dem brennenden Teelicht ab. Zuvorkommend reichte sie Jan Hendrik das Sahnekännchen und den Kandiszucker. „Oder mögen Sie den Tee lieber mit einfachem Zucker, Herr Klüver?"

„Nein, nein, so schmeckt er doch am besten."

Er rührte die Kandisstückchen in dem Tee hin und her und lauschte auf das feine, klingelnde Geräusch, das die Kluntjes verursachten. Wie lange war es her, dass er Tee auf diese schöne friesische Art getrunken hatte? Er musste mit Susanne unbedingt mal wieder an die Küste fahren, nach Greetsiel oder Schillig, und richtigen Ostfriesentee trinken ...

„Sie sind also wegen des Überfalls hier, Herr Oberkommissar?"

Jan Hendrik, der gerade an einem weiteren Keks kaute, beeilte sich, ihn herunterzuschlucken und spülte mit einem Schluck des starken Tees nach.

„Ja, Frau Maschewski, natürlich. Es ist so gemütlich hier bei Ihnen, fast hätte ich es vergessen."

„Das ist aber nett von Ihnen, das zu sagen. Wissen Sie, ich bekomme so selten Besuch ..." Ihre Stimme bekam einen wehmütigen Klang.

Jan Hendrik räusperte sich.

„Also: Was können Sie mir denn über das sagen, was da heute Mittag passiert ist?"

Elfriede Maschewski richtete sich auf und holte tief Luft.

„Ich war hinten im Garten, als ich plötzlich diese schrecklichen Schreie hörte. Sonst ist es immer ganz ruhig hier in der Siedlung. Es klang ganz furchtbar! So, als ob ein Lebewesen, Mensch oder Tier, in höchster Not wäre. Ich bin also schnell nach vorne zur Straße gelaufen und da sah ich ein großes Auto mit hoher Geschwindigkeit an mir vorbeirasen. Es fuhr in merkwürdigen Schlangenlinien. Ich hab vielleicht einen Schreck bekommen, sage ich Ihnen!" Sie machte eine Pause und nahm einen Schluck Tee.

„Und dann?"

„Frau Morgenroth stand mitten auf der Straße und blickte dem Auto hinterher. Sie sah ganz verstört aus. Ich bin schnell hingelaufen. Frau Morgenroth rannte zu dem Kind, das vor der Haustür stand, und nahm es in die Arme. Dann bat sie mich, ihre Handtasche zu holen. Die lag mitten in der Einfahrt. Die ganzen Sachen waren herausgefallen: Portemonnaie, Papiertaschentücher, Notizblock, Handy ... Ich habe alles aufgesammelt und Frau Morgenroth gebracht. Sie hat das Handy genommen und telefoniert. Mit der Polizei, das heißt, mit ihrem Sohn. Der ist ja bei der Polizei. Und sie hat von einem Überfall geredet."

„Ja, das war es auch. Jemand hat die Kleine, die bei den Morgenroths wohnt, entführen wollen."

„Ach du je!" Die Greisin schüttelte empört den Kopf.

„Sie haben also das Auto genau gesehen, Frau Maschewski?"

„Ja, habe ich. Es kam ja direkt auf mich zu."

Jan Hendrik öffnete den Laptop, den er mitgebracht hatte.

„Ich habe hier Abbildungen von allen Automarken. Vielleicht würden Sie das Auto ja wiedererkennen?"

„Das werde ich sicher, junger Mann. Es war einer dieser großen Geländewagen, ein Mercedes. Silbergrau. Sah ziemlich neu aus."

Überrascht sah Jan Hendrik die alte Frau an. „Das haben Sie gut beobachtet, Frau Maschewski!"

Sie lächelte nachsichtig. „Nur, weil ich alt bin, bin ich noch nicht senil, junger Mann! Und meine Augen sind noch sehr gut."

„Okay! Ich habe jetzt hier auf dem Bildschirm die gängigen SUVs und Geländewagen von Mercedes. Wollen Sie sich die einmal anschauen und gucken, ob der Wagen dabei ist?"

Er reichte den Laptop zu ihr hinüber und Frau Maschewski betrachtete konzentriert die Automodelle. Es dauerte nur einen Moment und sie tippte auf ein bestimmtes Auto. „Das war es, ich bin ganz sicher", erklärte sie.

„Also ein Mercedes GLK, Baujahr 2014", resümierte Jan Hendrik. „Toll, das hilft uns ein ganzes Stück weiter, Frau Maschewski."

„Wollen Sie vielleicht auch noch die Nummer wissen?", fragte die alte Frau.

Jan Hendrik fiel die Kinnlade herunter. „Soll das heißen, Sie haben sich auch noch das Kennzeichen gemerkt?"

Elfriede Maschewski brach in lautes Lachen aus, das ihr

runzliges Gesicht auf einen Schlag um zwanzig Jahre jünger aussehen ließ.

„Sie hätten Ihr Gesicht jetzt gerade sehen sollen, junger Mann! Köstlich!", sagte sie, immer noch amüsiert lächelnd. „Aber leider nein", fuhr sie im sachlichen Ton fort. „Ich konnte nur sehen, dass es eine Oldenburger Nummer war. Und einen Buchstaben: M. Mehr habe ich leider nicht erkannt. Auch zu dem Mann hinterm Steuer kann ich Ihnen nichts sagen. Nur dass es ein großer Mann war, mit einer schwarzen Mütze. Und dass er sich dauernd mit der einen Hand über das Gesicht wischte."

„Da ist doch schon eine ganze Menge, Frau Maschewski! Sie haben uns damit sehr geholfen. Vielen Dank!"

Der Kommissar trank seinen Tee aus und stand auf. „Ich muss dann auch wieder. Es wartet viel Arbeit auf uns."

„Ja, das verstehe ich." Die Greisin erhob sich etwas mühsam aus ihrem Sessel. „Hier, nehmen Sie noch ein paar Kekse mit, junger Mann. Wo sie Ihnen doch so gut schmecken!" Sie drückte dem verblüfften Beamten drei, vier Kekse in die Hand. „Und sehen Sie zu, dass Sie diesen Verbrecher fassen. Wer weiß, was der mit dem armen Kind vorhatte!"

„Vielen Dank, Frau Maschewski", sagte Jan Hendrik. Er verstaute die Kekse in der Jackentasche. „Wir tun, was wir können."

Elfriede Maschewski stand noch in der Tür, als er in seinen Dienstwagen stieg, und winkte ihm hinterher.

Was für eine nette alte Dame, dachte der Oberkommissar.

26

Roland Meyer warf in hektischer Eile T-Shirts, Hosen und Unterwäsche in seinen Rucksack. Es wurde höchste Zeit abzuhauen. Nachdem er beobachtet hatte, wie die beiden Beamten

Stedefuß abführten, war ihm klar gewesen, dass die Sache mit den Autos aufgeflogen war. Und Stedefuß war bestimmt nicht jemand, der seine Kumpel aus der Sache heraushielt, wenn er selber in der Scheiße saß. Also würden die Bullen über kurz oder lang bei ihm, Roland, antanzen. Er musste schnellstens von der Bildfläche verschwinden.

Wahllos raffte er die Sachen zusammen, die sich in seinem Spind im Wohnheim befanden, und stopfte sie in den Rucksack. Verdammter Mist, dass ausgerechnet jetzt, wo alles so gut gelaufen war, die Sache mit diesem Rumänen passieren musste! Schlimm genug, dass der Typ sie erpresst hatte, aber der Mord an ihm hatte dazu noch jede Menge Staub aufgewirbelt. Na, jedenfalls hatte er, Roland, sein Schäfchen ins Trockene gebracht. Er brauchte nur noch sein Geld von der Bank zu holen und mit seinem schnellen Flitzer das Weite zu suchen. Italien wäre nicht schlecht. Dort könnte er am Strand in der Sonne liegen und das Leben genießen. Im Süden war es auch im Winter noch schön warm.

Flüchtig dachte er an Dora Kovaci. Ihm war längst klar, dass die Rumänin auf ihn stand. Nicht zu übersehen, wie sie ihn mit ihren Blicken verschlang. Und süß war sie ja, mit ihren Zigeuneraugen und den schwarzen Haaren. Aber sie war eigentlich zu alt für ihn. Zwar nur ein, zwei Jahre älter als er, schätzte er, aber wenn er etwas mit ihr anfinge, würde daraus sicher was Ernstes werden. Die Frau war jedenfalls nichts für einen One-Night-Stand. Sollte er sie vielleicht fragen, ob sie mit ihm kommen würde? Roland überlegte kurz hin und her. Schnell verwarf er den Gedanken. Nein, sie war viel zu bieder, um sich auf ein solches Abenteuer einzulassen. Außerdem: Zu viel Verantwortung für ihn, zu viel Verpflichtung. Und außerdem hätte er ihr erklären müssen, woher er das viele Geld hatte. Immerhin hatten sich inzwischen fast dreißigtausend Euro auf seinem Konto angesammelt. Die teuren Kisten ließen sich im Osten eben gut verkaufen. Dubrowski hatte erstklassige Beziehungen, und selbst, wenn man durch drei teilen musste, sprang reichlich Profit bei der Sache heraus. Wenn nur Ducinca ihnen nicht in die Quere gekommen wäre! Das Ganze hätte noch eine ganze Weile so weitergehen können.

Wütend schnürte Roland Meyer den Rucksack zu, verließ das Zimmer und eilte zum Ausgang. Jetzt noch schnell zur Bank, das ganze Geld abheben, und dann auf nach Italien!

Als er aus der Tür des Wohnheims trat, erstarrte er. Neben seinem BMW hatte gerade ein Polizeiauto eingeparkt. Zwei Uniformierte entstiegen ihm, setzten ihre Mützen auf und kamen zielstrebig auf ihn zu.

Roland Meyer ließ seinen Rucksack neben sich auf dem Boden fallen. Er wusste, er hatte verloren.

27

„Na, das hat sich ja gelohnt!"

Thomas Morgenroth umrundete mit zufriedener Miene den nagelneu aussehenden, schwarz glänzenden Opel Insignia, den er unter der grauen Abdeckplane gefunden hatte. Das Cloppenburger Nummernschild wies den teuren Wagen als denjenigen aus, den der Besitzer am Sonntagmittag als gestohlen gemeldet hatte. Offensichtlich waren die Diebe noch nicht dazu gekommen, die Nummernschilder gegen gefälschte auszutauschen. Kein Wunder, bei all der polizeilichen Aktivität in den letzten Tagen, die Ludger Stedefuß und seinen mutmaßlichen Komplizen keine Gelegenheit gelassen hatte, ihre Beute für einen baldigen Transport vorzubereiten oder gar schon gen Osten verschwinden zu lassen.

Thomas warf dem Vorarbeiter, der mit zusammengekniffenen Lippen neben ihm stand, einen triumphierenden Blick zu.

„Was meine Kollegen wohl hier in der Scheune alles finden werden, Herr Stedefuß? Das ist ja eine richtige kleine Werkstatt hier! Alles, was man braucht, um die gestohlenen Autos für die Weiterfahrt fit zu machen. Wohin sollte es denn gehen? Nach Polen? Wahrscheinlich hat Dubrovski dort seine Beziehungen, nicht wahr? Oder in die Balkanstaaten?" Er fuhr mit den Fingern sanft über den glänzenden Lack des Autos. „So ein Prachtstück wie dieses hier bringt sicher eine schöne Stange Geld, kann ich mir vorstellen. Selbst wenn man durch drei teilen muss, immer noch ein lukratives Geschäft, nicht wahr, Herr Stedefuß?"

Der Vorarbeiter zuckte mit den Achseln und versuchte, seinem Gesicht einen ahnungslosen Ausdruck zu geben.

„Ich habe von dem allen hier nichts gewusst", sagte er trotzig, „ich habe Dubrowski nur die Scheune zur Verfügung gestellt. Weiß ich doch nicht, was der hier gemacht hat. Mir hat er jedenfalls nichts gesagt."

Thomas musste fast lachen.

„Schwacher Versuch, Stedefuß, ganz schwacher Versuch! Wer soll Ihnen das denn glauben? Mal im Ernst: Das viele Geld auf Ihrem Konto. Die Einzahlungen, die immer dann erfolgt sind, wenn wieder einmal ein Auto hier in der Gegend gestohlen worden ist. Und was glauben Sie, was der Kollege Stör und seine Leute hier alles finden werden? Fingerabdrücke zum Beispiel. Am und im Auto, an den Werkzeugen, die hier herumliegen, an der Tür der Scheune. Nee, Herr Stedefuß, der Zug ist abgefahren. Am besten, Sie machen reinen Tisch."

Der Kommissar wandte sich an Jens Hartmann, den er an Stelle von Jan Hendrik Klüver, der mit der Vernehmung von Frau Maschewski beschäftigt war, mitgenommen hatte. Selbstbewusst hatte der Kommissaranwärter mit ihm zusammen den Vorarbeiter auf dem Stowasserschen Gemüsefeld mit dem Durchsuchungsbeschluss für die Scheune konfrontiert und ihn aufgefordert, mitzukommen und das Tor zu öffnen. Mit vor Wut hochroten Kopf war Stedefuß in den Polizeiwagen gestiegen und hatte, ohne ein Wort zu sagen, das schwere Vorhängeschloss, mit dem die breite Holztür gesichert war, geöffnet, und die Beamten von der Kriminaltechnik in ihren weißen

Schutzanzügen, die dort schon gewartet hatten, waren ausgeschwärmt.

„Jens, sorge bitte dafür, dass die Herren Roland Meyer und Wiktor Dubrowski schnellstens zur Vernehmung aufs Revier gebracht werden. Es liegt dringender Tatverdacht wegen Diebstahls gegen sie vor. Und ruf Richter Hüning an wegen der Haftbefehle für alle drei!"

Jens nahm sein Handy und entfernte sich, während er die entsprechenden Anweisungen weitergab.

Thomas Morgenroth stellte sich wieder neben Stedefuß und behielt ihn wachsam im Auge, während er die Arbeit der Spurensicherung beobachtete.

„Was mich jetzt eigentlich nur noch interessiert, Herr Stedefuß: Wie ist es zu dem Mord an Ducinca gekommen? War er Mitglied Ihrer Bande? Wollte er vielleicht aussteigen und Sie haben ihn deshalb beseitigt?"

Stedefuß fuhr auf. „Wie oft soll ich Ihnen eigentlich noch sagen, dass wir mit dem Mord nichts zu tun haben! Diebstahl ja, aber kaltblütiger Mord? Nein, das ist nicht unsere Kragenweite."

„Aber wofür haben Sie ihn dann bezahlt?"

„Er hat uns erpresst, das Arschloch. Er hat gedroht, uns auffliegen zu lassen, wenn ich ihm nicht zehntausend Euro gebe. Was blieb mir anderes übrig?"

„Ach, so war das also. Wie ist er Ihnen denn auf die Schliche gekommen?"

„Der Typ fuhr doch immer mit dem Fahrrad in der Gegend herum. Ein Auto hatte er ja nicht. Sparte sein ganzes Geld für Gott weiß was. Da muss er wohl mal hier vorbeigekommen sein und hat gesehen, wie Meyer eins von den Autos hier 'reinfuhr. Was weiß ich!" Ärgerlich schüttelte Stedefuß den Kopf. „Jedenfalls wusste er Bescheid. Er drohte damit, der Polizei alles zu sagen. Wollte Geld. Sagte, für seine Familie in Rumänien, wenn ich ihn richtig verstanden habe. Er sprach ja nur gebrochen Deutsch."

Thomas horchte auf. „Für seine Familie? Laut unserer Unterlagen hatte er gar keine Familie. War nicht verheiratet, keine Kinder."

„Na, vielleicht habe ich ihn auch falsch verstanden, keine Ahnung!" Unwillig wandte Stedefuß sich ab.

„Und dann wollte er noch mehr Geld, nicht wahr? Deshalb der Streit letzte Woche, den die Zeugen beobachtet haben. Haben Sie ihn deshalb umgebracht?"

„Ich sage Ihnen doch, das waren wir nicht. Sie können keine Spuren an meinen Autoreifen gefunden haben, weil es nicht mein SUV war, mit dem Ducinca überfahren worden ist! Wann geht das endlich in Ihren Schädel rein!" Stedefuß war nun wirklich wütend. Sein Gesicht sah aus, als würde es jeden Moment explodieren.

„Nur die Ruhe, Stedefuß, ganz ruhig. Das wird sich alles klären."

Wilhelm Stör und seine Leute hatten ihre Arbeit fast beendet. Der Kriminaltechniker kam auf Thomas zu.

„Jede Menge Fingerabdrücke und andere Spuren, Chef. Es dürfte damit leicht nachzuweisen sein, wer hier herumgewerkelt hat. Wir brauchen noch ein Weilchen, um alles zu sichern."

Thomas nahm Stedefuß am Arm.

„Das wär's für uns hier. Sie begleiten mich jetzt aufs Revier. Ihre Kumpel warten dort sicher schon."

28

Hanna warf einen müden Blick auf das runde Ziffernblatt der Weckeruhr, die auf dem Nachtschränkchen neben Monas Bett stand: Viertel nach drei! Sie gähnte. Endlich hatte das Mädchen sich wieder beruhigt und war eingeschlafen. Mitleidig betrachtete Hanna das blasse Kindergesicht, das sich jetzt im Schlaf entspannte. Noch waren die Spuren der Tränen auf den runden Wangen nicht getrocknet und hin und wieder hob ein krampfhaftes Schluchzen die schmale Brust des Kindes.

Hanna hatte schon geschlafen, als die markerschütternden Schreie sie aus dem Bett getrieben hatten. Das kleine Mädchen saß kerzengerade in ihrem Bett, mit weit aufgerissenen Augen, und schrie wie eine Kreatur in höchster Todesangst. Ein fürchterlicher Albtraum hatte von dem Kind Besitz ergriffen und ließ es auch im Wachsein noch nicht los. Voller Entsetzen nahm Hanna das Mädchen auf die Arme und trug es wie ein Baby herum, bis endlich das Schreien in leises Wimmern überging und der Körper aufhörte, wie Espenlaub zu zittern. Dann hatte sie Mona unter ständigem guten Zureden wieder auf die Kissen gebettet, sorgsam zugedeckt und unablässig ihre Wangen und Haare gestreichelt, bis die Müdigkeit die Lider des erschöpften Kindes langsam niederdrückten.

Das kindliche Leid, das Hanna hilflos mit ansehen musste, erschütterte sie und machte sie gleichzeitig wütend. Wie konnte man einem Kind nur so viel Böses antun, fragte sie sich ein ums andere Mal. Kein Wunder, dass das Mädchen keine Ruhe fand im Schlaf, kein Wunder, dass es sich hilflos und schutzlos fühlte! Und dazu die fehlende Sprache! Dieser brutale Entführungsversuch heute musste die Kleine ja in all ihren Ängsten bestätigt haben, und das gerade, als sie anfing, sich in ihrer, Hannas, Nähe, einigermaßen sicher zu fühlen. Was, wenn es dem Mann gelungen wäre, sie mitzunehmen? In was für eine Welt hätte er sie gebracht? Hanna lief es kalt den Rücken hinunter bei der Vorstellung von dem, was Mona in den Händen des Entführers erwartet hätte.

Das gedämpfte Licht der Nachttischlampe legte einen goldenen Schimmer auf das zarte Gesicht des kleinen Mädchens. Die braunen Locken, die wirr um ihren Kopf herumlagen, glänzten bronzefarben. Wie niedlich sie aussieht, dachte Hanna. Womöglich war es gerade diese kindliche Schönheit, die Mona zum Verhängnis geworden war.

Sie nahm eines der von Mona gezeichneten Bilder, die auf dem kleinen Kindertisch lagen, zur Hand und faltete es auseinander. Was hatte Dr. Rudolf gesagt? Die Welt der Kleinen ist komplett zerstört worden, sie hat jegliche Sicherheit und Geborgenheit verloren. Aber da war auch diese eine Zeichnung, die aussah wie eine Krone. Hanna betrachtete die Graphik genauer. Mona hatte einen dunkelroten Filzstift dafür benutzt, eine Farbe, die sie sonst im Bild nicht verwendet hatte. Am unteren Rand des Gebildes war eine Öffnung, die aussah wie eine Tür. Keine normale rechteckige Tür, sondern oben spitz zulaufend, wie ein gotisches Fenster. Oder ein Kirchenportal. So gedeutet, war das Ganze keine Krone, sondern ein Gebäude, eine Kirche! Und die Zacken, die sie für die Zacken einer Krone gehalten hatte, waren die Türme der Kirche. Eine Kirche mit mehreren Türmen. Mit fünf Türmen, um genau zu sein. Einer der Türme war deutlich höher und dicker als der andere. Hanna sah das Gebäude jetzt deutlich vor sich. Die dunkelrote Farbe deutete auf dunklen Ziegelstein hin. Hatte Mona hier nichts Symbolisches, sondern etwas gemalt, was sie tatsächlich gesehen hatte? Eine Kirche mit fünf Türmen?

Plötzlich durchzuckte Hanna ein Gedanke.

Leise stand sie auf, um das Kind nicht zu wecken, und ging in ihr Wohnzimmer an ihren Schreibtisch, wo ihr Computer stand. Ungeduldig wartete sie darauf, dass der Rechner hochfuhr und sich das Internet öffnete. Sie gab einen Begriff ein und sogleich erschienen die Bilder, die sie erwartet hatte: Die Lambertikirche in Oldenburg! Die Silhouette des neogotischen Baus mit seinen rötlichen Backsteinmauern und den fünf Türmen hatte tatsächlich Ähnlichkeit mit der Zeichnung des Kindes. Was bedeutete das? War Mona also aus Oldenburg gekommen? Wahrscheinlich kannte sie die Kirche, war vielleicht einmal im Inneren gewesen, so dass der beeindruckende Bau ihr im Gedächtnis geblieben war.

Oldenburg also. Oldenburg war eine große Stadt. Hanna musste an die blauen Flecke an den Armen des Mädchens und

123

die Hinweise auf sexuellen Missbrauch denken, die in Monas Zeichnung zu finden waren. In einer großen Stadt gab es Bars und Nachtlokale und Bordelle. Hanna gab den Begriff 'Bordelle' ein, und schon erschienen etliche Seiten mit Informationen über entsprechende Etablissements in Oldenburg. Interessiert betrachtete Hanna die vielfältigen Angebote der Sexindustrie, die ihr auf dem Monitor entgegensprangen. Da Kinderprostitution verboten war, gab es natürlich keine Hinweise auf entsprechende Offerten, aber sicher wurden heimlich auch solche Dienste feilgeboten. Wahrscheinlich bezahlten Pädophile und Päderasten gutes Geld, um ihre abartigen Neigungen zu befriedigen.

Was, wenn Mona üblen Verbrechern, die Kinder zum Sex anboten, in die Hände gefallen war?

Nach einer Weile fühlte Hanna sich von den obszönen Bildern angewidert und schloss das Portal.

Leise ging sie noch einmal ins Kinderzimmer, um nach Mona zu schauen. Das Kind schlief ruhig und friedlich. Gott sei Dank, dachte Hanna erleichtert, jetzt würde das Mädchen hoffentlich durchschlafen. Sie gähnte herzhaft. Was für ein schrecklicher Tag das gewesen war! Es wurde Zeit, dass auch sie zur Ruhe kam.

29

Thomas Morgenroth saß an seinem Schreibtisch und studierte die Akten. Die Telefonkontakte und die Kontodaten von Dubrowski und Meyer hatten den Verdacht noch einmal bestätigt und bewiesen, dass die beiden mit Stedefuß unter einer Decke steckten. Eigentlich konnte er also zufrieden sein. Die Autodiebstähle waren aufgeklärt, die drei Gauner hatten alles gestanden. Das Trio hatte sich die Aufgaben geteilt: Stedefuß hatte die Objekte , die sich besonders lohnten, ausfindig gemacht und Gelegenheiten ausgekundschaftet, wo die Autos leicht zu beschaffen waren. Außerdem stellte er die Scheune zur Verfügung, wo die Beute zwischengelagert und umgerüstet werden konnte. Meyer war zuständig dafür, die Elektronik der Fahrzeuge mit seinem Spezialwerkzeug außer Funktion zu setzen und die Autos zu knacken; seine Kenntnisse über die neuesten Sicherheitssysteme und wie man sie umgeht oder ausschaltet, waren legendär. Dubrowski als Pole hatte die Aufgabe, die Wagen in seinem Heimatland auf dem schwarzen Markt zu verkaufen; seine Sprachkenntnisse, die Verbindung zu seinem Bruder, der in Warschau einen Autohandel betrieb, welcher als Tarnung für die Diebstähle diente, und die Tatsache, dass er sich in den einschlägigen Kreisen unter seinen Landsleuten auskannte, prädestinierten ihn für diesen Teil des Geschäfts. Das Trio hatte äußerst effektiv und professionell gearbeitet. Die zeitweilige Beschäftigung bei Stowasser hatte Meyer und Dubrowski als Tarnung gedient, während Stedefuß als Einheimischer die Informationen und das Equipment lieferte. Aus den anfänglichen Skatbrüdern war so eine versierte Diebesbande geworden.

In den Verhören hatten die drei sich gegenseitig beschuldigt, um ihren jeweiligen Anteil an dem Verbrechen möglichst kleinzureden; von Gaunerehre keine Spur! Staatsanwältin Engelbrecht war äußerst zufrieden, konnte sie doch immerhin sechs Autodiebstähle, die in den letzten Monaten in der Gegend für Aufsehen gesorgt hatten, als aufgeklärt betrachten.

Nicht so Thomas. Der Mord an Dimitru Ducinca war nach wie vor ein Rätsel. Thomas glaubte nicht mehr daran, dass die Autodiebe etwas damit zu tun hatten, obwohl sie wegen der Erpressung ein handfestes Motiv gehabt hätten. Und auch die Möglichkeit, dass sie mit einem anderen Wagen die Tat begangen hatten, war nicht ganz und gar ausgeschlossen, wenn auch extrem unwahrscheinlich, denn es war kein entsprechendes Fahrzeug als gestohlen gemeldet oder bei einer Leihfirma entliehen worden. Und alle drei leugneten vehement, etwas mit

125

dem Mord zu tun zu haben. Zur Tatzeit am Sonntagnachmittag, so gaben sie unisono an, waren sie in der Scheune gewesen, um das gerade von Roland Meyer gestohlene Auto, den teuren Opel Insignia, zu begutachten. Sie gaben sich also hinsichtlich der Zeit des Mordes gegenseitig ein Alibi, obwohl andererseits jeder von ihnen alles tat, um die anderen zu belasten.

Thomas strich sich über seinen Dreitagebart und seufzte. Er musste die ganze Sache noch einmal neu durchdenken. Sie mussten etwas übersehen haben! Aber was? Und dann war da auch noch dieser mysteriöse Überfall auf seine Mutter und das kleine Mädchen! Konnte es sein, dass zwischen dem Mord und dem Entführungsversuch ein Zusammenhang bestand, wie seine Mutter vermutete? Er schüttelte ratlos den Kopf.

Sein Handy summte und die Melodie des Schlagers „An der Nordseeküste, am plattdeutschen Strand" erklang.

„Ja, Mama?"

„Ja, ich bin's, Thomas", meldete sich Hanna. „Du, ich glaube, mir ist noch etwas Wichtiges eingefallen zu dem Überfall."

„Ich habe auch gerade darüber nachgedacht. Was ist es denn?"

„Du hast doch gefragt, ob ich den Mann beschreiben könne, der die Kleine entführen wollte. Also: Nachdem er mich umgestoßen hatte, habe ich ihn vom Boden aus mit Mona weglaufen sehen. Und da sind mir seine Schuhe aufgefallen. Es waren so komische Stiefel mit einem ziemlich hohen Absatz und vorne spitz zulaufend, du weißt schon. Wie diese Cowboystiefel, die man in den Western sieht. Das hatte ich bis jetzt ganz vergessen."

„Ach! Das ist interessant. Gut, dass es dir noch eingefallen ist, Mama. Jede Besonderheit ist wichtig. Danke!"

„Nichts zu danken, mein Junge. Hoffentlich findet ihr bald heraus, wer dieser Unmensch war."

„Du weißt, wir tun unser Bestes. Wenn dir noch etwas einfallen sollte, sag uns bitte sofort Bescheid. Wie sind ziemlich ratlos, was diese Sache angeht. Und mit dem Mord kommen wir auch nicht weiter, leider." Er seufzte abgrundtief.

„Hast du noch einmal nachgedacht, was Mona mit eurem Mordopfer verbinden könnte? Du erinnerst dich: Sie hat absolut panisch reagiert, als sie sein Bild in der Zeitung gesehen hat."

„Ja, ich weiß. Aber ich sehe da keine Verbindung. Vielleicht war es ja nicht das Bild, sondern irgendetwas anderes, was Mona erschreckt hat. Etwas draußen vor dem Fenster. Oder eine Stimme im Radio, was weiß ich."

„Nein, Thomas, da war nichts anderes. Ich bin ganz sicher, dass es das Bild des Ermordeten war."

„Gut, Mama, ich denke darüber nach. Das mit den Stiefel war jedenfalls ein wichtiger Hinweis." Kurze Pause. „Wie geht es der Kleinen denn jetzt?"

„Sie hat sich, wie es scheint, schon wieder ein wenig gefangen. Es ist gut, dass Kommissarin Holtmann hier ist. Sie gibt uns ein Gefühl von Sicherheit, das scheint die Kleine auch zu spüren. Inga und die Zwillinge sind ja auch da. Wir wollen alle zusammen heute Nachmittag in den Tierpark fahren. Das wird Mona ablenken. Heute Nacht hatte sie schreckliche Albträume, das arme Ding."

„Gut. Aber seid vorsichtig und lasst die Kinder nicht aus den Augen."

„Natürlich."

Hanna verabschiedete sich und Thomas legte das Telefon nachdenklich beiseite. Das Wort Cowboystiefel hatte irgendetwas in ihm zum Klingen gebracht.

Er nahm den Stapel Akten, der inzwischen auf ein gehöriges Maß angewachsen war, und suchte die ersten Protokolle und Berichte heraus. Er musste noch einmal ganz von vorne anfangen.

30

Hanna saß in ihrem Auto und und dachte nach. Sie war auf dem Weg nach Oldenburg. Es hatte ihr keine Ruhe gelassen, was sie in der Zeichnung der Kleinen glaubte entdeckt zu haben: die Lambertikirche in Oldenburg. Das hohe Gebäude der Kirche hatte sich dem Mädchen eingeprägt, so dass sie es in ihrem Bild wiedergegeben hatte, davon war Hanna mittlerweile überzeugt. Kurzentschlossen hatte sie sich, nachdem das Kind abends endlich eingeschlafen war, in den Wagen gesetzt und war losgefahren.

Mona hatte während des Besuchs im Tier- und Vergnügungspark kaum ihre Hand losgelassen, nur im Streichelzoo bei den niedlichen kleinen Ziegen war sie etwas lockerer geworden. Die Zwillinge dagegen hatten keins der Spielgeräte ausgelassen, waren ein Dutzend Mal die Riesenrutsche hinuntergesaust und hatten gar nicht oft genug mit den Minitreckern fahren können. Mona hatte ihnen mit großen Augen zugeschaut, sich aber nicht getraut mitzumachen. Inga und Kommissarin Holtmann hatten derweil ein wachsames Auge auf die Umgebung und die zahlreichen Besucher gehabt, besonders die junge Polizistin, die ihre Aufgabe als Bodyguard für die Kleine sehr ernst nahm.

Hanna versuchte während der Fahrt auf der nächtlichen Landstraße, auf der kaum noch Verkehr herrschte, ihre Gedanken zu ordnen. Sie nahm an, dass Mona mit der Nordwestbahn oder mit einem der Überlandbusse von Oldenburg nach Cloppenburg gefahren war. Die Verstörtheit des Kindes, seine Sprachlosigkeit und die Angstzustände wiesen darauf hin, dass es etwas Furchtbares erlebt hatte, etwas, was über ein normales Erleben hinausging, auch wenn dieses „Normale" vielleicht gar nicht so normal gewesen war. Denn warum vermisste niemand das Kind? Dafür konnte es doch nur einen Grund geben: Diejenigen, die das Mädchen so hübsch herausgeputzt hatten mit dem weißen Kleid und den Herzkettchen, diese Menschen wollten nicht in Verbindung mit dem Kind gebracht werden. Dahinter konnten nur kriminelle Machenschaften stecken. Dazu die Hinweise auf sexuellen Missbrauch: die roten Fingernägel, die verräterische Zeichnung auf dem Bild von dem „dreibeinigen" Mann mit den großen Händen. Und das Haus mit den fehlenden Fenstern, das gleichzeitig Abschottung und Eingeschlossenheit signalisierte. Je länger Hanna über diese Dinge nachdachte, desto überzeugter war sie davon, dass Mona in die Hände von Verbrechern gefallen war, die Kinder zum Sex anboten.

Während sie durch Wardenburg fuhr und automatisch an der roten Fußgängerampel mitten im Ort hielt, malte Hanna sich aus, zu welchen Zwecken Pädophile eine Vierjährige benutzen würden, und sie erschauerte. Sie hoffte, dass Mona noch nicht allzu lange in den Händen dieser skrupellosen Verbrecher gewesen war, denn ihr kleiner Körper war, bis auf die blauen Flecken an den Armen, unversehrt gewesen. Vielleicht war ihr das Schlimmste noch erspart geblieben.

Hanna fuhr durch die gut beleuchteten Straßen Oldenburgs quer durch die Innenstadt. Ihr Ziel war der Hauptbahnhof. Dabei war ihre Überlegung, dass Mona auf ihrer Flucht nicht endlos weit gelaufen sein konnte mit ihren kurzen Beinen. Sie hatte die Bordelle in der Stadt gegoogelt und festgestellt, dass sich in Bahnhofsnähe mehrere solcher Häuser befanden. Wahrscheinlich hatte, nachdem das Mädchen aus solch einem Haus geflohen war, das große, hell erleuchtete Bahnhofsgebäude sie magisch angezogen und sie war darauf zugelaufen. Vermutlich, um instinktiv Schutz zu suchen, war sie in die Halle hineingegangen, hatte sich von dem Strom der Reisenden mitziehen lassen bis zu den Bahngleisen und war in den erstbesten Zug gestiegen. Nicht unwahrscheinlich, dass sie dabei die Nordwestbahn von Wilhelmshaven nach Osnabrück erwischt hatte, die halbstündlich verkehrte. Aus irgendeinem Grund, den Hanna sich nicht vorstellen konnte, war sie dann in Cloppenburg ausgestiegen, war in der Stadt herumgeirrt und hatte sich schließlich, völlig erschöpft und müde, auf die Bank in dem Buswartehäuschen gesetzt, wo Hanna sie schließlich gefunden hatte.

Inzwischen war sie beim Bahnhof angekommen. Glücklicherweise fand sie ganz in der Nähe des Bahnhofvorplatzes, auf dem eine Unmenge an Fahrrädern stand, einen Parkplatz. Sie stieg aus und sah sich um. Mehrere Straßen führten vom Bahnhofsvorplatz weg, hin zum Stau, der Straße, die am Hafen der Hunte entlangführte. Sie wusste, dass sich hier in der Nähe Bordelle befanden, und nicht lange, da sprang ihr der erste, grellbunt leuchtende Schriftzug „Eros Center" entgegen. Sie ging am Ufer des Flusses entlang und gelangte bald in eine Gegend, die mit der schönen Innenstadt Oldenburgs nur noch wenig gemeinsam hatte.

Sie sah sich um. In der Ferne konnte sie die illuminierten Türme der Lambertikirche über die Dächer der Häuser hinweglugen sehen. Hatte sich Mona etwa daran orientiert, weil ihr das Kirchengebäude, vielleicht von einem Besuch in der Innenstadt her, im Gedächtnis geblieben war? Von wo war sie also gekommen, wenn sie die Kirchtürme gesehen hatte? Hanna wandte sich nach links, so dass sie die Türme im Rücken hatte, und ging weiter in Richtung Ufer. Die Hunte, die den kleinen Frachthafen speiste, machte hier einen Knick und lief Richtung Innenstadt. Gegenüber dem langgestreckten Gebäude der Agentur für Arbeit, das sich dem Bogen der Straße anpasste, leuchtete das Cinemaxx, das Kinocenter. Hanna ging noch ein weiteres Stück die Uferstraße entlang. Wieder rief ihr ein orangefarbenes Schild über den Dächern der einfachen Häuser die eindeutigen Sex-Botschaften aufdringlich zu. Neugierig näherte sie sich dem großen Gebäude. Die Fassade war mit einer Reihe Schaufenster bestückt, in denen Plakate von aufreizend posierenden Frauen in dürftiger Kleidung ausgestellt waren.

Und dann sah sie es: Das riesige pinkfarbene Doppelherz, das als Neonreklame über dem Eingang prangte und in jedem der Fenster in gleichförmigen Rhythmus blinkte! Das war es, was Mona gezeichnet und dann mit einem schwarzen Stift überkritzelt hatte! Von hier war das Kind geflohen, Hanna war sich jetzt ganz sicher.

Während sie noch dastand und überlegte, was sie nun tun sollte, klingelte ihr Handy. Das Display zeigte eine Nummer, die Hanna unbekannt war.

„Ja, hallo?"

„Frau Morgenroth? Hier ist Maxim Davila. Sie noch erinnern mich?"

31

Auf der abendlichen Dienstbesprechung schaute Thomas Morgenroth in ratlose Gesichter. Frau Dr. Engelbrecht kaute auf ihrem Kugelschreiber herum und hatte eine steile Falte zwischen den Augenbrauen. „Jetzt haben wir zwar mit den Autodieben einen ordentlichen Fang gemacht, Herr Hauptkommissar, aber leider sind wir von einer Lösung des Mordfalles noch genauso weit entfernt wie am Anfang. Zudem gibt es diesen ominösen Entführungsversuch an dem unbekannten Kind, das bei Ihnen lebt. Kann mir mal einer erklären, was hier in unserer Stadt los ist?"

Thomas presste die Lippen aufeinander. Er konnte den Ärger der Staatsanwältin durchaus verstehen. Unablässig hatte er sich den Kopf zerbrochen, um irgendwelche Zusammenhänge zu erkennen, aber ihm war nichts eingefallen.

„Also, Kollegen. Schauen wir einmal, was wir bis jetzt haben: Da ist der rumänische Saisonarbeiter, der am vergangenen Sonntag absichtlich von einem schweren Wagen tödlich verletzt wurde. Er war der Autobande auf die Schliche gekommen und hat sich sein Stillschweigen erkauft. Alle Indizien sprechen jedoch dagegen, dass die Diebe auch den Mord begangen haben. Diese Spur ist also kalt."

Er machte eine Pause, um den anderen Gelegenheit zu geben, Einwände zu erheben, aber alle schwiegen.

„Und da ist dieses kleine Mädchen, das von meiner Mutter aufgefunden wurde, ebenfalls am vergangenen Sonntag. Ein auffälliges zeitliches Zusammentreffen. Zufall? Jemand hat mit Gewalt versucht, das Kind, das völlig traumatisiert ist und bisher kein Wort gesprochen hat, zu entführen. Meine Mutter behauptet zudem, das Kind habe beim Anblick des Fotos von dem Mordopfer in der Zeitung panisch reagiert. Die Frage lautet also: Was kann das Kind mit dem ermordeten rumänischen Saisonarbeiter zu tun haben?"

Er blickte Hilfe suchend in die Runde. Jan Hendrik Klüver hob die Hand.

„Nach Aussage der Zeugin des Überfalls, Frau Elfriede Maschewski, hatte das Auto, übrigens ein SUV, wie bei dem Mord an Ducinca, eine Oldenburger Nummer. Sie hat sich sogar einen Buchstaben des Nummernschildes merken können und die genaue Marke wiedererkannt. Es war ein Mercedes GLK, Baujahr 2014. Ich habe bei der Oldenburger Zulassungsstelle nachgefragt. Es gibt genau vierundsechzig GLKs in der Stadt und dem Landkreis Oldenburg mit einem M im Nummernschild. Hier ist die Liste der Fahrzeughalter." Er legte das Blatt Papier vor Thomas auf den Tisch. „Hab' sie gerade eben erst auf den Computer geschickt bekommen."

Thomas Morgenroth nahm die Liste entgegen und legte sie zu den übrigen Unterlagen in die Akte.

„Danke, Jan Hendrik. Wir müssen also alle Personen auf der Liste überprüfen und sehen, ob sie in irgendeiner Beziehung zu dem Kind stehen."

Polizeimeister Uwe Höltinghaus meldete sich.

„Wegen des Fahrrades, das am Bahnhof gefunden worden ist: Ich sollte ja herausfinden, wohin Ducinca am Sonntagmittag gefahren ist. Leider ist der Schalter sonntags nicht besetzt. Ducinca muss seine Fahrkarte aus dem Automaten gezogen haben. Eine Überwachungskamera gibt es nicht. Ich habe dann gedacht, vielleicht können wir einen Aufruf in die Lokalzeitung setzen, ob jemand, der am Sonntagmittag mit der Nordwestbahn gefahren ist, den Mann gesehen hat und vielleicht sogar weiß, wohin der gefahren ist, ob Richtung Wilhelmshaven oder Richtung Osnabrück. So viele Fahrgäste hat die Bahn ja am Sonntag nicht."

„Gute Idee, Herr Höltinghaus. Bitte leiten Sie das sofort in die Wege. Vielleicht finden wir auf diese Art einen Zeugen."

Wieder eine Wortmeldung.

„Wir haben Faserspuren von einem schwarzen Stoff an der Kleidung des Mädchens gefunden, die aller Wahrscheinlichkeit nach von dem Entführer stammen."

Wilhelm Stör, der Experte von der Kriminaltechnik, richtete sich in seinem Stuhl auf. „Wenn ihr mir einen Mann mit entsprechendem Pullover oder Jacke bringt, kann ich euch sagen, ob er es war, der das Kind entführen wollte."

„Sonst gab es keine Hinweise auf den Entführer?", hakte Thomas nach.

Stör schüttelte den Kopf. „Auf dem Asphalt konnten wir nichts feststellen. Er war trocken, und das Auto hat nicht so stark gebremst, dass ein Gummiabrieb erfolgte. Also nichts."

„Da ist noch etwas, was meiner Mutter hinsichtlich der Kleidung des Mannes eingefallen ist. Sie sagt, er trug Stiefel mit hohem Absatz, eine Art Cowboystiefel. Kannst du damit was anfangen, Wilhelm?"

„Aber natürlich", antwortete Stör prompt, „das passt zu der Fußspur am Tatort des Mordes. Dort haben wir einen Fußabdruck von einer solchen Art Stiefel gefunden, Größe 47, also von einem sehr großen Mann, etwa einmeterneunzig."

„Genau! Jetzt fällt es mir auch wieder ein", sagte Thomas überrascht. „Der Fußabdruck! Die Größe des Mannes passt übrigens genau zu der Beschreibung, die meine Mutter von dem Entführer gegeben hat."

Plötzlich waren alle hellwach.

Thomas überlegte einen Moment. Dann resümierte er,

indem er die einzelnen Punkte an den Fingern abzählte.

„Somit haben wir jetzt also mehrere Hinweise darauf, dass eine Verbindung besteht zwischen dem Rumänen und dem traumatisierten Kind: Erstens der Zeitpunkt. Ducinca wurde am Sonntagnachmittag ermordet, das Mädchen wurde am Sonntagabend gefunden. Zweitens: Ducinca wurde von einem schweren großen Wagen überfahren, möglicherweise ein Mercedes GLK, der Entführer des Mädchens fuhr einen solchen Wagen. Drittens: Der Entführer kam aus Oldenburg, wie das Nummernschild besagt, Ducinca ist möglicherweise mit der Nordwestbahn nach Oldenburg gefahren. Viertens: Das Mädchen hat beim Anblick des Fotos von Ducinca einen Panikanfall bekommen. Das deutet darauf hin, dass sie den Mann kannte."

Aufgeregtes Gemurmel machte sich breit.

Frau Engelbrecht erhob sich. „Also dann, meine Dame, meine Herren. Machen Sie Ihre Arbeit! Ich will Ergebnisse sehen." Sie nickte allen zu und verließ das Besprechungszimmer.

Thomas stand ebenfalls auf.

„Susanne und Jan Hendrik, ihr macht euch an die Überprüfung der Autohalter in Oldenburg, Jens kann euch helfen. Herr Höltinghaus, Sie kümmern sich um den Zeitungsaufruf."

Er klemmte sich die Akten unter den Arm und verließ den Raum.

32

Im Aufenthaltsraum des Wohnheims hielten sich um diese späte Stunde - es war mittlerweile fast elf Uhr - nur wenige Bewohner auf. Vor dem Fernseher saßen ein paar Leute, die sich eine Musikshow ansahen, eine Frau räumte in der Küche nebenan Geschirr in den Schrank. Als Hanna eintrat, kam Maxim Davila eilig auf sie zu.

„Frau Morgenroth, guten Abend! Bin froh, Sie sind gekommen!"

Er führte Hanna zu einem Tisch, an dem Sorana Beculescu saß, ein Glas Cola vor sich, und ihnen aufmerksam entgegensah.

„Sie erinnern noch an Sorana?"

Hanna gab der Rumänin die Hand zur Begrüßung und nahm ihr gegenüber am Tisch Platz. Sie war ein wenig verwundert. Am Telefon hatte Davila nichts von seiner Kollegin gesagt, nur, dass ihm jetzt eingefallen sei, woher er das Kind kannte. Er wolle ihr die Zusammenhänge gern persönlich erklären, und als Hanna ihm anbot, noch am selben Abend zu ihm ins Wohnheim zu kommen, sie sei sowieso unterwegs und es sei keine Mühe für sie, war er gleich einverstanden gewesen. Mit Sorana hatte sie allerdings nicht gerechnet. Gespannt sah sie die beiden Rumänen an.

Maxim eröffnete das Gespräch. „Ich lange nachgedacht über Bild von Mädchen, das Sie uns zeigen. Ich denke, ich kenne Mädchen, aber ich nicht wusste, woher. Dann, heute bei Arbeit, ist mir plötzlich eingefallen. Es ist Mädchen von Foto von Dimitru."

Ich wusste es doch, fuhr es Hanna durch den Kopf. Es musste eine Verbindung geben zwischen dem ermordeten Mann und ihrem kleinen Gast.

„Welches Foto?", fragte sie.

Maxim sah hilfesuchend zu Sorana hinüber. Offensichtlich hatte er der jungen Frau die Zusammenhänge erklärt und sie gebeten, zu übersetzen, da sie besser Deutsch sprach als er. Sorana setzte sich auf und lächelte Hanna an. Ihre weißen Zähne blitzten in dem gebräunten Gesicht. Was für eine hübsche Frau, dachte Hanna.

„Ich werde erklären, Maxim hat mir alles erzählt. An einem Abend, die Männer haben zusammen getrunken, in der Kneipe. Waren ein bisschen betrunken, auch Dimitru. Dimitru hat nicht oft Alkohol getrunken, war sehr sparsam. Und sprach nicht viel. Aber an dem Abend war er traurig. Hatte Heimweh. Sprach von der Frau, die zu Hause in Rumänien wartet, schon so lange. Und von den Kindern. Er zeigte Maxim ein Foto. Eine Frau und vier Kinder waren darauf zu sehen. Ein Kind war ein Mädchen. Noch jünger als das Kind, das Sie gefunden haben. Aber sah genauso aus, sagt Maxim. Hatte auch lockige Haare und ein niedliches Gesicht, wie die Kleine, die Sie auf Handy gezeigt haben. Maxim denkt, das Mädchen muss Tochter von Dimitru sein."

„Ach", entfuhr es Hanna. „Die Tochter!"

Sie konnte es nicht fassen! War das die Erklärung für die panische Reaktion des Mädchens auf das Zeitungsfoto? Aber wenn sie ihren Vater erkannt hatte: Warum hatte sie mit solch einem Entsetzen auf sein Bild reagiert?

„Hat Dimitru noch mehr von seiner Familie erzählt? Hat er vielleicht den Namen seiner Frau erwähnt? Oder die der Kinder?"

Schnell übersetzte Sorana ihre Frage, aber Maxim hatte auch so verstanden.

„Namen? Nein, keine Namen", sagte er bedauernd. „Nur dass sie in Bukarest leben und auf ihn warten. Sehr arm sind."

Er wandte sich wieder an Sorana mit einem Schwall rumänischer Worte, von denen Hanna keine Silbe verstand. Fragend sah sie die Rumänin an. Sorana übersetzte.

„Dimitru hat erwähnt, Familie ist sehr arm. Lebt in den Slums von Bukarest. Er muss Geld verdienen, damit es Familie bessergeht. Deshalb spart er alles, was er kann. Aber er hat verdient nicht viel, daher er nicht genug gespart."

Hanna nickte verständnisvoll zu den Ausführungen der Rumänin. Klar, es war ja nicht gerade viel, was die Saisonarbeiter verdienten. Dazu kamen die Kosten für die Unterkunft, für Verpflegung, Kleidung und den täglichen Bedarf hier in Deutschland, wo alles seinen Preis hatte.

„Gibt es sonst noch etwas, was Sie mir über Herrn Ducinca sagen können?", fragte sie abschließend.

Sorana sah Maxim fragend an. Wieder wechselten die beiden ein paar Sätze miteinander, die Hanna nicht verstand. Sie wartete. Dann richtete Sorana das Wort an sie.

„Maxim sagt, letzte Woche war Dimitru fröhlicher als sonst. Er sagte zu Maxim, er nun bald zurückkehrt nach Bukarest, das Geld jetzt reicht für Familie. Er sagte, er freut sich sehr auf die Heimat und auf Frau und Kinder."

Das passt, dachte Hanna. Sie musste an die zehntausend Euro denken, die Ducinca von den Autodieben erpresst hatte. Sie erhob sich.

„Haben Sie vielen Dank, Frau Beculescu und Herr Davila. Sie haben mir sehr geholfen. Wenn Ihnen noch etwas einfallen sollte: Meine Telefonnummer haben Sie ja."

Sie gab den beiden Rumänen die Hand und verabschiedete sich.

33

Es war schon spät in der Nacht, als Hanna zu Hause ankam. Dennoch war sie hellwach; die Neuigkeiten über die Herkunft des Mädchens ließen ihr keine Ruhe. Hoffentlich schlief Thomas noch nicht! Sie musste ihm unbedingt sagen, was sie herausgefunden hatte, damit er die entsprechenden Maßnahmen in die Wege leitete. Bestimmt waren die Verbrecher schon dabei, sämtliche Spuren zu beseitigen, und wer wusste, was sie mit den anderen Kindern anstellten. Denn sicher war Mona nicht das einzige Kind gewesen, das in die Hände dieser skrupellosen Menschen gefallen war.

Sie schloss die Haustür auf und horchte. Stille. Alle schliefen. Ohne ihre Jacke abzulegen, ging sie leise zur Schlafzimmertür ihres Sohnes und klopfte. „Thomas!", rief sie mit verhaltener Stimme, „bitte, wach auf! Ich muss dir unbedingt was Wichtiges sagen!"

Sie hörte ein unwilliges Brummen aus dem Innern des Schlafzimmers, dann die verschlafene Stimme ihres Sohnes.

„Mama? Was ist denn? Es ist mitten in der Nacht! Ist was passiert?"

„Bitte, steh auf. Ich habe wichtige Neuigkeiten wegen Mona!"

„Ja, schon gut! Ich komme!"

Hanna hörte, wie er einige erklärende Worte zu Inga sagte, die anscheinend ebenfalls aufgewacht war. Dann öffnete sich die Tür und Thomas stand mit zerzausten Haaren und gähnend vor ihr.

„Wehe, wenn es nicht wirklich wichtig ist, Mutter! Ich habe gerade so schön geschlafen!"

Hanna nahm ihn am Arm und zog ihn mit sich in die Küche.

„Ich hab Appetit auf ein Glas Milch. Willst du auch eins?"

„Meinetwegen", murmelte Thomas. Er zog seinen Bademantel fester um sich.

„Was gibt es denn nun?"

Hanna nahm zwei Gläser aus dem Regal, holte die Milchpackung aus dem Kühlschrank und schenkte die Gläser voll.

„Also: Du wirst es nicht glauben, Thomas! Mona ist die Tochter des ermordeten Rumänen! Und ich habe den Nachtclub gefunden, aus dem sie geflohen ist."

Thomas starrte sie ungläubig an.

„Wie kommst du denn darauf, Mama? Ich glaube, jetzt geht deine Phantasie mit dir durch!"

„Warte einen Moment!" Flink stand Hanna auf, lief die Treppe zu ihrer Wohnung hinauf, so schnell es ihr Arthroseknie zuließ, und kehrte einige Augenblicke später mit den Zeichnungen Monas zurück in die Küche, wo sich Thomas müde mit beiden Händen das Gesicht rieb.

„Hier, ich zeige es dir! Mona hat auf allen drei Bildern dieses Doppelherz gezeichnet, siehst du? Sie hat es zwar überkritzelt, aber man kann es trotzdem erkennen. Und hier ... " Sie hielt Thomas ihr Handy hin, auf dessen Display sie das Foto von der Neonreklame des „Clubs der zwei Herzen" gerufen hatte. „Siehst du das? Von diesem Haus aus ist Mona geflohen. Es ist ein Bordell in Oldenburg, ganz in der Nähe vom Bahnhof. Sie muss in ihrer Panik zum Bahnhof gelaufen sein, ist in die Nordwestbahn gestiegen und hier in Cloppenburg gelandet."

Thomas nahm einen langen Schluck von der kalten Milch, bevor er sich die Bilder näher ansah.

„Ach Mama, du siehst doch Gespenster. Man kann kaum etwas erkennen auf diesen Bildern, und Herzen sind ja nun auch kein so seltenes Zeichen. Überall sieht man sie, als Symbol für Liebe, es ist solch ein abgegriffenes Klischee! Sicher hat die Kleine es irgendwann einmal in einem Werbespot oder auf einem Plakat oder sonst wo gesehen. Das ist doch kein Beweis für irgendetwas! Du verrennst dich da, Mutter!"

Hanna wusste, immer wenn Thomas sie „Mutter" nannte, war er ernsthaft ärgerlich. Überhaupt mochte er es nicht, wenn sie sich als Hobbydetektivin betätigte. Schließlich sei die Aufklärung von Verbrechen eine Sache für Profis und nichts für Amateure, sagte er immer.

Sie wagte einen neuen Vorstoß.

„Aber, Thomas, das Kind hat doch mit eurem Mordopfer, dem Rumänen, definitiv etwas zu tun! Dieser Herr Davila, der Kollege von Ducinca, hat ein Foto gesehen, auf dem Mona abgebildet ist. Mit drei anderen Kindern und einer Frau. Ducinca hat seinen Kollegen das Foto gezeigt. Und Davila ist sicher, dass Mona das Kind von dem Foto ist."

„Ducinca hatte definitiv keine Familie, Mutter, er war nicht verheiratet. Und er hatte kein Foto bei sich, sonst hätten wir es gefunden. Dieser Davila muss sich irren."

„Aber ... "

„Nichts aber!" Er trank seine Milch aus und stand auf. „Nun gib endlich Ruhe, Mutter! Wir machen schon unsere Arbeit, auch ohne deine Hilfe!"

Hanna drehte ihr Glas hin und her. Sie presste die Lippen aufeinander und schwieg.

Thomas gähnte. „Komm, lass uns schlafen gehen, Mama, es ist gleich halb zwei", sagte er versöhnlich. Er tätschelte seiner

Mutter die Schulter. „Morgen ist auch noch ein Tag."

„Ja, schon gut", murmelte Hanna. „Geh nur! Ich trinke nur noch meine Milch aus."

Sie wusste, es würde lange dauern, bis sie einschlafen könnte.

34

Das junge Mädchen, das am nächsten Morgen auf dem Besucherstuhl in Thomas Morgenroths provisorischem Büro Platz nahm, sah aus wie sechzehn und ganz und gar nicht wie eine BWL-Studentin im vierten Semester, fand der Kommissar. Sie trug zwei silberne Ringe im rechten Nasenflügel und an jedem ihrer zehn Finger verschiedenartig geformte und teilweise sehr ausladende Ringe. Die schwarz gefärbten Haare hatte sie zu einem unordentlichen Dutt am Hinterkopf zusammengedreht und ihre Lippen und Fingernägel glänzten in schwarzem Lack. Während des Gesprächs kaute sie in aufreizender Manier einen dicken Klumpen Kaugummi.

Vor einer Minute war Polizeimeister Uwe Höltinghaus in Thomas' Büro gestürmt, im Schlepptau die junge Frau, die Thomas jetzt mit übergeschlagenen Beinen, die Hände in den Taschen ihrer schwarzen Lederjacke vergraben, abwartend gegenübersaß.

„Das ist Svenja Kramer, Chef", hatte Höltinghaus sie vorgestellt. „Die junge Dame hat sich wegen des Aufrufs in der Zeitung bei uns gemeldet. Sie sagt, sie habe unser Mordopfer am Sonntagmittag gesehen."

„Aha!", hatte Thomas gesagt, „das ist ja interessant!"

Nachdem er erfahren hatte, dass sie in Oldenburg studierte und auch dort im Studentenwohnheim wohnte, wollte er wissen, was sie am Sonntag in Cloppenburg gemacht hatte.

„Meine Eltern wohnen hier", sagte Svenja und drehte dabei

ihren Kaugummi gekonnt im Mund hin und her. „Ich habe sie am Wochenende besucht. Das mache ich alle vierzehn Tage, schon wegen der Wäsche. Außerdem hat meine Mutter am Samstag ihren Geburtstag gefeiert, mit der ganzen Familie. Da musste ich natürlich kommen."

„Aha! Und am Sonntag sind Sie also zurückgefahren nach Oldenburg?"

„Ja. Und zwar schon mit dem 12.07 Uhr-Zug. Ich musste nämlich noch ein Referat fertigstellen, das ich am Montagmorgen halten sollte."

„Am Bahnhof haben Sie Herrn Ducinca gesehen?"

„Ich weiß nicht, ob er so hieß. Jedenfalls war es der Mann aus der Zeitung. Er stand am Automaten und wollte eine Fahrkarte lösen. Dabei machte er einen ziemlich hilflosen Eindruck. Deshalb habe ich ihn gefragt, ob ich ihm helfen könne. Den richtigen Tarif zu wählen und so. Er war ganz klar, dass er kaum Deutsch verstand, geschweige denn lesen konnte."

„Das war sehr nett von Ihnen, Frau Kramer. Und? Wohin wollte Herr Ducinca?"

„Also: Er wollte nach Oldenburg. Ich habe ihm eine entsprechende Fahrkarte gelöst. Er ist dann auch zusammen mit mir in die Nordwestbahn gestiegen und am Hauptbahnhof in Oldenburg ausgestiegen."

„Haben Sie gesehen, wohin er von dort gegangen ist? Oder ob er sich vielleicht ein Taxi genommen hat?"

„Nein. Wir sind noch zusammen bis zum Ausgang gegangen. Dann habe ich mein Fahrrad genommen, das ich auf dem Bahnhofsvorplatz angekettet hatte, und bin ins Wohnheim gefahren. Ich habe nicht gesehen, was er gemacht hat."

„Haben Sie sich auf der Fahrt mit ihm unterhalten?"

„Nein. Wie gesagt, er sprach kaum Deutsch. Und überhaupt: Dieser Herr Du... Wie hieß er noch gleich?"

„Ducinca. Dimitru Ducinca."

„Also, dieser Herr Ducinca machte einen sehr zurückhaltenden Eindruck. Er hat während der ganzen Fahrt nur aus dem

Fenster gestarrt. Als wäre er mit seinen Gedanken ganz woanders."

„Ist Ihnen sonst noch etwas aufgefallen an Herrn Ducinca? Hatte er etwas Besonderes bei sich? Eine Tasche vielleicht?"

Svenja Kramer schürzte nachdenklich die Lippen und schüttelte langsam den Kopf. „Nein, nichts, was mir aufgefallen wäre. Er hatte nichts bei sich."

Thomas stand auf zum Zeichen, dass das Gespräch beendet sei.

„Vielen Dank, Frau Kramer. Ihre Aussage ist sehr hilfreich für uns." Er reichte der Studentin die Hand. „Wenn Ihnen noch etwas einfällt, melden Sie sich bitte bei uns!"

Damit haben wir jetzt den Beweis, dass Ducinca nach Oldenburg gefahren ist, dachte Thomas. Die Frage ist: Was hat er dort gewollt? Hatte sein Besuch dort tatsächlich etwas mit dem Kind zu tun, wie seine Mutter glaubte? Wie hieß noch gleich der Rumäne, mit dem seine Mutter gesprochen hatte? Davila? Ja, Maxim Davila, der Mann, mit dem er zuerst im Wohnheim gesprochen hatte. Es konnte nicht schaden, ihn sich noch einmal anzuhören. Am besten zusammen mit der jungen Frau, die so gut Deutsch sprach. Es würde ewig dauern, sich einen Polizeidolmetscher für osteuropäische Sprachen kommen zu lassen.

Er griff zum Telefon

35

Hanna ging unruhig in ihrem Wohnzimmer auf und ab. Wenn Thomas ihr nur glauben würde! Aber sein borniertes Polizistengehirn war ja unfähig, etwas Phantasie aufzubringen! Jede Minute, die verging, machte es schwieriger, den Kriminellen im „Club der zwei Herzen" das Handwerk zu legen. Sicher waren die Verbrecher schon dabei, sämtliche Spuren, die auf den Aufenthalt von Kindern in dem Nachtclub hinwiesen, zu beseitigen. Wenn sie nur etwas tun könnte!

Nachdenklich betrachtete Hanna das konzentrierte Gesicht Monas, die aus den Legosteinen, die sie auf dem Teppichboden ausgebreitet hatte, mit geschickten Händen ein Haus baute. Wenn sie doch nur sprechen würde, dachte Hanna, dann könnte sie mir erzählen, was ihr widerfahren ist. Was war mit ihrer Mutter? Hatten die Eltern womöglich selbst etwas mit diesem Nachtlokal zu tun? Wurde Ducinca, wenn er denn tatsächlich Monas Vater war, deshalb ermordet? Warum meldete sich niemand sonst, der das Kind kannte?

Gedankenverloren nahm sie eine der Zeichnungen, die Mona angefertigt hatte, und betrachtete sie. Was für unübersehbare Hinweise die einzelnen Zeichen gaben, wenn man sie zu deuten wusste, so wie Dr. Rudolph. Hanna glaubte nach wie vor nicht, dass Monas Schweigen an fehlenden Sprachkenntnissen lag, dafür waren die Hinweise auf eine Traumatisierung, die Dr. Rudolf in den Zeichnungen erkannt hatte, zu offensichtlich. Außerdem hätte Mona anderenfalls doch sicher einmal ein Wort in ihrer Muttersprache gesagt. Nein, irgendwie war ihre Fähigkeit zu sprechen blockiert. Aber mit den Bildern habe sie eine Möglichkeit gefunden, sich mitzuteilen, hatte der Psychologe gesagt. Plötzlich kam Hanna eine Idee. Was, wenn dieser Kommunikationsweg auch andersherum funktionierte? War es ihr, Hanna, vielleicht möglich, mit Hilfe von eigenen Zeichnungen mit dem Kind zu „sprechen"?

Sie nahm den Zeichenblock und eine Packung Buntstifte und setzte sich an den kleinen Kindertisch, so dass Mona sehen konnte, was sie tat. Wie sollte sie anfangen? Am besten mit etwas Einfachem, mit etwas, was dem Kind Freude gemacht hatte. Sie riss ein Blatt aus dem Block und fing an, auf einfache, kindliche Art zu zeichnen: Die umzäunte Weide im Tierpark, die Zwergziegen, die ihr ein wenig wie Hunde gerieten, aber durch die Hörner eindeutig zu identifizieren waren, Kinder, die die Ziegen fütterten und streichelten. Darunter ein kleines Mädchen in einer blauen Hose und einer roten Jacke, dem

Hanna braune Ringellocken gab: Mona. Im Hintergrund zeichnete sie einige der Vergnügungsgeräte des großen Spielplatzes und an den Rand der Ziegenweide sich selbst, Inga und die Polizistin Susanne Holtmann. Zwei der Kinder in der Streichelwiese kennzeichnete sie durch gelbe Haare und die entsprechende Kleidung als die Zwillinge Isabell und Jannik.

Es dauerte nicht lange, da wurde Mona aufmerksam auf das, was Hanna tat. Neugierig kam sie näher und besah sich das Bild, das Hanna gezeichnet hatte. Ein Lächeln flog über ihr Gesicht, als sie erkannte, was es erzählte. Sie zeigte mit dem Finger auf die Figur, die sie darstellte, und dann auf sich selbst: Sie hatte sich identifiziert. Dann nahm sie einen Stift und zeichnete, ungelenk zwar, aber gut erkennbar, eine weitere kleine Ziege in das Gehege. Beifallheischend sah sie Hanna an, als sie fertig war, und Hanna sparte nicht mit deutlichem Lob.

Dann nahm sie ein neues Blatt aus dem Zeichenblock und begann ein weiteres Bild zu zeichnen. Mona kletterte auf ihren Schoß und verfolgte gespannt, was auf der weißen Fläche entstand. Ein großes Gebäude mit fünf spitzen Türmen, wovon der eine wesentlich größer und kräftiger war als die anderen: Die Lambertikirche in Oldenburg. Hanna gab dem Gebäude eine Reihe bunter gotischer Fenster und ein großes Dach, das Portal jedoch ließ sie weg. Sie beendete das Bild, indem sie einige Schäfchenwolken und eine gelbe Sonne in den Himmel zeichnete. Dann präsentierte sie es dem Kind. Mona sah sie fragend an. Hanna bedeutete ihr, dass sie das Bild für fertig halte. Da griff Mona zu dem braunen Farbstift und ergänzte das fehlende, spitz zulaufende Eingangsportal des Kirchenbaus. In dem Bemühen, es richtig zu machen, steckte sie die Zungenspitze zwischen die Lippen. Triumphierend präsentierte sie anschließend das fertige Gebäude. Na also, dachte Hanna, sie kennt die Lambertikirche in Oldenburg.

Die nächste Zeichnung zeigte einen Zug: die Nordwestbahn. Gebannt verfolgte Mona die Entstehung eines Bahnsteigs, eines Bahnhofsgebäudes und von Passagieren. Als Hanna am

Fenster des Zuges ein kleines Mädchen mit braunen Ringellocken in einem weißen Kleid mit roten Punkten zeichnete,
wurde Mona ganz aufgeregt. Sie zeigte mit dem Finger auf die
Mädchenfigur und dann auf sich selbst. Also auch das stimmt,
dachte Hanna, sie ist mit der Bahn hierhergekommen.

Dem Kind schien dieses Spiel zunehmend Spaß zu machen.
Eilfertig nahm es den Zeichenblock und löste ein weiteres Blatt
heraus. Hanna überlegte. Konnte sie es wagen, das Kind mit
den schrecklichen Erlebnissen der letzten Tage zu konfrontie-
ren?

Sie blickte in die erwartungsvollen Augen Monas, die ihr
auffordernd den Bleistift hinhielt. Also gut, dachte Hanna. Ris-
kieren wir es.

Sie zeichnete ein Haus, das so aussah wie ihr eigenes, die
Straße, ihren Aygo und den Mercedes, der auf der Straße hielt.
Mona schaute fasziniert zu, wie auf dem Blatt Hanna als Frau
in blauer Jacke und mit weißem Haar erschien, dazu ein kleines Mädchen mit roter Jacke und braunen Locken, das neben
dem kleinen Auto stand. Als Hanna den Stift beiseite legte, sah
Mona sie fragend an. Offensichtlich hatte sie die Szene erkannt
und wollte, dass sie zu Ende gezeichnet wurde. Hanna schüttelte den Kopf und machte ein Gesicht, als hätte sie Angst vor
dem, was noch fehlte. Da nahm das kleine Mädchen entschlossen einen schwarzen Buntstift und zeichnete ein riesiges
Strichmännchen neben das große Auto. Dann drückte sie Hanna den Stift in die Hand und forderte sie auf, weiter zu zeichnen. Hanna vervollständigte das Strichmännchen zu einem
schwarz gekleideten Mann mit Maske, während Mona ihr mit
großen Augen zusah. Als sie fertig war, betrachteten beide das
Bild eine ganze Weile. Dann, einer plötzlichen Eingebung folgend, nahm Hanna einen roten Stift und strich den schwarzen
Mann durch. Einmal, dann noch einmal und noch einmal. Sie
nahm einen weiteren Stift und reichte ihn Mona. Mit einem
Blick forderte sie sie auf, es ihr gleichzutun. Zuerst zögernd,
dann mit immer größer werdendem Eifer und wachsender

Begeisterung kritzelten beide auf dem Blatt herum, immer wieder, mit allen farbigen Stiften, bis von dem ursprünglichen Bild kaum noch etwas zu sehen war. Danach sahen sie sich an und lachten. Erstaunt stellte Hanna fest, wie befreiend die Kritzelei gewesen war.

„Komm, jetzt machen wir uns erst einmal eine Tasse Tee, Mona", sagte sie und nahm das Kind bei der Hand. „Die haben wir uns verdient."

36

Maxim Davila und Sorana Beculescu trugen noch ihre Arbeitskleidung, als sie das Büro des Hauptkommissars betraten. Ihre derben Arbeitsschuhe hinterließen auf dem Linoleumboden des behelfsmäßigen Büros dicke Erdklumpen und schwarze Spuren. Uwe Höltinghaus hatte die beiden Erntehelfer direkt von dem riesigen Rosenkohlfeld der Fa. Stowasser geholt, auf dem sie gearbeitet hatten, und in die Polizeistation gebracht. Den Gesichtern der Rumänen war anzusehen, wie beängstigend sie es fanden, im Polizeiauto zur Inspektion transportiert zu werden. Thomas hielt es für angebracht, sie zunächst einmal zu beruhigen, waren sie doch in keinster Weise verdächtig, sich schuldig gemacht zu haben.

„Bitte entschuldigen Sie, dass ich Sie habe hier herbringen lassen, aber es ist wirklich dringend und duldet keinen Aufschub."

Die beiden Rumänen sahen ihn verständnislos an. Mit einem freundlichen Lächeln forderte er sie auf, Platz zu nehmen.

„Ich glaube, ich mache uns erst einmal einen Kaffee, wenn Sie einverstanden sind? Sie verstehen mich doch?"

„Ja, wir verstehen gut. Maxim spricht noch nicht so gut Deutsch wie ich. Aber er versteht schon sehr gut. Ich kann übersetzen", antwortete Sorana. Sie erwiderte das Lächeln des

Kommissars und zeigte dabei ihre weißen Zähne. Was für eine schöne Frau, fuhr es Thomas durch den Kopf. Ein ganz anderer Typ als Inga, deren blonde Zartheit in vollkommenen Kontrast zu der brünetten Robustheit der Rumänin mit ihren dunklen Locken, der leicht getönten Haut und den dunkelbraunen Augen stand. Plötzlich musste er an die bevorstehende Hölzerne Hochzeit denken, an der Inga so viel gelegen war, und an den Trubel, den sie verursachen würde. Schnell verscheuchte er den Gedanken daran. Er stand auf und ging in die Kaffee-Ecke, nahm drei Kaffeetassen, Milch und Zucker und stellte alles vor die Besucher auf den Schreibtisch. Nachdem er den Kaffee eingeschenkt hatte und alle die ersten Schlucke getrunken hatten, entspannte sich die Atmosphäre merklich. Thomas nahm die Personalien der beiden auf und belehrte sie über den Gegenstand der Befragung, in der Davila als Zeuge vernommen werden sollte.

„Wir müssen eine Aussage, die Sie gemacht haben, Herr Davila, überprüfen. Sie, Frau Beculescu, haben wir hergebeten, weil Sie sehr gut Deutsch sprechen, wie ich hörte. Wir möchten Sie bitten, gegebenenfalls zu übersetzen, wenn Herr Davilas Deutschkenntnisse nicht ausreichen sollten. Einen Polizeidolmetscher kommen zu lassen, würde uns nur unnötig Zeit kosten, verstehen Sie?"

Die beiden Rumänen nickten und sahen ihn erwartungsvoll an. Thomas fuhr fort: „Es geht um den Mord an Ihrem Kollegen, Herrn Ducinca, wie Sie sicher wissen, aber auch um das kleine Mädchen, das am Sonntagabend von meiner Mutter, Frau Morgenroth, aufgefunden worden ist."

Die dunklen Augen Davilas gingen unruhig zwischen dem Kommissar und Sorana hin und her.

„Aber wieso? Ich nur sagen ...", er brach ab und fuhr auf Rumänisch fort. Ein Schwall von für Thomas unverständlichen Worten kam aus seinem Mund, wobei er aufgeregt gestikulierte. Sorana legte die Hand auf seinen Arm und nickte ihm beruhigend zu.

„Maxim hat nur der Frau von dem Foto erzählt, der Frau, die nach dem kleinen Mädchen gefragt hat. Er weiß sonst nichts über Ducinca. Er ist beunruhigt, was die Polizei von ihm will."

Thomas nickte der Rumänin dankend zu. Dann wandte er sich wieder an Davila. „Herr Davila. Sie haben zu Frau Morgenroth gesagt, das Kind, das sie aufgefunden hat, sei das Kind von dem Foto, welches Sie bei Herrn Ducinca gesehen haben. Ist das richtig?"

Als Sorana anfing zu übersetzen, winkte Davila ab zum Zeichen, dass er verstanden hatte, worum es ging.

„Ja", sagte er, „ist mir wieder eingefallen. Kind von Handy von Frau Morgenroth ist Kind von Foto."

„Sind Sie da ganz sicher? Ist es nicht vielleicht nur ein ähnliches Kind?"

Davila schüttelte den Kopf. „Nein, kein anderes Kind. Bin ganz sicher."

„Hat Ducinca gesagt, dass das Kind auf dem Foto seine Tochter sei?"

Diesmal sah Davila Sorana fragend an; offensichtlich war er nicht sicher, richtig verstanden zu haben. Sorana übersetzte.

„Ja", sagte Davila dann, „Dimitru sagt, ist Tochter."

„Waren noch mehr Personen auf dem Foto?"

„Ja. Eine Frau und drei Jungen. Waren größer als Mädchen."

„Aha. Also eine ganze Familie." Thomas überlegte. Wie kam es dann, dass in den offiziellen Papieren Ducinca als unverheiratet geführt worden war? Die beiden Rumänen sahen ihn erwartungsvoll an.

„War auf dem Foto noch mehr zu sehen? Im Hintergrund vielleicht?"

„Noch mehr?" Davila schüttelte den Kopf. „Nein, glaube nicht. Nur Frau und Kinder. Kinder barfuß. War wohl im Sommer. Keine gute Kleidung."

„Was meinen Sie damit, keine gute Kleidung?", fragte Thomas.

Davila sah Sorana fragend an. Sie erklärte ihm die Nachfrage des Kommissars und er antwortete auf Rumänisch mit einer Reihe von Sätzen.

„Die Kleidung der Frau und der Kinder sah nicht gut aus. Arm. Nicht viel Geld. Sie müssen wissen, in Rumänien sind viele Leute arm. Nicht wie in Deutschland. Alle Menschen sehen gut aus. Deutschland ist reich, Rumänien ist arm." Auf Soranas schönem Gesicht war ein trotziger Ausdruck von Stolz erschienen, während sie Davilas Worte übersetzte. „Deshalb kommen wir hierher, lernen Deutsch und arbeiten auf Gemüsefeld", fügte sie hinzu.

Bewundernd sah Thomas die junge Arbeiterin an. Wer dachte schon darüber nach, welche Schicksale sich hinter den Menschen verbargen, die hier für wenig Geld die Arbeit verrichteten, für die sich keine deutschen Arbeitskräfte fanden?

Er versuchte, sich wieder auf das eigentliche Thema der Vernehmung zu konzentrieren. Also arm war sie, die Familie Ducincas. Deshalb war er ja nach Deutschland gekommen, um hier Geld zu verdienen, und deshalb war er wohl auch auf den Gedanken verfallen, Stedefuß zu erpressen.

„Wo bewahrte Ducinca das Foto auf? In der Brieftasche? Oder in der Jackentasche? Trug er es immer bei sich?"

Wieder musste Sorana übersetzen.

„In der Brieftasche. Bei anderen Papieren. Hatte Brieftasche immer bei sich."

Komisch, dass wir es nicht gefunden haben, dachte Thomas, wo doch alle anderen Papiere noch da waren, sogar das Geld. Ihm fiel etwas ein.

„Hatte Ducinca ein Handy?"

„Nein, kein Handy. Sagt, zu teuer. Dimitru immer spart Geld."

Aha, dachte Thomas. Ein ungewöhnlicher Mann, dieser Ducinca. Dann kam er auf den eigentlichen Gegenstand der Befragung zurück.

„Herr Davila, bei welcher Gelegenheit hat Ducinca Ihnen das Foto gezeigt, und wann? Waren noch andere dabei, als er es Ihnen zeigte?"

Diesmal beantwortete Sorana die Frage. „Ich war auch dabei, hab' aber gesessen abseits, mit meinem Freund Christian Wendland. Die vier Rumänen saßen zusammen: Adrian Rudarin, Bogdan Babicinc, Dimitru Ducinca und Maxim. Haben alle viel getrunken und gesungen."

„Wann war das?"

„Letzte Woche, am Samstagabend. Nach der Arbeit. Wir alle recht lustig."

Davila ergänzte: „Kurz vergessen Arbeit."

„In welchem Zusammenhang hat Ducinca das Foto herausgeholt und gezeigt?"

„Wir sprechen von Familie, in Heimat", antwortete Davila. „Adrian und Bogdan haben keine Familie, ich nur alte Mutter in Bukarest. Dann wir sprechen von einsame Männer hier in Deutschland. Gehen manchmal Nachtclub. Wie heißt auf Deutsch?" Davila sah Sorana fragend an.

„Bordell?" mutmaßte sie.

„Ja, Bordell", bestätigte Davila. Er grinste verlegen. Offenbar war es ihm peinlich, darüber zu reden.

„Adrian erzählen von schöne Frauen in Bordell. Ganz junge Frauen. Adrian sagen, er mögen ganz junge Mädchen. Er sehr betrunken."

Thomas horchte auf.

„Ganz junge Mädchen? Was genau wurde da erzählt? Denken Sie scharf nach! Das könnte sehr wichtig sein!"

Davila sah den Kommissar fragend an. „Ich das nicht verstehen ..."

Sorana erklärte ihm, was Thomas meinte. Der Rumäne antwortete in seiner Muttersprache. Sorana dolmetschte.

„Die Männer haben über Qualität der Frauen in Bordell gesprochen. Adrian erzählte, es waren auch Kinder da. Niedliche, kleine Mädchen. Wie die Tochter von Dimitru. Alle haben gelacht über Scherz. Aber nicht Dimitru. Er noch einmal fragte Adrian. Adrian sagte wieder, ein kleines Mädchen mit braunen Haaren sah aus wie Tochter von Dimitru auf Foto. Aber sie könnte es ja wohl nicht sein. Tochter ist in Bukarest, bei Mutter und Brüder. Alle haben gelacht. Waren sehr betrunken."

Thomas war wie elektrisiert! Sollte es tatsächlich so sein, dass Mona die Tochter des Ermordeten war? Und Ducinca nach Oldenburg gefahren war, um zu überprüfen, ob dieser Adrian sich nicht geirrt hatte und das kleine Mädchen in dem Bordell tatsächlich seine Tochter war oder ob sie ihr vielleicht nur ähnlich sah? Hatte seine Mutter also Recht mit ihrer Vermutung hinsichtlich des „Clubs der zwei Herzen"?

„Dieser Adrian, von dem Sie sprechen: Wie ist noch mal sein vollständiger Name?", fragte er.

„Adrian Rudarin", antwortete Sorana, überrascht von der plötzlichen Aufgeregtheit des Kommissars.

„Und arbeitet er mit Ihnen auf dem Feld, von dem Sie gerade kommen?"

„Ja."

Thomas griff zum Telefon.

„Ja, Herr Höltinghaus? Sie müssen noch einmal los und mir einen gewissen Herrn Adrian Rudarin herholen. … Ja, sofort. Und nehmen Sie Herrn Davila wieder mit. … Ja, jetzt gleich."

Er legte auf. Die beiden Rumänen sahen ihn verblüfft an. „Ich wäre Ihnen sehr dankbar, Frau Beculescu, wenn Sie bei dem Gespräch mit Herrn Rudarin auch als Dolmetscherin fungieren würden. Es würde uns viel Zeit ersparen. Sie sind doch einverstanden?"

Sorana nickte. Offensichtlich gefiel ihr die Aufgabe, konnte sie doch auf diese Weise ihre guten Deutschkenntnisse vorführen.

„Eine Frage habe ich noch, Herr Davila: „Können Sie mir sagen, wo sich das besagte Lokal befindet und wie es heißt?"

Maxim Davila hob bedauernd die Schultern. „Weiß nicht, wie heißt. Nur, dass ist in Oldenburg. War ja nicht mit in Bordell."

„Hm. Ich hoffe, Ihr Kollege erinnert sich besser an das Lokal."

Es klopfte und Uwe Höltinghaus steckte den Kopf durch die Tür.

Thomas stand auf. „Ich danke Ihnen für Ihr Kommen, Herr Davila. Sie haben uns sehr geholfen. Auf Wiedersehen!" Er reichte dem Rumänen die Hand und begleitete ihn zur Tür.

„Frau Beculescu, darf ich Sie bitten, hier auf dem Flur zu warten, bis Herr Rudarin da ist? Es stehen Stühle hier, sehen Sie. Es dauert bestimmt nicht lange."

37

Bukarest, Rumänien

Das Gewitter, das am späten Nachmittag mit der Gewalt eines Wolkenbruchs niedergegangen war, hatte den erdigen Untergrund, auf dem die Hütten standen, in eine Schlammfläche verwandelt, in deren Vertiefungen sich das Regenwasser zu riesigen Pfützen gesammelt hatte. Braunhäutige Kinder in abgerissener Kleidung sprangen in den Wasserlachen auf und ab und kreischten vor Freude über das aufspritzende Wasser.

Obwohl das Gewitter etwas Abkühlung gebracht hatte, war es immer noch ungewöhnlich heiß an diesem Oktobertag, und es würde nicht lange dauern, bis die Sonne die Feuchtigkeit wieder aufgesogen hatte und rissige Erde zurückbleiben würde. Viele der Hütten aus Pappkartons, Plastikplanen und Holzbrettern, die die notdürftigen Behausungen der Slumbewohner bildeten, waren beschädigt oder zerstört worden. Halbherzig gingen die Menschen daran, sie wieder aufzubauen oder zu reparieren.

So weit das Auge reichte, wimmelte es von solchen provisorischen Bretterbuden hier am Rande der Millionenstadt Bukarest, die in der Ferne als stolze Silhouette im Dunst der aufsteigenden Feuchtigkeit nur undeutlich zu sehen war. Eine der großen Müllhalden der Stadt diente den Menschen, darunter viele Roma, die hier für kurze oder auch für längere Zeit wohnten, als Fundstätte für Baumaterial für ihre elenden Hütten. Die Armut war allgegenwärtig und greifbar; sie bestimmte das Leben der Menschen, die hier buchstäblich am Rande der Gesellschaft ihr Dasein fristeten. Die Kinder, die fröhlich in den langsam versiegenden Wasserlachen herumtollten, kannten es nicht anders. Zu jung, um sich Sorgen um eine Zukunft zu machen, die für sie nur trübe Aussichten bot, waren sie in der Lage, den Augenblick zu genießen.

Norina Niculescu jedoch konnte beim Anblick der spielenden Kinder nicht lächeln. Niedergeschlagen betrachtete sie den Bretterverschlag, dessen Dach aus mehreren Schichten Pappe trotz der Plastikplane von dem heftigen Gewitterregen durchweicht worden war und nun drohte, zusammenzufallen. Sie musste Victor und Damir bitten, neue Pappe zu besorgen, wenn es wieder trocken war auf der Halde, besser noch, einige stabile Bretter oder Latten, um das Dach zu reparieren. Die nass gewordenen Matratzen und Decken würde sie gleich, wenn der Boden wieder getrocknet war, zum Trocknen ausbreiten, sonst hätten Victor und Damir heute Nacht keinen Platz zu schlafen. Gott sei Dank war sie im Besitz des Wohnwagens, der, obschon rostig und alt, doch immerhin eine stabile Unterkunft darstellte.

Als Bogdan, der Vater ihrer drei Söhne, vor zehn Jahren mit der blutjungen Tochter der Nachbarsfamilie verschwunden war, hatte er zwar den alten Mercedes, mit dem sie jahrelang von Ort zu Ort gezogen waren, mitgenommen, den Wohnwagenanhänger hatte er ihr und den drei kleinen Kindern jedoch dagelassen. Seitdem saß Norina hier fest, im Schatten der großen Stadt. Nachdem der Schmerz und die Wut über Bogdans Untreue nachgelassen hatten, erinnerte sie sich gern an die Zeit mit ihm. Selbst noch kaum zwanzig, war sie mit dem glutäugigen Rom durch die Lande gezogen. Hier und da hatte Bogdan für kurze Zeit eine Arbeit angenommen, so dass sie recht gut leben konnten ohne die mageren Gaben vom Staat. Abends hatten sie mit den anderen Reisenden am Lagerfeuer gesessen, ihre uralten Lieder gesungen, Wein getrunken und getanzt, während am Himmel die Sterne wie Diamanten auf blauem Samt glitzerten. Bogdan hatte seine Geige zur Hand genommen, hatte gespielt und mit seiner heißblütigen Stimme Liebeslieder gesungen, während sie ihn mit den Augen verschlang.

Norina seufzte. Ja, es war eine schöne Zeit gewesen, die schönste in ihrem Leben, aber danach war es immer schwerer geworden. Männer kamen und gingen, und erst mit Dimitru hatte sie wieder ein richtiges Familienleben aufgebaut. Er war der Vater ihrer Töchter; das Baby Alia hatte er noch nicht einmal gesehen. Vor mehr als einem Jahr war er aufgebrochen in den Westen, um Arbeit zu suchen. Nach Italien wollte er, oder Spanien oder Deutschland. Dort waren die Menschen reich, hatte er gehört, und es gab Arbeit in Hülle und Fülle. Wenn er genug Geld verdient hätte, würde er zurückkommen, hatte er versprochen, und sie würden in eine hübsche Wohnung ziehen und ein glückliches Leben haben.

Norina blickte auf die verwüsteten Behelfshäuser um sie herum. Mit ihrem Wohnwagen konnte sie sich wirklich glücklich schätzen. Sogar einen Gasherd zum Kochen besaß sie, auf dem sie jeden Tag die Mahlzeiten für sich und die Kinder zubereitete. Mihajlo und das Baby nächtigten bei ihr im Wohnwagen. Es war zwar sehr eng, aber die Kinder schliefen zusammen auf einer breiten Matratze auf dem Boden, während sie selbst auf der schmalen Pritsche, die tagsüber als Sitzbank diente, ihr Bett herrichtete.

Norina war unendlich dankbar für den bescheidenen Hausstand, mit dem sie ihren Wohnwagen eingerichtet hatte. In den Schränken hatte sie die Küchenutensilien und das Geschirr, das sie sorgsam hütete, aufgestapelt, unter der gepolsterten Sitzbank, die man hochklappen konnte, lagen sauber zusammengelegt die wenigen Kleidungsstücke der großen Familie, und einige Handtücher, Kissen und Decken verwahrte sie in den oberen Wandschränken. Sie duldete keine Unordnung oder Schlamperei und achtete darauf, dass die Kleidung ihrer Kinder zwar nicht neu, aber immer geflickt und einigermaßen sauber war. Sauberkeit ist der Stolz der Armut, hatte ihre Mutter oft gesagt, und Norina hatte die Bedeutung dieses Ausspruchs gut verstanden.

Es bereitete ihr schmerzliche Sorgen, dass die großen Jungen - Victor war sechzehn, Damir fast fünfzehn und Mihajlo, ihr kleiner Liebling, schon zwölf Jahre alt - in letzter Zeit so viel in der Stadt unterwegs waren. Sie sagten ihrer Mutter nicht, was sie den ganzen Tag trieben. Eigentlich sollte zumindest Mihajlo noch zur Schule gehen, aber er zog oft lieber mit seinen großen Brüdern durch die Gegend. Norina seufzte. Was konnte sie tun? Sie hoffte nur, dass die Jungen keine größeren Dummheiten machten.

Manchmal brachte Victor Sachen mit nach Hause oder etwas Geld. Wenn sie ihn fragte, woher er die Dinge hatte, zuckte er nur mit den Schultern und grinste sie unter seinen braunen Locken an. „Verdient", sagte er dann wohl, oder „getauscht". Norina fragte nicht näher nach. Victor würde bald ohnehin für sich selber sorgen müssen, ebenso wie Damir. Damir mit seiner schönen Singstimme, die er von seinem Vater geerbt hatte, und seinem Hang, aus allem, was er in die Hände bekam, ein Musikinstrument zu machen, sei es ein umgedrehter Plastikeimer, auf dem er die kompliziertesten Rhythmen trommelte, ein Kamm, auf dem er durch ein Stück Papier hindurch sehnsüchtige Melodien blies, oder ein straff gespannter Draht, dem er die seltsamsten Töne entlockte. In Damir zeigte sich das alte Zigeunerblut, dachte Norina oft. Wenn sie ihm nur eine richtige Geige oder eine Gitarre schenken könnte! Er würde ein wunderbarer Musiker werden. Vielleicht, wenn ...

Norina dachte an den Schatz, den sie gut versteckt in dem obersten Fach der Schrankwand im Wohnwagen verwahrte. Nein, das Geld war zu wertvoll, um dafür ein Musikinstrument zu kaufen. Es war die Versicherung, die sie nachts ruhiger schlafen ließ. Es durfte nur im Notfall angerührt werden, etwa wenn eines der Kinder krank werden sollte, oder wenn der Winter so streng werden würde, dass die Kinder festes Schuhwerk und warme Kleidung benötigten.

Aus dem Wohnwagen drang ein klägliches Weinen, das sich schnell zu einem ärgerlichen Geschrei steigerte. Alia, das sechsmonatige Nesthäkchen der Familie, war aufgewacht und wollte gestillt werden. Norina ging die zwei Stufen zur Tür des Wohnwagens, die immer offenstand, und schob den Perlenvorhang, der den Innenraum vor Fliegen schützen sollte, beiseite. Im Innern war es dämmrig; die roten Tücher, mit denen Norina die Fenster verhängt hatte, tauchten den Raum in ein rosiges Licht. Das Baby, das auf der Matratze geschlafen hatte, hörte beim Anblick seiner Mutter sofort auf zu schreien, lachte und streckte die pummeligen Ärmchen nach ihr aus. Norina bückte sich und hob das Kind auf ihre Arme. Liebevoll drückte sie es an sich und bedeckte sein kleines Gesicht mit vielen winzigen Küssen. Das Kind jauchzte fröhlich auf und strampelte mit den Beinen. Norina nahm es mit nach draußen, setzte sich auf einen der mit buntem Stoff bezogenen Campingstühle, die an den Wohnwagen gelehnt standen, entblößte eine ihrer großen Brüste und legte das Kind an. Hungrig fing es an zu saugen.

Valeria, Norinas alte Nachbarin, kam, gestützt auf ihren Krückstock, mit mühsamen kleinen Schritten auf ihren Wohnwagen zu. Norina sah ihr lächelnd entgegen. Valeria bot das Urbild einer Zigeunerin aus alter Zeit: Gehüllt in mehrere weite bunte Röcke und eine ehemals weiße, berüschte Bluse, die am Ausschnitt mit einer bunten Kordel zusammengehalten wurde, die mageren Schultern trotz der noch sommerlichen Wärme mit einem tischdeckengroßen Schultertuch umhüllt, hatte Valeria die Fülle ihrer struppigen, schulterlangen eisengrauen Haare nur durch ein paar gebogene Plastikkämme gebändigt. Das kleine Gesicht, dessen tiefbraune Haut über und über mit tiefen Falten bedeckt war, bekam durch die schmale gebogene Nase und die glänzenden schwarzen Augen etwas Raubvogelhaftes, dennoch wusste Norina, dass Valeria die Güte in Person war. Sie hatte zehn Kinder geboren, die in alle Welt verstreut waren. Nun lebte sie in einer der Hütten in Norinas Nachbarschaft, zusammen mit ihrer Tochter und deren Mann sowie den zahlreichen Enkeln, von denen zwei damit beschäftigt waren, in den kleiner werden Pfützen herumzuspringen.

„Willst du dich nicht ein wenig zu mir setzten, Valeria", forderte Norina die alte Frau respektvoll auf. Ächzend ließ die Greisin sich auf dem Stuhl neben Norina nieder.

„Was für ein Unwetter", sagte sie. Ihre Stimme wirkte, als sei sie durch die langen Jahre des Sprechens verbraucht worden, dabei war Valeria früher berühmt gewesen für ihre schöne Singstimme. Heute jedoch schienen ihre Worte nur noch aus einem rauen Krächzen zu bestehen.

„Ja, unser Anbau ist auch kurz vor dem Umfallen. Die Jungen müssen ihn heute Abend noch reparieren, sonst müssen sie im Freien schlafen", sagte Norina.

Valeria nickte bedächtig. Sie schickte einen sorgenvollen Blick zum Himmel, dessen klarem Blau sie nicht recht zu trauen schien. Das Sonnenlicht ließ ihre tiefliegenden Augen aufblitzen.

Eine nachdenkliche Pause entstand. Beide Frauen ließen ihre Blicke auf dem Gesicht des eifrig trinkenden Babys ruhen.

„Ein schönes Kind", sagte Valeria, „aber merkwürdige Augen. Hoffentlich färben sie sich noch um."

Norina, die das Kind gerade an die zweite Brust legte, betrachtete das Baby prüfend. Ja, die Augen der Kleinen waren ungewöhnlich. Sie hatten ein dunkles, durchsichtiges Grün, das bei einem bestimmten Lichteinfall ins Blaue spielte. Genau wie die Augen von Simona. Simona ... Der Gedanke an ihre vierjährige Tochter tat weh, aber Norina wusste, dass sie sich richtig entschieden hatte, als sie das Kind der vornehmen Frau mit den blonden Haaren gegeben hatte. Simona würde dort, im reichen Deutschland, ein gutes Leben haben. Das Ehepaar, das sie aufnehmen wollte, hatte nett ausgesehen auf dem Foto, das die Frau ihr gezeigt hatte. Simona würde ein eigenes Zimmer haben, immer genug zu essen, schöne Kleider, und sie würde zur Schule gehen und später vielleicht sogar studieren. Das taten viele junge Frauen im Westen. Sie würde es gut bei ihren neuen Eltern haben, die sich so sehr ein eigenes Kind wünschten. Sie hatten ja sogar viel Geld bezahlt dafür, dass Norina das Mädchen die ersten vier Jahre versorgt hatte. Geld, das jetzt gut verwahrt in der Schachtel lag und das Norina die Gewissheit gab, im Winter nicht frieren zu müssen und die übrigen Kinder ernähren zu können. Dennoch: Es war schwer zu vergessen, wie traurig Simona sich umgesehen hatte, als sie an der Hand der blonden Frau davongegangen war, trotz des wunderschönen Kleides und der neuen Schuhe.

Norina betrachtete das Baby in ihrem Arm. Es war richtig: Bei den beiden Mädchen schlug wohl das Erbe ihrer Urgroßmutter väterlicherseits durch. Dimitru hatte oft nicht ohne einen gewissen Stolz von seiner Großmutter erzählt, die eine echte Gipsy aus dem Norden Rumäniens gewesen sei, mit flammendem Haar, grünen Augen und weißer Haut. Und wie sie gesungen und getanzt hatte! Damit hatte sie allen Männern den Kopf verdreht und sich den Neid und den Hass der Frauen zugezogen. Doch eines Tages war sie einfach verschwunden. Man erzählte sich, sie sei mit einem reichen Mann in den Westen gegangen. Andere behaupteten, man habe sie ermordet und ihre Leiche verschwinden lassen. Jedenfalls sei sie nie wieder gesehen worden. Norina hielt weder die eine noch die andere Version für richtig. Wahrscheinlich war die schöne Gipsy lediglich mit einem anderen Rom, der ihr Herz entflammt hatte, weitergezogen. Jedenfalls war sie froh, dass ihre übrigen Kinder alle die schönen schwarzbraunen Augen, die dichten schwarzen Haare und die kaffeebraune Haut geerbt hatten, die in ihrer Sippe üblich waren.

„Ich bin gekommen, um dich um einen Gefallen zu bitten,

Norina," ließ sich die krächzende Stimme der alten Valeria wieder vernehmen.

Norina horchte auf. Es war ungewöhnlich, dass Valeria um etwas bat. Sie legte die kleine Alia, die sich satt getrunken hatte, an die Schulter, damit sie aufstoßen konnte, und klopfte ihr sacht auf den Rücken.

„Aber gern, Valeria. Es freut mich, wenn ich etwas für dich tun kann", sagte sie.

Die Alte räusperte sich. Es fiel ihr offensichtlich schwer, ihr Anliegen vorzubringen.

„Also, es ist so. Du weißt ja, die Leute von der Stadt wollen, dass wir in diese Steinhäuser ziehen, diese riesigen Gebäude mit den vielen Wohnungen, in denen die Menschen in winzigen Kammern eingeschlossen sind. Ohne den Himmel über sich und ohne die Sonne sehen zu können. Dort in diesen Häusern werden die Herzen der Menschen genauso hart und kalt wie die Steine, aus denen die Häuser gebaut sind."

Sie hielt inne. Mit ihrer knochigen Hand strich sie sich über das Gesicht, als wollte sie das Bild, das sie hervorgerufen hatte, wieder fortwischen. Norina sah sie abwartend an.

„Nun hat Vadim beschlossen, mit Mirela und den Kindern dorthin zu ziehen. Er sagt, wenn er eine feste Adresse vorweisen kann, ist es leichter, eine Arbeit zu finden. Er sagt, wir müssten uns anpassen, es sei jetzt eine neue Zeit. Und er hat auch schon eine Arbeit in Aussicht, sagt er. Mit einem guten Verdienst. Als Bauarbeiter."

Norina sah mit Sorge, wie die alte Frau angestrengt nach Atem rang nach dieser langen Erklärung und unruhig ihre Hände im Schoß knetete.

„Ich hole uns einen Krug Wasser, Valeria", sagte sie, „und einen Schluck Wein. Dann lässt es sich leichter reden."

Die Alte nickte erleichtert und lehnte sich in dem wackeligen Stuhl zurück. Norina reichte ihr das Kind, das Valeria sich geschickt auf dem Schoss zurechtsetzte und auf und ab schaukelte. Sofort gab das Baby juchzende Laute von sich und zeigte zwei winzige weiße Zähne in der Mitte des unteren Kiefers. Norina kletterte in den Wohnwagen und kam kurze Zeit später mit einem Tablett wieder heraus, auf dem ein Krug Wasser und eine billige Flasche Rotwein sowie zwei Gläser standen. Sie stellte das Tablett auf eine umgedrehte Bretterkiste, die als Tisch diente, schenkte die Gläser zur Hälfte mit Wasser und Wein voll und reichte ein Glas der alten Frau. Valeria nahm das Glas und trank es in einem Zug leer. Norina füllte es gleich ein zweites Mal, nahm dann ihr eigenes und setzte sich wieder auf den Stuhl neben Valeria. Sie fragte sich, welchen Gefallen die alte Zigeunerin denn nun von ihr wollte.

„Ich werde nicht in die Stadt ziehen", sagte Valeria. Ihre Stimme klang entschlossen. Offensichtlich hatte sie ihre Entscheidung lange und gründlich überlegt.

„Aber dann bist du ja ganz alleine", gab Norina zu bedenken.

„Ja", krächzte Valeria, „und deshalb bin ich zu dir gekommen, Norina. Ich weiß, du wartest hier auf deinen Dimitru, der, so Gott will, bald kommen wird. Aber solange er noch nicht wieder da ist, bist du allein mit deinen Kindern. Wie wäre es, wenn ich mich eurer Familie anschließe?" Die Greisin wagte nicht, Norina anzusehen. Hastig fuhr sie fort:

„Ich habe es mir gut überlegt. Ich bekomme vom Staat eine Unterstützung, wie du weißt. Viel ist es nicht, nur ein paar Lei, aber es reicht für mein Essen. Wohnen könnte ich weiterhin in meiner Hütte, die dann, wenn die anderen fort sind, auch Platz für einige deiner Kinder hätte. Dein Wohnwagen ist doch viel zu eng für euch alle." Endlich wagte sie es, Norina einen fragenden Blick zuzuwerfen.

„Es ist nur ...", fuhr sie stockend fort, „ich habe ein wenig Angst ganz allein zu sein in meinem Alter. Und das Gehen fällt mir schwer. Aber ich könnte auf deine Kleine aufpassen und dir beim Kochen helfen." Sie brach ab. Unablässig fuhr sie mit ihren knochigen Händen auf ihrem Rock hin und her.

„In der Stadt sterbe ich, Norina." Norina hörte in der alten

Stimme die Verzweiflung, die die Greisin dazu trieb, ihr diese Bitte vorzutragen. Sie brauchte nicht lange zu überlegen.

„Aber selbstverständlich kannst du bei uns bleiben, Valeria. Ich bin dir sogar dankbar für deine Hilfe."

Sie hörte, wie Valeria erleichtert aufatmete. In den uralten Augen der Greisin lag tiefe Dankbarkeit

38

„Du Idiot! Du verfluchter Idiot"

Manfred Wilmersacker, der Besitzer des „Clubs der zwei Herzen", senkte seine Stimme zu einem gefährlichen Flüstern, das seine Beschimpfung um so bedrohlicher wirken ließ.

„Lässt dich von einer alten Frau in die Flucht schlagen wie ein jämmerlicher Schlappschwanz! Und jetzt auch noch das hier!" Er knallte die Lokalzeitung auf den Tisch. Auf der Titelseite war das Foto von Ducinca zu sehen und der Polizeiaufruf nach einem Zeugen.

„Sie sind uns auf der Spur! Sonst würden sie nicht die Nordwestbahn erwähnen und nach Leuten suchen, die den Mann gesehen haben."

Der Mann in Schwarz, der auf den Namen Rolf Sommer hörte, stand wie ein gescholtenes Schulkind mit gesenktem Kopf und verschränkten Händen vor seinem Chef und schwieg. Seine Augen wirkten entzündet; das Weiße darin war blutunterlaufen und die gesamte obere Gesichtspartie sah stark geschwollen und gerötet aus.

„Konnte ich denn ahnen, dass die Alte wie eine wild gewordene Furie auf mich losgeht und mir Pfefferspray in die Augen sprüht? Das hat gebrannt wie Feuer! Ich konnte nichts mehr sehen im ersten Moment. Und das Kind schrie wie am Spieß. Was sollte ich denn tun in der Situation?"

„Jetzt jammere nicht auch noch herum wie ein Kleinkind. Das ist ja widerlich!"

Das Smartphone, das neben einem zweiten auf dem ausladenden Schreibtisch lag, hinter dem Wilmersacker saß, gab einen aufdringlichen Summton von sich. Es war ein modernes Prepaid-Handy, das er ausschließlich für den Kontakt mit seinen speziellen Kunden benutzte. Es war kompliziert verschlüsselt und nur wenige kannten den Code. Diese Sicherheitsmaßnahmen gehörten zu dem Service, den Wilmersacker den äußerst scheuen, aber zu hohen Geldleistungen bereiten Männern bot, die seine besonderen Dienste in Anspruch nahmen. Auch zur Terminvereinbarung und zur Übermittlung des wöchentlich wechselnden Geheimwortes, das den Zutritt zu dem geschlossenen, vom Haupthaus getrennten Bereich seines Anwesens ermöglichte, benutzte er ausschließlich dieses Telefon.

Verdammt, dachte Wilmersacker. Er warf einen ärgerlichen Blick auf das Display. Wieder derselbe Anrufer! Er stieß einen Fluch aus, bevor er das Gespräch annahm und sich mit mühsam beherrschter Stimme meldete. Genervt lockerte er seine pinkfarbene Fliege, die zusammen mit seinem dunkelgrauen Oberhemd und dem maßgeschneiderten Anzug in derselben Farbe sein seriöses Geschäfts-Outfit darstellte, in dem er sich den offiziellen Kunden seines Nachtlokals zu präsentieren pflegte. Ursula, seine Frau, trug ein zu seinem Anzug passendes Kostüm und eine pinkfarbene Bluse dazu. Pink war überhaupt die dominierende Dekorationsfarbe im „Club der zwei Herzen". Auf dem Nebentisch des großen, rechtwinklig angeordneten Doppelschreibtisches, an dem Ursula Wilmersacker saß, häuften sich geschäftlich aussehende Papiere und Akten, die sie gerade sichtete und bearbeitete. Jetzt wechselte sie einen besorgten Blick mit ihrem Mann. Er nickte ihr zu und schnitt eine genervte Grimasse als Zeichen, dass der Anrufer wieder einer der besorgten Kunden war.

„Hallo!", sagte Wilmersacker in den Hörer. „Zu so früher Stunde schon munter?"

Sein jovialer Ton verfing nicht bei dem Anrufer.

„Was haben Sie inzwischen in der besagten Sache unternommen? Ist das Kind wieder da?"

Wilmersacker rutschte unruhig auf seinen Sessel hin und her. Es hatte einen Tag gedauert, bis seine Leute herausgefunden hatten, dass sich das Kind in Cloppenburg aufhielt. Wusste der Himmel, wie es dorthin gelangt war! Einem Cloppenburger Kunden verdankte er den Hinweis, dass das Mädchen bei einer Familie Morgenroth untergebracht worden war, ausgerechnet bei der Familie des Leiters der örtlichen Polizeiinspektion! Schlimmer hätte es kaum kommen können.

„Wir konnten bisher noch nicht in Erfahrung bringen, wo die Polizei es untergebracht hat", log er. „Aber keine Sorge, es ist nur eine Frage der Zeit, bis meine Leute es aufspüren."

„Ich mache mir aber Sorgen, Sie Idiot! Große Sorgen! Haben Sie eigentlich eine Ahnung, was für mich davon abhängt, dass nichts an die Öffentlichkeit dringt? Ich bin ruiniert, wenn auch nur der geringste Verdacht auf mich fällt!"

„Ich kann Ihnen nur wieder versichern, dass keine Gefahr besteht. Selbst wenn das Mädchen etwas ausplaudert: Sie weiß doch nichts!"

„Das kann man nie wissen!"

Wilmersacker trommelte nervös mit den Fingern auf die Schreibtischplatte. Er richtete seinen langen Körper im Sessel auf und versuchte, seine Stimme nicht allzu kleinlaut klingen zu lassen.

„Es tut mir unglaublich leid, was da passiert ist. Die Kleine muss in einem unbewachten Augenblick das Haus verlassen haben. Keine Ahnung, wie ihr das gelingen konnte. Unser Haus ist immer bestens gesichert. Besonders wegen der Kinder. Ich kann nur sagen, dass es mir leidtut. Selbstverständlich werde ich das Personal, das dafür verantwortlich ist, zur Rechenschaft ziehen, darauf können Sie sich verlassen."

Nervös wischte er sich mit einem zerdrückten Papiertaschentuch, das er schon mehrfach benutzt hatte, über die schweißnasse Stirn. Das war jetzt schon der vierte Anruf wegen des Mädchens, alles aufgebrachte Kunden., die das Kind auf dem Suchfoto in der Montagszeitung erkannt hatten. Es war eine Katastrophe!

Er wechselte einen frustrierten Blick mit seiner Frau, die dem Gespräch besorgt folgte. Auf ihrer glatten Stirn unter dem hochgesteckten blondierten Haar bildeten sich feine Falten, ihr in einem zur Bluse passenden Rosaton geschminkter Mund verzog sich ärgerlich.

„Was habe ich davon, wenn Sie Ihre Leute feuern, he?", tönte es aus dem Hörer. „Was, wenn das Kind doch redet? Sie haben mir hundertprozentige Diskretion zugesichert, erinnern Sie sich? Schließlich bezahle ich ja einen horrenden Preis dafür. Und jetzt das! Eins garantiere ich Ihnen: Wenn mein Name in dem Zusammenhang genannt wird, mache ich Sie fertig, darauf können Sie sich verlassen. Ich hoffe nur, dass es noch nicht zu spät ist."

Die Stimme aus dem Hörer wurde immer aufgebrachter und lauter. Der Mann war nicht nur wütend, sondern hatte offenbar eine Heidenangst. Nicht ganz zu Unrecht, dachte Wilmersacker. Er grinste zynisch, während er seiner Stimme einen besänftigenden Tonfall zu geben versuchte.

„Sie brauchen sich keine Sorgen zu machen, die Kleine redet nicht. Sie kennt keine Namen und kann keine genauen Angaben machen", versuchte er zum wiederholten Mal seinen Gesprächspartner zu beruhigen.

„Sie haben gut reden! Sorgen Sie dafür, dass das Kind schweigt, und zwar für immer. Schließlich steht meine Existenz auf dem Spiel. Ich warne Sie: Wenn auch nur der geringste Anschein entsteht, dass ich mit der Sache etwas zu tun habe, werden Sie es bereuen!"

Abrupt beendete der Anrufer das Gespräch.

Wilmersacker drückte verärgert auf den Ausknopf des Telefons. Dieser geile Bock machte sich Sorgen um seinen guten Ruf! Dabei war er ganz heiß auf die Kleine gewesen und konnte es gar nicht erwarten, sie endlich für seine perversen Spiele benutzen zu können. Dabei war das Mädchen noch gar nicht richtig angelernt gewesen. Wilmersacker wusste, dass seine Kunden es nicht sehr schätzten, wenn die Kinder heulten und jammerten; deshalb legte er Wert darauf, sie langsam an ihre Aufgaben heranzuführen. Dazu war in diesem Fall noch nicht genug Zeit gewesen. Wenn nur nicht dieser Verrückte dazwischengefunkt hätte …

Frustriert wandte er sich wieder seinem Untergebenen zu. Wie er schon dastand, dieser Idiot! Wütend musterte der Bordellbesitzer den Mann in Schwarz mit dem kahl geschorenen Kopf.

Rolf Sommer, seines Zeichens Türsteher und 'Mann fürs Grobe' des „Clubs der zwei Herzen", versuchte seinen Brotgeber zu besänftigen.

„Es tut mir leid, Chef! So etwas kommt bestimmt nicht wieder vor!"

„Das will ich hoffen, du Blödmann, sonst sind deine Tage hier gezählt!" Er sprang aus seinem Sessel hoch und fing an, nervös im Raum hin und her zu laufen.

„Jedenfalls hat das Fiasko mit dem Entführungsversuch die ganze Sache noch verschlimmert. Jetzt wird die Polizei das Kind bestimmt Tag und Nacht bewachen. Außerdem sind die Bullen jetzt auf uns aufmerksam geworden. Hoffentlich kann die Alte nicht allzu genaue Angaben machen."

„Ach was, ich war ja maskiert. Sie wird mich bestimmt nicht wiedererkennen", meinte Sommer.

Sein Boss sah ihn scharf an.

„Was bist du doch für ein Idiot! Natürlich wird sie dich beschreiben. Zumindest Statur und Kleidung. Und das Auto natürlich! Wir können nur hoffen, dass die ganze Aktion nicht noch von anderen Leuten beobachtet worden ist."

„Da kannst du ganz beruhigt sein, Boss, da war keiner auf der Straße. Darauf habe ich geachtet."

Verächtlich musterte Wilmersacker seinen Handlanger. Zu dumm, dass er auf Leute wie Sommer angewiesen war. Ohne

Verstand, dafür aber loyal und frei von Skrupel bei der Ausführung von Befehlen. Ohne Typen wie ihn ging es nun einmal nicht in seinem Geschäft.

„Das kannst du doch gar nicht wissen. Vielleicht hat jemand zufällig am Fenster gestanden? Und wahrscheinlich hat das Schreien des Mädchens die Anwohner aufmerksam gemacht."

Der Türsteher senkte schuldbewusst den Kopf.

„Tut mir leid, Boss!", wiederholte er, „ich hab's vermasselt."

Wilmersacker überlegte.

„Es bleibt uns im Moment nichts anderes übrig, als die Füße stillzuhalten und abzuwarten. Wenn sich alles ein wenig beruhigt hat, versuchen wir es noch einmal. Aber diesmal mit mehr Überlegung."

„Ja, Boss."

„Und jetzt geh mir aus den Augen!"

Wie ein geprügelter Hund drehte Sommer sich um und verließ den Raum. Wilmersacker wandte sich an seine Frau, die die Szene, ohne etwas zu sagen, verfolgt hatte.

„Du hast doch alle Spuren beseitigt, oder?"

„Natürlich, Manfred! Mach dir keine allzu großen Sorgen. Die Kinder sind in Hamburg, auch die beiden neuen Mädchen. Der Anbau sieht aus wie eine ganz normale Gästewohnung. Die Polizei kann nichts finden, wenn sie hier aufschlägt. Und die Nutten halten dicht, das ist sicher. Außerdem wissen sie nichts Genaues."

Wilmersacker verzog sein Gesicht zu einer ärgerlichen Grimasse. „Was uns das kostet! Allein für diese zwei Tage hatte ich fünfzehn Anmeldungen! Diese elende Scheiße mit dem Rumänen! Und dann die Sache mit der Kleinen! Wir müssen sie uns wiederbeschaffen, ich weiß bloß noch nicht wie. Verdammte Scheiße!"

„Reg dich nicht so auf, Manfred, denk an deinen Blutdruck. Im Moment können wir nichts machen. Und du hast ja selbst gesagt: Sie weiß nichts. Und wer wird ihr schon glauben, wenn sie irgendein wirres Zeug erzählt."

„Trotzdem!" Wilmersacker rieb sich heftig über die Stirn. „Ich muss mir was einfallen lassen!"

39

Hanna war überrascht, mit welchem Eifer Mona ihrem Versuch, durch Bilder mit ihr zu kommunizieren, gefolgt war. Sie fragte sich, wie sie dem offensichtlichen Bedürfnis des Kindes, sich mitzuteilen, weiter entgegenkommen könnte. Wie konnte sie herausfinden, was genau Mona mit dem ermordeten Rumänen, der anscheinend ihr Vater gewesen war, verband? Warum hatte sie, als sie das erste Mal das Foto des Mannes in der Zeitung gesehen hatte, so panisch reagiert? Das Bild war doch ganz harmlos gewesen. Nachdenklich betrachtete sie das Kind, das selbstvergessen in einem Bilderbuch blätterte. Das Buch zeigte eine Geschichte von einer Familie, die eine Reise machte. Auf sehr kindliche Art wurden Vater, Mutter, Sohn und Tochter dargestellt.

Der Anblick der Illustrationen brachte Hanna auf eine Idee.

Vielleicht konnte sie Mona Hinweise auf ihre eigene Familie entlocken, indem sie ihr ein Beispiel für eine Familie vor Augen führte. Sie ging ins Wohnzimmer und nahm eins der Fotoalben aus dem Bücherschrank, in das sie auf ganz altmodische Art Fotos von Thomas und seiner Familie eingeklebt hatte. Sie brauchte nicht lange, um passende Darstellungen zu finden: es waren Fotos von der letzten Geburtstagsfeier der Zwillinge.

Als sie mit dem Album ins Kinderzimmer zu Mona zurückkehrte, zeigte das Mädchen sofort großes Interesse an den Bildern. Hanna nahm das Kind auf den Schoß und gemeinsam betrachteten sie die Fotografien. Ein Bild fand Hanna besonders gelungen: Es zeigte Thomas und seine Frau sowie die beiden Kinder, wie sie nebeneinander auf dem Sofa saßen und strahlend in die Kamera lachten. Hanna wies mit dem Finger der

Reihe nach auf die Abgebildeten und erklärte dazu:

„Das ist die Mama, das der Papa, das ist Jannik, das ist Isabell. Alle zusammen sind eine Familie." Dann deutete sie mit dem Finger auf die Brust Monas und fragte: „Deine Familie?"

Das Kind sah sie mit großen Augen an. Hanna konnte direkt sehen, wie es hinter der runden Stirn des Kindes arbeitete. Plötzlich sprang Mona von Hannas Schoß und lief in die Küche. Hanna folgte ihr. Erstaunt sah sie, wie Mona den Mülleimer mit dem Biomüll durchwühlte. Sie sucht nach der Zeitung mit dem Foto Ducincas, in die ich die Möhren- und Kartoffelschalen gewickelt habe!, fuhr es Hanna durch den Kopf. Wollte sie etwa die Abbildung von dem Mordopfer aus dem Abfall hervorholen? Natürlich hatte Hanna den Mülleimer mit der Zeitung längst in die Biotonne neben der Garage entleert, so dass das Kind in dem Eimer nichts finden konnte. Aber der Biomüll war noch nicht abgeholt worden, denn die Müllabfuhr kam erst in ein paar Tagen, fiel ihr ein. Sie nahm Mona an die Hand und ging mit ihr zur Nebentür. Vorsichtig kontrollierte sie zuerst die Straße, bevor sie mit dem Kind aus der Tür trat. Weit und breit kein Mensch. Bei den Mülltonnen angekommen - es waren inzwischen vier an der Zahl: eine für Papier, eine für Glas, eine für Bioabfall und eine für den Restmüll - hob sie den Deckel der braunen Tonne. Richtig: Unter den Eierschalen und Gemüseresten vom Vortag lugte sie Zeitung hervor. Unter Monas wachsamen Blicken zupfte Hanna mit spitzen Fingern die Papierblätter aus dem Abfall heraus, schüttelte sie, so dass sie einigermaßen sauber wurden, und ging mit Zeitung und Kind schnell wieder zurück ins Haus.

Auf dem Küchentisch breitete sie die Zeitung aus und säuberte sie mit einem feuchten Tuch so gut es ging. Mona kletterte auf einen Stuhl und beugte sich über die noch immer ziemlich schmutzigen Zeitungsseiten. Triumphierend zeigte sie auf das Foto von Dimitru Ducinca und dann auf sich. Dabei lächelte sie Hanna an, mit einem kleinen, traurigen Lächeln, das Hanna schier das Herz zerriss. Kein Zweifel: Das Kind wollte ihr deutlich machen, dass Ducinca ihr Vater sei. Maxim Davila hatte Recht gehabt: Mona war das Kind, das auf Ducincas Foto zu sehen gewesen war!

Sie nahm eine Schere und schnitt das Foto aus der Zeitung heraus. Es war zwar noch etwas feucht, aber sonst unbeschädigt. Das Gesicht darauf sah ernst, aber durchaus sympathisch aus. Sie ging mit Mona ins Kinderzimmer, nahm den Zeichenblock und etwas Klebstoff zur Hand und klebte das Foto mitten auf das Blatt. Dann vervollständigte sie den Kopf zeichnerisch zu einer menschlichen Gestalt. Daneben zeichnete sie ein kleines Mädchen, das aussah wie Mona. Das Kind stand neben ihr und verfolgte jede ihrer Bewegungen mit gespannter Aufmerksamkeit. Als Hanna ihr das Blatt und einen Stift hinhielt, um die Zeichnung weiterzuführen, zeichnete sie drei kleinere stehende Strichmännchen und ein kleines liegendes, dazu noch ein großes. Das Große versah sie mit langen braunen Haaren sowie einem Rock, der einem Dreieck ähnelte, und definierte die Figur auf diese Art als Frau. Mit dem Finger deutete sie sodann auf jede einzelne Figur auf dem Blatt: Vater, Mutter, sie selbst und vier weitere Menschen. Wahrscheinlich ihre Geschwister, vermutete Hanna. Sie holte das Familienfoto aus dem Album herbei und legte es neben die Zeichnung. Mona lächelte sie an und nickte. Hanna war gerührt: Mona hatte ihr soeben ihre Familie vorgestellt.

Aber warum wollte diese Familie nichts von ihr wissen? Und warum hatte sie so panisch reagiert, als sie das erste Mal das Foto ihres Vaters in der Zeitung gesehen hatte? Nachdenklich betrachtete Hanna das Mädchen. Mona hatte inzwischen ein neues Blatt aus dem Block gerissen und war dabei, ein weiteres Bild zu malen. Mit wachsendem Entsetzen beobachtete Hanna, was für eine Szene auf dem Blatt entstand: Eine große Strichmännchenfigur mit erhobener Hand. In der Hand hielt sie einen langen Stock. Auf dem Boden lag eine andere Strichmännchenfigur, aus deren Kopf Blut strömte, das sich über den ganzen Boden verbreitete. Es war eindeutig: Das Kind hatte den Mord beobachtet! Den Mord an ihrem Vater! Zumindest hatte sie mit angesehen, wie ihr Vater niedergeschlagen wurde. Hanna war zutiefst schockiert. Kein Wunder, dass Mona traumatisiert war. Kein Wunder auch, dass der Verbrecher versucht hatte, ihrer habhaft zu werden; schließlich war sie eine wichtige Zeugin und konnte den Mörder identifizieren! Hanna musste sofort ihren Sohn in Kenntnis setzen von dem, was sie erfahren hatte!

Inzwischen hatte Mona ihre Zeichnung beendet, indem sie noch zwei Figuren hinzugefügt hatte. Eine davon kennzeichnete sie mit gelben Haaren und einem Rock wiederum als Frau. Dann faltete sie das Blatt sorgfältig zwei Mal und überreichte es Hanna. Hanna nahm es in aller Form entgegen und bedankte sich. Dann schloss sie das Mädchen in ihre Arme und drückte es innig an sich. Mona hatte ihr alles anvertraut, was sie wusste.

40

Adrian Rudarin war ein gutaussehender junger Mann von siebenundzwanzig Jahren, dessen Attraktivität auch die schmutzige Arbeitshose und der grobe Pullover nichts anhaben konnten. Seine braunen Augen waren dicht bewimpert, das schwarze Haar modisch geschnitten, die Zähne makellos weiß in einem sonnengebräunten, jugendlichen Gesicht. Er runzelte leicht beunruhigt die Stirn, als Uwe Höltinghaus ihn in das Büro des Hauptkommissars führte. Überrascht blickte er seine Kollegin Sorana Beculescu an, die ihn mit einem beruhigenden Lächeln entgegensah. Inzwischen war Jan Hendrik Klüver ebenfalls eingetreten, um die Vernehmung zu begleiten. Der Oberkommissar stellte das Aufnahmegerät und die Kamera an und schlug die Akten auf, die sein Vorgesetzter ihm hinschob.

„Guten Tag, Herr Rudarin", begrüßte Thomas den Rumänen

förmlich. „Bitte nehmen Sie Platz."

Es wies auf den Stuhl neben Sorana, nachdem er Hölting-haus mit einem Nicken verabschiedet hatte.

„Wir haben Sie hergebeten, weil wir ein paar wichtige Dinge klären müssen, Herr Rudarin. Frau Beculescu wird überset-zen."

Mit einer auffordernden Geste bedeutete Thomas der jungen Frau zu dolmetschen, was er gesagt hatte. Rudarin nickte zum Zeichen, dass er verstanden hatte und blickte den Kommissar erwartungsvoll an. Nach den üblichen Formalitäten steuerte Thomas ohne Umschweife auf den Kern der Vernehmung zu: „Wir haben als Erstes eine wichtige Frage an Sie, Herr Rudarin: Wie heißt das Bordell, das Sie in Oldenburg aufgesucht haben?"

Rudarins braune Haut wurde um eine Nuance dunkler, nachdem Sorana die Frage des Kommissars übersetzt hatte. Ungläubig starrte er Thomas an.

„Antworten Sie!"

Die Stimme des Beamten wurde drängender. Mit einem ungeduldigen Seufzer wandte er sich an Sorana. „Bitte erklären Sie Ihrem Kollegen, worum es geht. Und dass die Zeit drängt. Es geht hier nicht um moralische Bewertungen; wir müssen verhindern, dass womöglich wichtige Spuren beseitigt werden. Wahrscheinlich geht es um sexuellen Missbrauch von Kindern. Und natürlich um Mord."

Mit einer schnellen Folge von Sätzen in rumänischer Sprache machte Sorana ihrem Kollegen den Zusammenhang klar. Nervös wechselte Rudarins Blick von einem zum anderen. Dann antwortete er mit einer Stimme, die man kaum verstehen konnte: „Das Lokal heißt „Club der zwei Herzen". Es ist ein Nachtlokal. Dort gibt es nette junge Frauen." Sorana übersetzte. Thomas richtete sich auf. Der Club der zwei Herzen! Also hatte seine Mutter Recht!

Der Rumäne schlug die Augen nieder, während er sprach. Soranas Gesicht verschloss sich. Thomas sah ihr an, wie abstoßend sie das Gehörte fand. Durch die Notwendigkeit, dass jede Frage des Kommissars zunächst von Sorana übersetzt werden musste, ebenso wie die Antworten Rudarins, ging die Befragung äußerst schleppend voran. Thomas tippte ungeduldig mit den Fingern auf den Tisch, Jan Hendrik kaute nervös auf der Unterlippe.

„Haben Sie in dem Bordell auch Kinder gesehen?"

Rudarin hob abwehrend die Hände. Unbehaglich rutschte er auf seinem Stuhl hin und her. „Ich habe nichts mit Sex mit Kindern zu tun. Ich gehe nur zu jungen Frauen", beteuerte er. Sorana sah ihn von der Seite an. Ihr Mund verzog sich zu einer verächtlichen Grimasse. Thomas wiederholte seine Frage, diesmal deutlich drängender:

„Haben Sie Kinder gesehen?"

Rudarin nickte. „Ja. Einmal."

Also doch!, dachte Thomas. Er wechselte einen Blick mit Jan Hendrik, der ihn ungläubig anblickte.

„Wie kam es dazu? In der Bar werden doch keine Kinder gewesen sein, oder?"

„Also, das war so: Irina, das ist die Frau, mit der ich immer ... Sie wissen schon. Also, Irina ist auch Rumänin. Sie ist schon länger in Deutschland. Irina hat mir die Kinder gezeigt."

„Gezeigt?"

„Ja."

„Wo befanden sich die Kinder?"

„In einem großen Zimmer im Anbau. Man muss durch einen Flur gehen. Tür ist immer verschlossen, sagt Irina, aber Irina hatte Schlüssel. Weiß nicht, woher. Sie hat mir nicht gesagt."

„Und? Was war in dem Zimmer?" Thomas beugte sich gespannt nach vorne.

„Kinder waren dort. Spielten mit Sachen. Waren hübsch angezogen. Im Fernseher lief ein Trickfilm."

Thomas schüttelte den Kopf. „Unglaublich!", murmelte er.

„Wie viele Kinder?"

„Drei. Zwei Mädchen und ein Junge."

„Beschreiben Sie die Kinder!"

„Das eine Mädchen vielleicht acht oder neun Jahre. Der Junge war etwa zehn. Das kleine Mädchen vier oder fünf Jahre, vielleicht. Waren hübsch angezogen."

„Wie sah das Zimmer aus?"

„Wie ein Kinderzimmer. Kleine Möbel, Schrank, Teppich. Sachen zum Spielen. Ich habe nur kurz gesehen, weiß nicht mehr."

Eine Pause entstand. Thomas musterte das Gesicht des Mannes, der unruhig mit seinen Händen spielte. Der Blick, mit dem er die beiden Kommissare abwechselnd ansah, war eingeschüchtert, aber offen. Er sagt die Wahrheit, dachte Thomas, die ganze Sache ist ihm ungeheuer peinlich, aber er sagt die Wahrheit.

„Warum hat die Frau ... Irina, sagten Sie, heißt sie?, warum hat sie Ihnen die Kinder gezeigt? Wollte sie Sie Ihnen zum Sex anbieten?"

Entsetzt hob Rudarin die Hände.

„Nein, nein! In Gegenteil! Irina sagt, ich soll zur Polizei gehen. Kinder sind gefangen. Werden Männern angeboten. Polizei soll die Kinder aus dem Bordell herausholen."

Völlig perplex starrte der Kommissar den Rumänen an. Er glaubte, sich verhört zu haben. „Sagen Sie das bitte noch einmal!", sagte er zu Sorana. Sorana zuckte mit den Schultern und wiederholte den Satz. Jan Hendrik wechselte einen ratlosen Blick mit Thomas. Die Beamten brauchten einen Augenblick, um diese Nachricht zu verdauen.

„Aha!", setzte Thomas die Befragung fort. „Warum ist Irina denn nicht selbst zur Polizei gegangen und hat den Bordellbesitzer angezeigt?"

„Habe ich auch gefragt. Aber Irina hatte Angst vor ihrem Boss, wenn er erfährt, sie ihn verraten hat."

„Also wollte sie, dass Sie als Außenstehender den Bordellbesitzer anzeigen. Warum haben Sie es nicht getan?"

Adrian Rudarin sah auf seine Hände. Sein Gesicht wurde um

173

noch eine Nuance dunkler. Man konnte ihm ansehen, wie unangenehm ihm die Frage war. Er presste die Lippen zusammen und schwieg.

„Nun?"

Rudarin hob den Kopf.

„Ich wollte keinen Ärger mit deutscher Polizei. Kinder gehen mich nichts an, sind Sache der Deutschen. In ein Paar Wochen ich zurück nach Rumänien. Will nichts damit zu tun haben."

„Also haben Sie nichts unternommen, obwohl Sie wussten, dass in dem Zimmer drei Kinder sexuell missbraucht und ausgebeutet werden, Herr Rudarin?"

Thomas konnte nicht verhindern, dass seine Stimme seine Empörung verriet. Jan Hendrik legte besänftigend seine Hand auf seinen Arm. Rudarin sah wieder zu Boden und schwieg. Sorana wandte sich von ihrem Kollegen ab und starrte die Wand an.

Thomas räusperte sich.

„Haben Sie sonst noch etwas beobachtet, das von Bedeutung sein könnte?"

Rudarin richtete sich auf.

„Als ich zurück in Bar ging, sah ich einen Mann. Sagte leise etwas zu dem Türsteher. Dann gingen beide in den Flur, der zum Zimmer mit Kindern führt."

„Aha! Können Sie den Mann beschreiben? Würden Sie ihn wiedererkennen?"

Rudarin runzelte die Stirn. „Vielleicht fünfzig. Dick und ziemlich groß. Trug einen Anzug mit Krawatte. Wiedererkennen? Weiß nicht genau. Licht war nicht gut."

„Lassen wir das fürs Erste. Wir kommen später darauf zurück." Thomas machte sich eine Notiz auf seinem Block.

„Herr Rudarin, Sie erinnern sich daran, dass Dimitru Ducinca Ihnen und einigen anderen ein Foto von seiner Familie gezeigt hat?" Rudarin nickte. Thomas fuhr fort: „Das Mädchen von Ducincas Foto: War es das Kind aus dem Zimmer?"

Rudarin hob unsicher die Schultern.

„Vielleicht. Kann es nicht mit Sicherheit sagen. Jedenfalls viel Ähnlichkeit. Die lockigen Haare und das niedliche Gesicht."

Thomas überlegte. Wenn das Kind im Bordell wirklich Mona gewesen war, konnte Rudarin sie identifizieren und sie hätten einen konkreten Anhaltspunkt, die Untersuchungen fortzuführen.

Mit Schwung sprang er auf. Jan Hendrik sah ihn fragend an. „Die Vernehmung ist beendet", erklärte Thomas. Er wandte sich an die Rumänen.

„Kommen Sie! Wir machen einen kleinen Ausflug", sagte er zu den beiden, ohne auf ihre verblüfften Gesichter zu achten.

41

Wieder war Hanna auf dem Weg nach Oldenburg. Was sie durch Maxim Davila und durch die neuen Bilder Monas erfahren hatte, erschreckte sie zutiefst. Sie musste etwas unternehmen! Wenn Thomas, das heißt, die Polizei, richtige Beweise wollte, dann musste sie sie ihr eben liefern.

Sie hatte Monas Zeichnungen mit ihrem Smartphone abfotografiert und auf das Handy ihres Sohnes geschickt, mit dem Hinweis, dass sie dabei sei, die Aussage der Bilder zu überprüfen. Das Kind hatte sie in der Obhut ihrer beiden Freundinnen zurückgelassen. Da Mona die beiden Frauen schon kannte, hatte sie das Weggehen Hannas akzeptiert, besonders als Liesbeth Vorbereitungen traf, einen Kuchen zu backen und das Mädchen aufforderte, dabei zu helfen. Liesbeth und Edith hatten hoch und heilig versprochen, die Haustür verschlossen zu halten und das Kind nicht aus den Augen zu lassen, allerdings nicht ohne Hanna eindringlich zu ermahnen, ja vorsichtig zu sein, was immer sie auch vorhaben sollte.

Ohne genau zu wissen, wie sie vorgehen wollte, steuerte

Hanna ihren Aygo zielstrebig durch die Innenstadt Oldenburgs in Richtung Bahnhof. Im Internet hatte sie recherchiert, dass der „Club der zwei Herzen" schon um 17.00 Uhr seine Toren öffnete, und sie hatte die vage Hoffnung, etwas Interessantes zu erfahren, wenn sie das Etablissement aufsuchte. Zwar war sie nur sehr selten in einem Nachtclub gewesen, damals, als Klaus und sie manchmal Lust gehabt hatten auf solche nächtlichen Vergnügungen, aber ein richtiges Bordell hatte sie noch nie von innen gesehen. Ihre Vorstellungen davon speisten sich aus Filmen und Reportagen, und sie war gespannt, was sie erwartete.

Die grelle Doppelherz-Leuchtreklame zeigte ihr schon von weitem den Weg und sie parkte ihr Auto in einiger Entfernung am Straßenrand. Auf dem Parkplatz vor dem Gebäude. standen nur wenige Autos; offensichtlich waren noch nicht viele Kunden da um diese Zeit. Hanna stieg aus und atmete ein paar Mal tief ein und aus, um ihr laut klopfendes Herz zu beruhigen. Dann ging sie entschlossen auf das Gebäude mit den großen Schaufenstern zu. Sie hatte sich während der Fahrt eine Strategie zurechtgelegt, die ihr Erscheinen in dem Lokal plausibel erscheinen lassen sollte: Sie würde sich als eifersüchtige Ehefrau ausgeben, die ihren untreuen Mann in dem Lokal vermutete.

Als sie durch einen kleinen Vorraum hindurch die Bar betrat, brauchten ihre Augen zunächst einige Sekunden, um sich an das rötliche Dämmerlicht zu gewöhnen. Sie schaute sich um. Ganz, wie sie erwartet hatte: Hinter einer langen Bar stand eine äußerst sparsam bekleidete Dame, die gerade einen Herrn mittleren Alters bediente. Einige kleine Tische mit rot beschirmten Lampen sorgten für ein gedämpftes Licht, runde Sessel luden zum Sitzen ein. Zwei junge Frauen, aufreizend gekleidet und stark geschminkt, saßen gelangweilt an der Bar und nippten an einem Getränk. Romantische Musik bildete den passenden akustischen Rahmen für das Ambiente. Am Ende des langgezogenen Raumes war hinter einem roten Samtvorhang eine Tür zu sehen, durch die jetzt eine sehr junge und besonders hübsche Frau eintrat, gefolgt von einem Mann, der dem Alter nach ihr Großvater hätte sein können. Mit seinem weißen Haar und dem gepflegten Kinnbart sah er aus wie ein Professor. Er verabschiedete sich mit einem Küsschen von der jungen Frau, winkte der Bardame und den anderen Frauen zu und verließ das Lokal.

Hannas Kommen erregte Aufmerksamkeit, alle Gesichter wandten sich ihr interessiert zu; offenbar war man Gäste wie sie nicht gewöhnt. Sie trat an die Bar und lächelte die Barfrau freundlich an.

„Guten Tag. Ich weiß nicht, ob ich hier richtig bin, entschuldigen Sie bitte! Ich suche meinen Mann."

Die Frau lachte laut auf, ohne mit dem Polieren des Glases, das sie in der Hand hielt, innezuhalten. Hanna bemerkte, dass die Zähne der Frau allesamt nagelneu waren und dass die dicke Puderschicht die Fältchen um die Augen und den Mund herum nur unvollständig verdecken konnten.

„Hört mal alle her", rief sie laut, „Madame hier sucht ihren Mann. Hat eine von euch hier in letzter Zeit einen Mann gesehen?"

Lautes Gelächter folgte ihrem Witz. Hanna fühlte, wie ihre Wangen heiß wurden. Sie gab sich betont unbedarft.

„Wissen Sie", flüsterte sie der Barfrau vertraulich zu, die sich über den Tresen zu ihr hinüberbeugte, „ich glaube, dass er mich betrügt, mein Herbert. Er riecht manchmal nach so einem süßen Parfüm, wissen Sie, und dann bleibt er auch immer so lange weg, wenn er sagt, er geht nur mal kurz was erledigen."

Das Gesicht der Barfrau bekam durch ihr verständnisvolles Lächeln plötzlich etwas sehr Menschliches, fand Hanna.

„Wie sieht er denn aus, Ihr Herbert. Vielleicht ist er ja einmal hier gewesen."

Hanna kramte eilig ihr Portemonnaie aus der Handtasche.

„Hier. Schauen Sie. Ich habe ein Foto von ihm dabei."

Bitte verzeih mir, Klaus, dass ich dein Gesicht für so etwas missbrauche, dachte sie, als sie das Foto ihres verstorbenen Mannes hervorholte.

Die Barfrau nahm das Foto in die Hand und betrachtete es genau. Dann schüttelte sie bedauernd den Kopf.

„Nein, den habe ich hier nie gesehen."

„Die anderen vielleicht?" Hanna ging zu den wartenden Prostituierten und zeigte ihnen das Foto. Alle schüttelten den Kopf. „Nee, da bist du hier falsch, Omi!", sagte eine von ihnen.

Die Tür am Ende der Bar öffnete sich und zwei Männer kamen herein. Der eine war um die fünfzig, hager und hatte ein scharfgeschnittenes, faltiges Gesicht, in dem der große Mund mit den vollen Lippen merkwürdig fehl am Platze wirkte. Er trug sein dunkles gegeltes Haar straff zurückgekämmt. Der dunkelgraue Anzug mit dem grauen Hemd saß wie angegossen, die pinkfarbene Fliege jedoch zerstörte den seriösen Gesamteindruck wieder. Der Chef persönlich, dachte Hanna. Ein gewisser Herr Manfred Wilmersacker, wie sie gelesen hatte. Ihm gehörte dieses dubiose Nachtlokal. Und sein Handlanger, fügte sie in Gedanken hinzu, als sie den zweiten Mann ins Auge fasste. Ganz in Schwarz gekleidet, groß und muskulös, glatzköpfig, ein gewöhnliches Gesicht. Hanna stutzte. Das war doch … Plötzlich überzog sich die Haut ihrer Arme mit einer Gänsehaut. Natürlich! Das war der Typ, der sie überfallen hatte! Seine Augen! Die Augen waren ganz rot! Das Pfefferspray! Er war es! Hanna bemerkte, dass der Mann sie anstarrte, als hätte er einen Geist gesehen. Er hatte sie ebenfalls erkannt! Sie fühlte, wie Panik in ihr aufstieg. Sie musste raus hier, ganz schnell!

„Wen haben wir denn da", hörte sie den Chef fragen. „Jemand, der sich verlaufen hat?"

Die Barfrau lachte pflichtschuldig. „Nee, nur eine, die ihren Mann sucht. Hier bei uns!" Ihr Lachen klang künstlich.

„Ja, ja", stammelte Hanna. „Aber ich habe ja schon gehört, dass mein Herbert nie hier war. Vielen Dank!"

Sie wandte sich zum Ausgang. Aus dem Augenwinkeln sah

sie, wie der Glatzköpfige seinem Chef etwas zuflüsterte.

„Augenblick! Nicht so eilig!" Schon war der Schwarzgekleidete bei Hanna und fasste sie am Arm.

„Bleiben Sie doch noch ein wenig. Wie wäre es mit einem Drink? Ich lade Sie ein", hörte sie den Mann mit der pinken Fliege sagen. Seine Augen musterten sie neugierig, die wulstigen Lippen waren zu einem kalten Lächeln verzogen.

„Nein, lassen Sie nur. Ich bin nicht durstig." Sie versuchte sich aus dem Griff des Schwarzgekleideten zu befreien, aber er hielt sie eisern fest und zog sie zur Bar.

„Einen Drink für die Lady, Jasmin! Und dann wollen wir uns mal ein bisschen unterhalten, nicht wahr?" Die Stimme des Chefs hatte jede Freundlichkeit verloren.

42

Ein Motorengeräusch erregte Ediths Aufmerksamkeit. Sie schaute aus dem Fenster. Der Dienstwagen von Thomas Morgenroth hielt in der Einfahrt. Jetzt schon?, fragte Edith sich erstaunt. Es ist doch noch nicht Dienstschluss. Sie beobachtete, wie Thomas und zwei weitere Personen ausstiegen.

„Thomas kommt", sagte sie zu Liesbeth, die mit Mona in der Spielecke saß und mit ihr eine Legoburg baute.

„Ich gehe nach unten. Er hat zwei Leute dabei. Sicher wollte er seine Mutter besuchen."

Im Flur unten begrüßte sie die Besucher.

„Deine Mutter ist unterwegs, Thomas. Sie wollte etwas Dringendes erledigen." Thomas hob erstaunt die Augenbrauen. „Und Mona?"

„Sie ist oben. Liesbeth und ich passen auf sie auf."

Thomas stellte seine Begleiter vor. „Das ist Sorana Beculescu aus Rumänien und das ist Soranas Kollege Adrian Rudarin. Er kann Mona möglicherweise identifizieren als das Kind von einem Foto des Mordopfers und, was noch wichtiger ist, als das Kind, das er im „Club der zwei Herzen" in Oldenburg gesehen hat."

„Ach! Das ist ja sehr interessant!", meinte Edith. „Guten Tag, Frau Beculescu, Herr Rudarin. Hanna hat uns davon erzählt." Sorana lächelte höflich, Rudarin erwiderte den Gruß in seiner Sprache, dabei verlegen grinsend.

„Mona ist oben und spielt. Wir gehen am besten zu ihr und sehen, wie sie reagiert."

Als Mona die vier Erwachsenen ins Zimmer kommen sah, stand sie schnell auf, lief zu Liesbeth und umklammerte mit beiden Arme ihre Hüfte. Ängstlich starrte sie die Fremden an, das Gesicht halb versteckt in Liesbeths Rock. Liesbeth drückte das Kind beruhigend an sich.

„Keine Angst, Mona, die Leute wollen dir nichts tun. Sei ganz ruhig, ich bin ja bei dir."

Thomas erklärte kurz sein Anliegen und wandte sich dann an den jungen Rumänen. „Nun, Herr Rudarin? Ist das das Mädchen, das Sie in dem Nachtlokal gesehen haben?"

Sorana übersetzte. Daraufhin trat der junge Mann ein wenig näher an das Kind heran und betrachtete es genau. Mona wich noch ein Stück weiter zurück.

Der Rumäne nickte entschieden. „Ja, das ist sie", übersetzte Sorana seine eifrigen Beteuerungen. „Hat andere Sachen an und Haare sind auch ein bisschen anders, aber das ist die Kleine aus dem „Club der zwei Herzen". Und das Kind von Foto, das Ducinca gezeigt hat."

Thomas registrierte, dass Rudarin sich seiner Sache ganz sicher war. Gut, damit haben wir jetzt endlich einen Zeugen dafür, dass zwischen dem Kind und dem Mordopfer eine Beziehung bestanden hat, dachte der Kommissar. Jetzt müssen wir nur noch herausfinden, was in dem ominösen Club geschehen ist, als Ducinca dort auftauchte.

Sorana war unterdessen vor Mona in die Hocke gegangen und redete sie freundlich auf Rumänisch an: „Hallo, meine

Kleine. Wie heißt du denn?" Mona versteckte sich noch ein bisschen mehr in den Falten von Liesbeths Rock und blickte die Frau mit großen Augen an. Kein Laut kam über ihre Lippen.

„Ich heiße Sorana und komme aus Rumänien", fuhr Sorana fort. „Willst du mir nicht auch sagen, wie du heißt?"

Keine Antwort. Stattdessen streckte Mona ihre Arme zu Liesbeth hoch als Zeichen, dass sie auf den Arm genommen werden möchte. Liesbeth hob sie hoch, und das Kind verbarg ihr Gesicht an ihrem Hals. Liesbeth strich ihr beruhigend über den Rücken. „Komm, meine Kleine", sagte sie, „wir gehen mal nachschauen, ob der Kuchen schon fertig ist."

Sorana erhob sich. Sie zuckte bedauernd mit den Schultern. „Hat keinen Sinn, Mädchen redet nicht. Hat Angst, die arme Kleine", meinte sie auf Deutsch zu Thomas.

Thomas seufzte frustriert. „Das wäre wohl auch zu einfach gewesen", konstatierte er.

Edith legte ihre Hand auf seinen Arm. „Übrigens, Thomas, deine Mutter hat dir die neuen Zeichnungen von Mona auf dein Handy geschickt. Hast du sie schon angesehen?"

Thomas war irritiert. „Was? Nein, hab' noch nicht nachgeschaut. Was für neue Zeichnungen?"

„Warte, ich kann dir auch die Originale geben, wenn du schon mal hier bist." Edith eilte zum Schreibtisch, in dessen Schublade Hanna die Bilder gelegt hatte, wie sie wusste.

„Ich finde diese Bilder ja erstaunlich aussagekräftig. Womöglich können sie dir bei den Ermittlungen helfen."

Der Kommissar nahm die Zeichenblätter an sich, faltete sie auseinander und warf einen Blick darauf. „Oh, mein Gott", rief er aus, „das ist ja unglaublich! Wie sind diese Bilder denn zustande gekommen?" Edith erklärte ihm in kurzen Worten, was sie von Hanna wusste.

„Danke, Edith. Du weißt wohl nicht, wohin meine Mutter wollte?" Edith schüttelte den Kopf. „Nicht genau. sie sagte nur, sie wolle etwas überprüfen."

„Hm", machte Thomas. Er war beunruhigt. Seine Mutter

würde doch hoffentlich nichts Unüberlegtes tun? Er wandte sich an die Rumänen, die abwartend im Raum standen. „Wir müssen los. Wir dürfen keine Zeit verlieren."

43

Alle an den Ermittlungen Beteiligten warteten gespannt auf das, was ihr Chef ihnen zu sagen hatte. Die Tür ging auf und Dr. Roswitha Engelbrecht trat ein, wie immer im grauen Kostüm mit weißer Bluse. Sie wirkte ungehalten. Anscheinend war sie schon zu Hause gewesen, als Thomas sie telefonisch gebeten hatte, zu der Besprechung zu kommen, obwohl längst Dienstschluss war.

Thomas nickte der Staatsanwältin zur Begrüßung zu. „Danke, Frau Dr. Engelbrecht, dass Sie gekommen sind. Ich glaube, wir nähern uns der Aufklärung dieses Falles und ich denke, dass Sie über den Stand der Dinge informiert sein möchten."

Die Staatsanwältin nickte knapp.

„Ich nehme an, Sie haben neue Erkenntnisse, Herr Hauptkommissar?"

„So ist es. Es scheint, als ob der Mord an dem Rumänen und der Überfall auf das anonyme kleine Mädchen in unmittelbarem Zusammenhang stehen. Wir müssen nur noch die einzelnen Indizien zusammenfügen. Dazu habe ich alle noch einmal hier zusammengerufen, obwohl es schon spät ist. Aber ich glaube, wir dürfen keine Zeit verlieren."

Alle Gesichter wandten sich ihm in gespannter Erwartung zu. Bevor er jedoch erklärte, worum es ging, richtete er seinen Blick auf Jan Hendrik Klüver, der mit seinem Laptop am Tisch saß.

„Jan Hendrik, ihr seid doch dabei, die Liste der Oldenburger Autohalter, die einen Mercedes mit dem Buchstaben M besitzen, auf Verdächtige hin zu überprüfen. Habt ihr bisher etwas entdeckt?"

Der Angesprochene schüttelte bedauernd den Kopf. „Leider nein. Alles unbescholtene Leute bisher. Aber wir sind noch nicht durch."

„Schau bitte einmal nach, ob sich auf der Liste ein Mann namens Wilmersacker befindet. Manfred Wilmersacker."

Während der Oberkommissar die Liste auf den Bildschirm seines Laptops rief, erklärte Thomas seinen Mitarbeitern den Zusammenhang.

„Wir wissen nun Folgendes: Dimitru Ducinca hatte ein Foto bei sich, das eine Frau mit vier Kindern zeigt. Offenbar seine Familie. Das Foto haben wir nicht bei ihm gefunden; wahrscheinlich hat der Mörder es ihm abgenommen. Nach Aussage zweier Kollegen von Ducinca war auf dem Foto ein kleines Mädchen abgebildet, das große Ähnlichkeit mit einem Kind hat, welches Adrian Rudarin, das ist einer dieser Kollegen, in einem Bordell in Oldenburg gesehen haben will. Außerdem meinte Maxim Davila, der zweite Kollege Ducincas, das Mädchen auf einem Handyfoto als das Kind wiedererkannt zu haben, das am Sonntagabend aufgefunden worden ist und einstweilen von meiner Mutter betreut wird. Das Kind, das man vorgestern versucht hat, zu entführen."

Überraschtes Gemurmel breitete sich aus. Die Beamten sahen einander bestürzt an.

„Deshalb habe ich Adrian Rudarin, der das Mädchen im „Club der zwei Herzen" gesehen haben will, mit Mona, dem aufgefundenen Kind, konfronticrt, und er hat es eindeutig als das Kind aus dem Bordell identifiziert und auch als das Kind auf dem Familienfoto Ducincas."

Ein Raunen ging durch den Raum.

„Somit wissen wir nun mit Sicherheit, dass das Mädchen sich in dem Bordell aufgehalten hat, bevor es hier in Cloppenburg aufgefunden wurde."

Inzwischen hatte Jan Hendrik die Liste kontrolliert und meldete sich zu Wort. „Tatsächlich! Hier ist ein Manfred Wilmersacker als Halter des Mercedes mit der Nummer OL MW 4276 eingetragen. Eine Adresse in Oldenburg. Er ist der Besitzer des Nachtlokals „Club der zwei Herzen".

Thomas richtete sich auf und atmete tief ein.

„Danke, Jan Hendrik! Das bestätigt meine Vermutung." An die Staatsanwältin gerichtet, erklärte er:

„Ich denke, wir haben inzwischen genügend Indizien für folgenden Tathergang: Wir gehen davon aus, dass Dimitru Ducinca am vergangenen Sonntag um 12.07 Uhr mit der Nordwestbahn nach Oldenburg fuhr. Die Studentin ...", er suchte in seinen Notizen nach dem Namen, konnte ihn jedoch so schnell nicht finden. Uwe Höltinghaus kam ihm zur Hilfe: „Svenja Kramer", sagte er. „Also", fuhr Thomas fort, „Svenja Kramer kann das bezeugen. In Oldenburg suchte Ducinca das Lokal „Club der zwei Herzen" - es ist am Sonntag ab elf Uhr geöffnet - weil er den Verdacht hatte, dass seine kleine Tochter sich dort aufhielt. Dasselbe kleine Mädchen, das am Sonntagabend aufgefunden wurde. Ich gehe davon aus, dass es zu einer Auseinandersetzung kam, in deren Verlauf Ducinca niedergeschlagen wurde. Anschließend hat man ihn zu dem Gemüsefeld der Fa. Stowasser gebracht - wahrscheinlich hat man seine Adresse in seinen Papieren gefunden und beabsichtigt, den Verdacht auf die Arbeitskollegen zu lenken - und, um einen Autounfall vorzutäuschen, hat man ihn überfahren."

Er machte eine Pause, um seine Worte wirken zu lassen. Die Staatsanwältin runzelte skeptisch die Stirn.

„Wie soll denn die Tochter dieses rumänischen Saisonarbeiters in das Lokal in Oldenburg gelangt sein? Hatte Ducinca selber etwas damit zu tun?"

„Das wissen wir nicht. Wir müssen davon ausgehen, dass das Kind zu sexuellen Zwecken in dem Haus festgehalten worden ist. Es gibt laut des Psychiaters vom Jugendamt deutliche Hinweise auf eine schwere, womöglich auch sexuelle Traumatisierung. Dazu kommt, dass es keine offiziellen Hinweise auf die Existenz des Kindes gibt: Es wird nirgendwo vermisst und auf die Zeitungsfahndung hat sich niemand gemeldet, der das

Kind kennt."

„Und der Entführungsversuch?"

„Offenbar hat Wilmersacker versucht, sich das Kind zurückzuholen. Gott sei Dank ist dieses Vorhaben gescheitert."

Er machte eine wirkungsvolle Pause, während der er die Zeichenblätter mit den Zeichnungen Monas aus der Akte nahm.

„Das ist aber noch nicht alles, was wir wissen."

Er faltete die Blätter auseinander und ließ sie durch die Reihen gehen.

„Meine Mutter hat versucht, durch Bilder mit dem Kind zu kommunizieren, wie der Psychiater ihr geraten hat. Das Kind hat so eine Möglichkeit gefunden, sich mitzuteilen, da die Sprache ihm nicht zur Verfügung steht, jedenfalls nicht im Moment."

Während die Zeichnungen von Hand zu Hand gingen, erläuterte Thomas ihren Sinn. Ungläubige, halblaut gemurmelte Kommentare begleitete seine Ausführungen.

„Die überkritzelten Zeichen, also das rosafarbene Doppelherz, hat große Ähnlichkeit mit der Neonreklame des Nachtclubs von Manfred Wilmersacker." Thomas projizierte das Foto, das er von dem Handy seiner Mutter heruntergeladen hatte, auf die Leinwand, so dass alle es sehen konnten.

„Die deutlichen Zeichen eines seelischen Traumas, die Dr. Rudolf, der Psychologe, auf den Bildern identifizieren konnte, lassen einen Missbrauch des Kindes in einem Bordell wahrscheinlich werden. Dazu passt, dass niemand das Kind als vermisst gemeldet hat. Man hätte ja erklären müssen, wie man zu dem Kind steht. Und auch die versuchte Entführung passt ins Bild."

Inzwischen waren auch die letzten Zeichnungen Monas durch die Reihen gegangen und hatte entsetze Reaktionen hervorgerufen.

„Es sieht so aus, als ob Mona den Mord beobachtet hat. Jedenfalls war sie Zeuge, wie ein Mann niedergeschlagen wurde und blutete. Wahrscheinlich ist sie daraufhin in Panik aus dem Haus gelaufen und irgendwie zum Bahnhof gelangt, dann in die Nordwestbahn gestiegen und schließlich hier in Cloppenburg gelandet. Die Zeichnungen zeigen es ganz deutlich."

„Wie ist denn das Bild mit dem Foto Ducincas zustande gekommen", fragte Dr. Engelbrecht."

„Meine Mutter hat der Kleinen Familienbilder gezeigt und sie aufgefordert, ihre eigene Familie darzustellen. Sie hat ganz von allein das Zeitungsfoto, das schon im Müll gelandet war, hervorgeholt und es zu einem Familienbild zusammengefügt."

„Das ist ja verblüffend", meinte Jan Hendrik, der die entsprechende Zeichnung gerade in der Hand hielt. „Was genau, sagtest du, war auf dem Foto, das Ducinca den Zeugenaussagen nach bei sich trug, zu sehen? Wie viele Personen?"

„Eine Frau und vier Kinder. Ein Mädchen und drei Jungen."

„Hier auf der Zeichnung gibt es aber noch ein kleines, liegendes Kind. Wie erklärst du das?"

Thomas überlegte einen Moment. „Womöglich ist das Foto gemacht worden, bevor das kleinste Kind geboren wurde. Ducinca hielt sich ja schon längere Zeit in den westlichen Ländern auf. Wahrscheinlich wusste er nicht einmal von dem fünften Kind, das ja ein Baby zu sein scheint."

Eine kurze Pause entstand. Dann sagte Thomas: „Wie dem auch sei: Ich bin überzeugt davon, das Mädchen hat hier tatsächlich ihre Familie gemalt!"

Die Staatsanwältin räusperte sich. „Das ist ja alles gut und schön, aber für ein Gericht zählen nur Beweise. Was haben wir denn: Ein paar Kinderzeichnungen, die man so oder so interpretieren kann, ein Foto, das nicht auffindbar ist, und die halbherzige Aussage eines Bordellbesuchers, Kinder gesehen zu haben. Wir brauchen etwas Stichhaltiges, etwas, das belegt, dass dieser Herr Wilmersacker in der Sache mit dem Überfall auf das Kind und dem Mord an Ducinca drinsteckt."

Wilhelm Stör hob die Hand. „Na, immerhin haben wir jetzt eine Möglichkeit, die Tatortspuren abzugleichen", sagte er. Er zählte an den Fingern ab, was er im Einzelnen meinte. „Da wären zuerst einmal die Fremd-DNA-Spuren in den Abschürfungen an den Händen des Toten, die übereinstimmen mit denen an der Zigarette, die am Tatort gefunden wurde. Dann haben wir die Reifenspuren auf dem Körper des Opfers, die wir mit dem besagten Mercedes vergleichen können. Zudem gibt es den Schuhabdruck vom Tatort, der von den Cowboystiefeln stammen könnte, die der Typ, der das Kind überfallen hat, getragen hat. Und zu guter Letzt haben wir Faserspuren von der Kleidung des Kidnappers. Ich denke, wenn wir in diesem Nachtlokal eine gründliche Durchsuchung vornehmen, werden wir entsprechende Übereinstimmungen finden."

Beifälliges Gemurmel machte sich breit. Thomas stand auf.

„Und wir haben einen Zeugen, der Mona - die Kleine bei meiner Mutter - sowohl als das Kind im Bordell als auch als das Kind auf dem Foto Ducincas identifiziert hat", ergänzte er die Ausführungen des Kriminaltechnikers. „Allerdings drängt die Zeit. Ich gehe davon aus, dass Wilmersacker gerade dabei ist, sämtliche Spuren, die auf einen Kampf in seinem Haus oder auf den Entführungsversuch hinweisen, zu beseitigen. Wahrscheinlich wird er auch alle Hinweise auf Kinderprostitution vernichten wollen, wenn er es nicht schon getan hat. Deshalb müssen wir jetzt sofort zuschlagen, solange er nicht ahnt, dass wir ihm so dicht auf den Fersen sind. Frau Staatsanwältin?"

Thomas Handy klingelte. Es entschuldigte sich für die Störung und schaute aufs Display. Seine Miene verdüsterte sich.

„Mutter? Wo bist du?"

Beunruhigt lauschte er ins Telefon.

„Moment, Mama, ich stelle dich auf laut", sagte er dann.

Die Kriminalbeamten hörten mit wachsender Aufregung, was die Mutter des Kommissars erzählte. Dr. Engelbrecht sprang auf.

„Alles klar! Ich ordne eine Razzia an und eine gründliche Durchsuchung des Lokals sowie des Autos. Den Durchsuchungsbeschluss besorge ich so schnell es geht bei Richter Hüning."

Sie warf einen Blick auf ihre Armbanduhr und seufzte. „Ich werde ihn wohl bei sich zu Hause anrufen müssen. Herr Hauptkommissar, setzen Sie sich inzwischen mit den Kollegen in Oldenburg in Verbindung und leiten Sie alles in die Wege."

44

„Was fällt Ihnen ein! Lassen Sie mich sofort los!" Hanna versuchte, die Hand des Schwarzgekleideten, die ihren Arm umklammerte, abzuschütteln, ohne Erfolg.

„Aber nicht doch, werte Dame", flüsterte Wilmersacker unangenehm nah an ihrem Ohr, „wir wollen doch kein Aufsehen erregen. Wir gehen jetzt in mein Büro, dort können wir uns in aller Ruhe unterhalten." Er war an Hannas andere Seite getreten und zusammen zogen die Männer sie durch den Raum auf die Tür hinter dem Vorhang zu. Die Prostituierten sahen ihr gleichgültig hinterher, der Freier an der Theke war inzwischen mit der jungen hübschen Hure beschäftigt und achtete nicht auf das, was vorging. Hanna Herz schlug bis zum Hals. Was hatte man mit ihr vor? Offensichtlich hatte der Schwarzgekleidete in ihr die Frau erkannt, bei der Mona lebte und die ihm die Entführung vermasselt hatte. Sicher hatten sie nicht damit gerechnet, eine alte Frau wie sie hier aufkreuzen zu sehen und reagierten nun ganz spontan.

Die Männer zogen Hanna durch den schmalen Flur hindurch, der im hinteren Bereich des Gebäudes an den Toilettenräumen und zwei Türen mit der Aufschrift „Kein Zutritt" vorbeiführte. Hanna vermutete Lagerräume oder Ähnliches dahinter. Eine Treppe führte am Ende des Ganges in den ersten Stock, wo sich vermutlich die Räume befanden, in denen die Prostituierten ihre Freier bedienten. Der dicke Teppich dämpfte jeden Schritt, die spärliche Beleuchtung tauchte alles in ein schummriges Dämmerlicht. Am Ende des Ganges gab es eine weitere Tür, die Wilmersacker nun mit einem Schlüssel aufschloss. Dahinter befand sich ein kleiner quadratischer Flur, von dem drei Türen abgingen. Wilmersacker öffnete eine der Türen und ohne ein Wort zu sagen, bugsierte der Schwarzgekleidete Hanna in das Zimmer. Er riss ihr die Handtasche von der Schulter und reichte sie Wilmersacker. Der durchsuchte sie schnell. „Kein Handy?", fragte er. Hanna schüttelte den Kopf. Daraufhin trat der Schwarzgekleidete an sie heran und tastete grob ihren Körper ab, ohne Ergebnis. Die Männer wechselten einen Blick miteinander, dann verließen sie den Raum. Ihre Handtasche hatte Wilmersacker mitgenommen. Sie schlossen die Tür hinter sich und Hanna hörte, wie der Schlüssel herumgedreht wurde.

„Lassen Sie mich raus! Was fällt Ihnen ein? Öffnen Sie sofort die Tür!" Hanna hämmerte mit der Faust gegen das Holz.

„Sie können ruhig schreien, hier hört Sie keiner", rief Wilmersacker durch die Tür. „Wir sind bald wieder da."

Hanna versuchte sich zu beruhigen. Sie schaute sich um. Dies hier war kein Büro, sondern ein Kinderzimmer. Die Tapeten an den Wänden zeigten ein lustiges Muster aus Comicfiguren, weiß gestrichene Möbel in Kinderformaten standen herum, vor dem großen Flachbildfernseher lagen bunte Sitzkissen, in großen Plastikkisten waren Bausteine und verschiedene Spielzeuge, darunter auch Puppen, untergebracht. In einem Regalschrank sah Hanna eine Reihe bunter Kinderbücher und eine große Anzahl von DVDs, vor allem Disneystreifen und Märchen. Auf dem Boden lag ein bunter Teppich. Sie trat ans Fenster, das mit geriffeltem Glas bestückt war, welches Licht durchließ, aber keine Durchsicht ermöglichte. Das Fenster hatte einen abschließbaren Rahmen.

Also aus diesem Zimmer ist Mona geflohen, dachte Hanna. Hier muss der Kampf stattgefunden haben, den sie auf ihrem Bild wiedergegeben hat. Hanna öffnete den Kleiderschrank. Leer. Ausgeräumt. Das ganze Zimmer machte einen ausgesprochen sauberen Eindruck. Frisch gereinigt, na klar, dachte

Hanna. Die Kinder, die sich hier aufgehalten hatten, waren längst woanders. Aber bestimmt gab es noch Spuren von dem Blut, das der Ermordete verloren hatte. Und er musste stark geblutet haben aus der Kopfwunde, so wie Mona es gezeichnet hatte.

Es wurde Zeit, die Polizei zu rufen. Hanna bückte sich und öffnete die Reißverschlüsse ihrer Stiefeletten. Im Bündchen der linken Socke steckte ihr Smartphone, in der rechten ihr Pfefferspray. Die Cowboystiefel, die sie an dem Entführer beobachtet hatte, hatten sie auf die Idee gebracht. Die Banditen in den Cowboyfilmen hatten doch auch immer ein Extramesser im Stiefelschaft stecken, oder war es eine Pistole? Egal. Jedenfalls hatte sie ihr Handy extra noch einmal aufgeladen, bevor sie sich aufmachte in die Höhle des Löwen.

Gerade, als sie auf die Nummer ihres Sohnes tippen wollte, um die Verbindung herzustellen, hörte sie, wie jemand die Tür aufschloss. Hastig ließ sie ihr Smartphone in die Jackentasche gleiten und griff nach dem Pfefferspray. In zwei Schritten war sie neben der Tür. Sie drückte sich gegen die Wand. Ganz leise und vorsichtig wurde die Tür geöffnet. Mit angehaltenen Atem stand Hanna in Alarmbereitschaft hinter der Tür, bereit, Wilmersacker oder seinem Handlanger das Spray ins Gesicht zu spritzen und zu flüchten. Dann sah sie die Person, die vorsichtig ins Zimmer trat. Es war keiner der Männer, sondern die hübsche junge Prostituierte, die Hanna in der Bar gesehen hatte! Die Frau erschrak fürchterlich, als Hanna mit erhobener Spraydose hinter der Tür hervorsprang. Abwehrend hob sie beide Hände.

„Nicht!", flüsterte sie, „ich Sie hole hier raus! Ich Ihnen helfe!"

Überrascht starrte Hanna sie an. Sie ließ die Spraydose sinken.

„Was? Wieso?", stammelte sie, aber die Frau fasste sie an der Hand, legte den Finger auf die Lippen zum Zeichen, leise zu sein, und zog sie mit sich.

Hanna sperrte sich. „Wer sind Sie?", fragte sie, ebenfalls flüsternd.

„Ich Irina! Kommen Sie!"

Wieder hielt Hanna sie zurück. „Wo sind die Kinder?", fragte sie, auf das Zimmer weisend.

„Boss Kinder weggebracht. Kleines Mädchen weggelaufen." Wieder zerrte sie ungeduldig an Hannas Hand. „Mitkommen! Ich hören Boss sagen, Sie töten!"

Erschrocken sah Hanna die junge Frau an. Das hübsche Gesicht unter der starken Schminke zeigte tödlichen Ernst. Sie steckte das Spray in ihre Jackentasche

Im Flur öffnete die Frau eine andere Tür, zog Hanna durch eine Küche und einen Hauswirtschaftsraum zum Hinterausgang des Gebäudes, schloss die Tür auf und ließ Hanna hinaus.

„Schnell weglaufen, Frau, sonst kommen Männer!", flüsterte sie. Bevor sie Hannas Hand losließ, zog sie sie zu sich heran, sah ihr eindringlich in die Augen und flüsterte: „Du gehen Polizei! Polizei Kindern helfen, ja? Du versprechen?"

„Versprochen!", antwortete Hanna, und schon war die junge Frau wieder im Haus verschwunden.

Hanna befand sich im Hinterhof des Nachtlokals, an den eine brachliegende Ackerfläche angrenzte. Mit einem Blick erfasste sie das Anwesen. Ein zweistöckiger Anbau mit flachen Dach war durch einen schmalen Zwischenbau an das Hauptgebäude angegliedert worden. Die Fenster im Erdgeschoss waren rundherum mit eisernen Ziergittern im Rautenmuster versehen. Hier also waren die Kinder und Jugendlichen gefangengehalten worden, abgeschirmt von der Außenwelt!

Sie kramte das Smartphone aus der Jackentasche.

„Hallo Thomas!", sagte sie, während sie sich vorsichtig, aber zügig über den Acker zum Nachbargrundstück und weiter zur Straße arbeitete. „Du musst mit deinen Leuten sofort herkommen. Ich weiß jetzt, wer die Verbrecher sind!"

45

Rolf Sommer war nicht der Mann, der sich schnell aus der Ruhe bringen ließ. Als allerdings die Polizei am Abend anrückte, binnen kürzester Zeit in jeden Raum des „Clubs der zwei Herzen" eindrang, alle Angestellten festnahm und abführte und von jedem Gast, den sie vorfand, die Personalien aufnahm, war er bass erstaunt gewesen. Nie hätte er gedacht, dass sie ihm auf die Spur kommen würden, noch dazu so schnell! Dabei war er sich so sicher gewesen, die Sache mit dem Rumänen wirklich schlau eingefädelt zu haben, und dass das mit dem Mädchen schief gegangen war, dafür konnte er schließlich nichts. Er nahm sich fest vor, nichts zu sagen, wenn die Polizei ihn verhörte. Der Boss hatte ihm noch zugeflüstert, dass sie ihm nichts nachweisen könnten. So schlau wäre die Polizei gar nicht, hatte er ihn beruhigt. Er sollte nur ja die Schnauze halten.

Nun saß er hier, in diesem lächerlichen Containerraum, vor sich ein Glas Wasser, und wartete. Der Polizist, der neben der Tür stand, ließ ihn nicht aus den Augen. Das machte ihn nervös. Ob man hier rauchen durfte? Er kramte eine Packung Marlboro aus der Tasche seiner Jacke und legte sie zusammen mit dem goldenen Feuerzeug, das Svetlana ihm geschenkt hatte, auf den Tisch. Als er eine Zigarette aus der Schachtel schüttelte, sagte der Polizist: „Eh-eh. Rauchen verboten." Mist! Dabei hätte er jetzt etwas Nikotin gut brauchen können. Nervös nahm er das Feuerzeug in die Hand und drehte es hin und her. Die gute Svetlana! Hatte sogar eine Gravur machen lassen: „Für immer. Deine Svetlana". Er musste grinsen. Sicher bildete sie sich Gott weiß was ein, die gute Svetlana. Okay, hin und wieder nahm er ihre Dienste in Anspruch, so alle paar Tage mal. Natürlich gratis. Sie war wirklich gut, die Kleine. Verstand ihr Metier. Sicher dachte sie, er würde sie irgendwann einmal heiraten oder so. Sie aus dem „Milieu herausholen". Was die sich einbildete! Einmal Nutte, immer Nutte, das war mal klar. Außerdem wurde sie mit ihren Fünfundzwanzig langsam zu alt für ihn. Er mochte es, wenn sie ganz jung waren, noch so richtig frisch und unschuldig. So wie die beiden Neuen, wie hießen sie noch? Ach ja, Milena und Paulica. Hatte die Chefin erst vor ein paar Wochen mitgebracht, frisch aus Rumänien. Höchstens fünfzehn oder sechzehn. Der Boss gab sie für achtzehn aus, aber das glaubte sowieso keiner. Mussten noch angelernt werden. Das erledigte der Boss gern persönlich. Das ließ er sich nicht nehmen, der alte Sack. Wo er wohl jetzt war? Sicher saß er genau wie er in einem dieser lächerlichen Räume und wurde verhört. Hoffentlich hielt er dicht, was die Sache mit dem Rumänen und dem Kind betraf.

Sommer sah auf seine Armbanduhr. Gleich 23.00 Uhr. Normalerweise würde es jetzt im Club langsam richtig losgehen. Die meisten Kunden kamen oft erst kurz vor Mitternacht. Dann wurde es immer richtig voll. Aber heute, am Donnerstag, wäre sicher nicht so viel los gewesen. Er musste gähnen. Dieses Warten machte ihn müde. Wieder sah er auf die Uhr. Wie lange wollte man ihn hier noch festhalten? Durften die das überhaupt?

Er schrak zusammen, als sich die Tür öffnete und ein Mann und eine Frau hereinkamen. In Zivil. Also Kripoleute, keine einfachen Polizisten. Sie setzten sich ihm gegenüber an den Tisch. Der Mann mit den kurzen blonden Haaren musterte ihn eindringlich mit seinen auffallend hellen blauen Augen, die kleine Tussi neben ihm mit dem Pferdeschwanz sah aus, als sei sie gerade aus der Polizeischule entlassen worden. Niedlich war sie, die Kleine, mit ihrem Pferdeschwanz und dem süßen Gesicht. Unter dem Pulli sah er die festen runden Möpse, die Figur in der engen Jeans war top in Ordnung. Anerkennend grinste er sie an, aber ihre Augen maßen ihn mit diesem kühlen Blick, den er bei Frauen nicht ausstehen konnte. Ganz der Typ Frau, der mal richtig 'rangenommen gehört, dachte er.

Der Bulle legte eine Mappe mit Papieren vor sich auf den

Tisch. Dann schaltete er die Videokamera ein, die neben dem Tisch aufgebaut war, und rückte ein Mikrofon zurecht. Als er den Deckel der Akte aufschlug, sah Sommer, dass sein Personalausweis darin lag.

„Erste Befragung von Rolf Sommer, geb. am 12. April 88 in Hannover, ledig, wohnhaft in Oldenburg, Bahnhofsstraße 35. Das sind Sie, ist das richtig?"

Er nickte.

Die kühle Sachlichkeit, mit der der Typ sprach, machte Sommer unsicher. Er spürte, wie seine Hände feucht wurden. Unangenehm! Er widerstand der Versuchung, sie an der Hose abzuwischen. Was laberte der Typ da von irgendwelchen Rechten, die er hatte, und ob er einverstanden sei, dass die Vernehmung aufgezeichnet würde. War ihm doch egal!

Er nickte wieder.

„Bitte sprechen Sie laut und deutlich, Herr Sommer", forderte ihn der Blonde auf.

„Ja", sagte Sommer. Er räusperte sich, als er merkte, dass seine Stimme belegt klang.

„Ich bin Oberkommissar Jan Hendrik Klüver, das ist Kommissarin Susanne Holtmann. Herr Sommer, wir befragen Sie als Beschuldigten in der Mordsache Dimitru Ducinca. Sagt Ihnen der Name etwas?"

Richtig, so hatte hatte dieser verrückte Rumäne geheißen, den er kaltgemacht hatte, dachte Sommer.

Er erinnerte sich ungern an die Szene. Wie ein Wahnsinniger war der Idiot auf ihn losgegangen, gerade als er die Tür zum Kindertrakt aufgeschlossen hatte. Der dürre Typ, den er gerade 'reinlassen wollte, war schon ganz zappelig gewesen vor Vorfreude auf sein kleines „Püppchen", wie er die Kleine immer nannte. Der Typ - der Boss nannte die Ärsche immer vornehm „Kunden" - war natürlich weggerannt, als die Prügelei losging. Nur weil er, Sommer, total überrascht gewesen war, als er sich umdrehte und der verrückte Rumäne plötzlich hinter ihm stand, konnte der Mistkerl einen gezielten Treffer landen, genau aufs Kinn, so dass er doch tatsächlich einen Moment wie benebelt gewesen war. Wie der Teufel war der Mann an ihm vorbeigestürmt, direkt in das Kinderzimmer, wo die Kleine schon auf ihren Kunden wartete. Als Sommer endlich wieder klar sehen konnte, hatte er auf seinen Pieper gedrückt, um den Boss herzurufen, und war dem Kerl hinterher. Im Zimmer hatte der Rumäne mit dem Mädchen im Arm auf dem Boden gekniet und ununterbrochen irgendwas in einer unverständlichen Sprache gebrabbelt. Dann war er aufgesprungen und wollte mit dem Kind auf dem Arm aus dem Raum, was er, Sommer, natürlich verhindern musste. Er packte den Mann und versetzte ihm ein paar kräftige Fausthiebe in die Seite, so dass er das Kind absetzen musste. Die anschließende Prügelei war nicht von schlechten Eltern gewesen; der Kerl wehrte sich wie verrückt, und erst, als Wilmersacker ihm einen brutalen Schlag mit dem Baseballschläger versetzte, hörte er auf. Er ging zu Boden und lag da wie tot. Aus seinem Hinterkopf quoll eine Unmenge Blut. Die Wilmersackers starrten genau wie er, Sommer, auf den Mann und das Blut. Das musste übrigens der Moment gewesen sein, in dem das Kind unbemerkt zur Tür hinausgelaufen war.

„Antworten Sie!" Die ungeduldige Stimme des Bullen riss ihn aus seinen Gedanken.

„Nein, sagt mir nichts", log er.

Die beiden Kommissare musterten ihn mit diesem Blick, als wüssten sie alles; das machte ihn ganz kribbelig. Sommer verschränkte seine muskulösen Arme vor der Brust und lehnte sich in betont lässiger Haltung zurück. Der Kragen seines schwarzen Rollkragenpullovers kam ihm plötzlich zu eng vor. Gott, wie gern hätte er jetzt eine geraucht!

„Gut, dann fangen wir also ganz von vorne an."

Der Kommissar, Klüver hieß er, Sommer hatte seinen Namen noch in Ohr, warf einen Blick in die Akte.

„Sie sind angestellt als Türsteher bei Manfred Wilmersacker, dem Besitzer der „Clubs der zwei Herzen", ist das richtig?"

„Ja".

„Was genau sind Ihre Aufgaben in diesem Club, Herr Sommer?"

„Ich bin Türsteher und Bodyguard für die Wilmersackers. Ich soll in dem Laden für Ruhe und Ordnung sorgen", antwortete Sommer wahrheitsgemäß.

„Aha. Seit wann arbeiten Sie schon für Wilmersacker?"

„Lassen Sie mich überlegen. Nächsten Monat werden es zwei Jahre." Er setzte sich auf und spannte seine Schultern. Langsam wurde er ungeduldig. „Was soll diese Fragerei? Kann ich vielleicht mal erfahren, was Sie eigentlich von mir wollen?", fragte er in aggressivem Ton. „Ich habe mit einem Ducinca oder wie der Kerl heißt, nichts zu tun. Dürfen Sie mich eigentlich ohne Grund festhalten?"

„Das sind nur Routinefragen, Herr Sommer, kein Grund sich aufzuregen", entgegnete Klüver, ohne die Stimme zu erheben. Der Kerl ist verdammt noch mal die Ruhe selbst, dachte Sommer. Besser, ich bleibe auch ganz cool.

Die Polizistentussi meldete sich zu Wort.

„Waren Sie in letzter Zeit in eine Schlägerei verwickelt, Herr Sommer? Wegen des blauen Flecks an Ihrem Kinn, meine ich. Und was ist mit Ihren Augen?"

Die Stimme der blonden Tussi passte zu ihrem Äußeren: ganz sanft und weich. Ihre Frage klang direkt mitfühlend, kam es Sommer vor. Er lächelte sie an. Doch ganz süß, die Kleine. Wie hieß sie noch gleich? Susanne. Den Nachnamen hatte er vergessen.

„Das war eine Auseinandersetzung mit einem Betrunkenen, der sich an einem der Mädchen vergreifen wollte. Ich musste ihn an die frische Luft befördern, Sie verstehen?"

„Und das mit den Augen? Sie sehen ja ganz rot und geschwollen aus."

Das verdammte Pfefferspray, das die Alte ihm ins Gesicht gesprüht hatte! Es hatte Stunden gedauert, bis er wieder einigermaßen blinzeln konnte! Und gebrannt hatte es wie der

Teufel! Die alte Hexe! Er wurde jetzt noch wütend, wenn er nur daran dachte! Und dann tauchte sie heute auch noch so unverhofft in der Bar auf! Schöner Mist! Der Boss hatte geschäumt vor Wut! Und dann war die Alte plötzlich verschwunden, wie vom Erdboden verschluckt! Es war Sommer immer noch ein Rätsel, wie das geschehen konnte. Wie ein Geist war sie aus dem verschlossenen Zimmer verschwunden! Direkt unheimlich war das!

„Nun? Antworten Sie!"

Sommer versuchte sich zu konzentrieren.

„Ach das. Das ist nur eine Entzündung. Geht bald wieder weg. Sie brauchen sich um mich keine Sorgen zu machen, Frau Kommissarin!"

Er setzte sich breitbeinig auf seinem Stuhl zurecht, verschränkte die Hände hinter dem Kopf und grinste die Frau an. Leider ließ sie sich von seinem Charme nicht beeindrucken. Stattdessen schoss sie gleich die nächste Frage auf ihn ab:

„Wo waren Sie vorgestern um 11.00 Uhr vormittags, Herr Sommer?"

Sommer war irritiert. Wie kommt sie denn plötzlich auf diese Frage, dachte er. Wo er vorgestern gewesen war? Er überlegte. Ach ja, das war der Tag, an dem er versucht hatte, das Kind zurückzuholen. Wilmersacker hatte ihm die Adresse gegeben. Wusste der Himmel, wie er die 'rausgefunden hatte. Sicher hatte einer dieser Perversen, die es mit den kleinen Kindern trieben, sie ihm gesteckt. Der eine Typ, dieser Dicke, kam ja aus Cloppenburg. Der war ganz verrückt nach der Kleinen gewesen. Wie hieß er noch? Den Namen hatte er vergessen. Sollte ein großes Tier sein in dem Ort. Wie auch immer: Er jedenfalls hatte den ganzen Morgen damit zugebracht, das Haus, in dem das Kind lebte, zu beobachten. Schließlich hatte er gesehen, wie die Alte mit dem Mädchen aus dem Haus kam und in das Auto stieg. Er war dem kleinen Toyota nachgefahren in die Stadt. Dann hatte er auf dem Parkplatz gewartet, bis die Frau aus dem Gebäude wieder 'rausgekommen war, mit dem

Kind an der Hand. Er war ihr wieder hinterhergefahren, zurück zu dem Haus. Dort hatte er endlich die Gelegenheit gehabt, die Kleine zu packen und mitzunehmen, und es wäre ihm auch gelungen, wenn die Alte nicht dieses verdammte Pfefferspray gehabt hätte.

„Also: Wo waren Sie am Dienstagvormittag, Herr Sommer?"

Die Polizistin hatte ihre Frage wiederholt, schon ziemlich ungeduldig. Er musste sich schnellstens etwas einfallen lassen, damit er ein Alibi hatte. Aber was? Sommer überlegte fieberhaft.

„Wo ich war? Im Bett natürlich. Der Betrieb in dem Puff geht meistens bis fünf oder sechs Uhr früh und irgendwann muss unsereins ja auch mal schlafen." Gott sei Dank, dass ihm das eingefallen war!

„Gibt es jemand, der das bezeugen kann?"

„Nein. Ich war allein. Leider!", fügte er süffisant hinzu. Sollten sie ihm doch erst mal nachweisen, dass es nicht so gewesen war!

Die Bullentussi sagte leise zu ihrem Kollegen, aber so, dass Sommer es gut verstand: „Also kein Alibi." Dann sah sie ihm wieder direkt in die Augen. Richtige Rehaugen hatte sie. Hellbraun mit langen Wimpern. Wirklich süß!

„Und am Sonntag? Waren Sie da auch im Bett und haben geschlafen? Wieder allein?"

„Wenn Sie es genau wissen wollen: Ja!" Trotzig starrte er sie an. Nur nicht unsicher werden, dachte er. Sie können dir nichts anderes beweisen.

„Sie waren nicht zufällig mit dem Mercedes Ihres Chefs unterwegs an diesen beiden Tagen, Herr Sommer?", fragte nun der blonde Bulle. Seine Frage klang gar nicht wie eine Frage, sondern als ob er genau wüsste, dass es so gewesen war, fand Sommer. Beunruhigt blickte er von einem zum anderen. Die Mienen der Beamten verrieten nichts.

„Nein, natürlich nicht. Ich habe geschlafen. Das habe ich doch eben gesagt!" Er versuchte, möglichst ungehalten zu wirken wegen der dauernden Fragerei.

„Sie sind Raucher, Herr Sommer?", fragte plötzlich die Tussi. „Wie ich sehe, bevorzugen Sie die Marke Marlboro. Das sind doch Ihre Zigaretten hier auf dem Tisch, nicht wahr?"

Sommer nahm die Schachtel und das Feuerzeug und steckte beides in die Jackentasche. Er nickte. „Na und?"

„Wissen Sie, dass wir am Tatort, also dort, wo Herr Ducinca ermordet worden ist, eine Zigarettenkippe gefunden haben? Und zwar eine der Marke Marlboro. Was sagen Sie dazu?"

Sommer zuckte mit den Schultern. „Na und? Viele rauchen Marlboro. Ist 'ne weit verbreitete Marke."

„Da haben Sie Recht. An der Kippe haben wir allerdings DNA-Spuren gefunden. Was meinen Sie: Könnten die zu Ihnen gehören?"

Also deshalb hatten sie, als er hier ankam, eine Speichelprobe von ihm genommen mit diesem langen Wattestäbchen. Sommer fühlte, dass sein Herzschlag sich beschleunigte. Er wechselte seine Sitzhaltung. Seine Hände fühlten sich schweißnass an. Er wischte sie an der Hose ab. Was sollte er sagen? Er schwieg.

„Und die Verletzungen in Ihrem Gesicht: Könnten die vielleicht von der Schlägerei mit Herrn Ducinca herrühren und wir finden Ihre DNA in den Abschürfungen an seinen Fingerknöcheln?"

Richtig, dieser rumänische Typ hatte ihn ja mit seinen Fäusten bearbeitet. Konnte gut sein, dass er Spuren hinterlassen hatte. Oh Gott, das wurde ja immer heikler. Da half nur stures Schweigen.

„Sie sagen ja nichts mehr, Herr Sommer! Hat es Ihnen die Sprache verschlagen?" Wieder setzte dieser nervige Klüver das Verhör fort.

„Wir haben am Tatort und auf der Leiche, die von einem schweren Wagen überfahren wurde, Reifenspuren sichergestellt. Von einem breiten Reifen, wie sie von SUVs benutzt werden. Zum Beispiel auch von einem Mercedes, wie Ihr Chef einen besitzt. Sie fahren den SUV von Wilmersacker doch häufiger, oder? Ob die KTU wohl ergeben wird, dass die Reifenspuren von genau dem Fahrzeug stammen?"

Sommer spürte, wie ihm der Schweiß ausbrach. Das konnte doch nicht wahr sein! Und dabei hatte er den Wagen doch noch am Sonntag durch die Waschanlage gefahren und auch von innen gründlich gereinigt. Aber an Reifenspuren hatte er nicht gedacht.

Es klopfte und ohne auf ein Herein zu warten, betrat ein grauhaariger Mann mittleren Alters den Raum.

„Ach, Herr Stör!", begrüßte Klüver ihn, „Sie bringen sicher die Untersuchungsergebnisse der Kriminaltechnik, oder?"

„Ja", antwortete der Beamte gutgelaunt. „Ganz wie erwartet." Er legte mehrere Papiere auf den Tisch. „Für heute habe ich Feierabend. Frohes Schaffen noch, ihr beiden."

Beunruhigt beobachtete Sommer, wie die beiden Kommissare miteinander flüsterten und sich gegenseitig auf bestimmte Absätze in den Papieren aufmerksam machten, während sie ihm vielsagende Blicke zuwarfen. Schließlich beugte sich Klüver über den Tisch und schüttelte bedenklich den Kopf.

„Also: Es sieht gar nicht gut aus für Sie, Herr Sommer. Am besten wird es sein, wenn Sie jetzt gleich ein umfassendes Geständnis ablegen, dann kann der Richter es noch als strafmildernd anerkennen. Wenn wir Ihnen erst nachgewiesen haben, dass Sie sowohl den Mord an Ducinca als auch den Entführungsversuch an dem kleinen Mädchen begangen haben", er tippte auf die Papiere, die sein Kollege gerade hereingebracht hatte, „dann hilft auch kein Geständnis mehr."

Sommer fühlte sich in die Enge getrieben. Sein Herz klopfte unvernünftig schnell und er spürte, wie ihm der Schweiß den Rücken hinunterlief. Jetzt bekam er es wirklich mit der Angst zu tun. Was, wenn die Bullen ihn tatsächlich am Haken hatten? Konnte ja sein, dass seine DNA wirklich nachzuweisen war an dem Toten. Und die Reifenspuren! Womöglich konnten die Typen echt herausfinden, dass es der Wagen vom Chef gewesen war, mit dem er den Rumänen überfahren hatte.

„Ich will sofort einen Anwalt sprechen! Vorher sag' ich kein Wort mehr."

„Selbstverständlich, Herr Sommer. Eine gute Idee. Ich an Ihrer Stelle hätte mir auch ganz schnell einen guten Anwalt gesucht. Sie werden ihn bitter nötig haben." Der Arsch von Polizist klappte ungerührt seine Akte zu und machte Anstalten, aufzustehen.

„Sie tragen gerne Schwarz, nicht wahr, Herr Sommer?", fragte in diesem Augenblick die Tussi.

Was sollte das denn jetzt? Was hatte seine Vorliebe für Schwarz denn mit dem Ganzen zu tun? Verblüfft starrte er die Polizistin an.

„Haben Sie nicht auch Schwarz getragen, als Sie das kleine Mädchen entführen wollten? Sogar eine schwarze Maske, haben wir gehört."

Ach du Scheiße! Die Klamotten hatten sie sicher auch untersucht. Er hätte die ganzen Sachen wegschmeißen sollen nach der missglückten Aktion mit dem Kind. Sein Mund fühlte sich plötzlich ganz trocken an.

„Die Leute von der Kriminaltechnik sind nämlich sehr clever, wissen Sie", fuhr die Tussi fort, „sie haben Faserspuren an der Kleidung des Mädchens von einem Ihrer schwarzen Sweatshirts gefunden", sagte sie mit zuckersüßer Stimme. Dabei lächelte sie ihn an, diese blöde Kuh!

„Und Cowboystiefel tragen Sie gern? Am Tatort haben wir einen wunderbaren Schuhabdruck gefunden, Größe 47, also genau Ihre Größe. Und siehe da: In Ihrem Schrank fanden wir solch ein Paar. Genau dieselbe Größe und Form. Sogar mit einem Rest von der Ackererde vom Tatort. Was sagen Sie nun?"

Sommer schluckte krampfhaft. Die verdammten Stiefel! Dann wiederholte er: „Ich will einen Anwalt sprechen."

„Okay", sagte Klüver. Er sprach in das Mikrofon: „Ende der Befragung um 23.43 Uhr" und drückte auf den Ausknopf. Dann nahm er die Akte vom Tisch und klemmte sie sich unter den

Arm. Die Kommissarin stand ebenfalls auf. Klüver sagte zu dem Uniformierten, der die ganze Zeit reglos an der Tür gestanden hatte: „Bringen Sie Herrn Sommer ins Gefängnis, Herr Höltinghaus. Er ist vorläufig festgenommen. Morgen wird er dem Haftrichter vorgeführt."

An Sommer gerichtet, fragte er: „Kennen Sie einen Anwalt, oder soll das Gericht Ihnen einen Pflichtverteidiger zuweisen?"

Oh Gott, dachte Sommer, es ist wirklich ernst! Er spürte, wie Panik in ihm aufstieg. Wilmersacker hatte doch einen Anwalt, fiel ihm ein, diesen Doktor Hentig, der im Club ein und aus ging. Der musste ihm helfen, beschloss er. Schließlich steckte Wilmersacker genauso in der Scheiße drin wie er. Und wenn Hentig den Boss verteidigte, konnte er auch gleich ihn verteidigen. Mühsam kratzte er sein Selbstbewusstsein zusammen und sagte laut: „Dr. Burkhardt Hentig ist mein Anwalt." Wilmersacker musste die Kosten übernehmen. Immerhin hatte er nur in seinem Auftrag gehandelt. Hoffentlich ließ er ihn nicht hängen. Eigentlich traute er ihm nicht gerade viel Ehrgefühl zu. Wenn er es recht überlegte, gar keins. Der würde ihn sicher eiskalt reinhängen, wenn es darum ging, die eigene Haut zu retten. Sicher würde er ihm, Sommer, die ganze Schuld zuschieben. Zuzutrauen wäre es ihm. Ob er doch besser jetzt gleich sagte, wie die Sache abgelaufen war? Nicht, dass er am Ende das Ganze alleine ausbaden musste. Wer konnte wissen, was Wilmersacker der Polizei alles erzählte. Und schließlich hatte er, Sommer, keinen Grund, seinen Chef zu decken. So wie der Arsch ihn behandelte.

Es dauerte nur eine Sekunde, da hatte Sommer sich entschieden.

„Ich habe es mir überlegt", sagte er, „ich möchte doch ein Geständnis ablegen."

46

Eigentlich hasste Thomas Morgenroth Pressekonferenzen, aber dieses Mal fand er es gar nicht so schlimm, sich den neugierigen Fragen der Reporter stellen zu müssen. Seite an Seite mit Dr. Engelbrecht, die als Erste das Ergebnis der Ermittlungen schilderte, war er bereit, den Zeitungsleuten Rede und Antwort zu stehen. Der Versammlungsraum in dem Containerprovisorium was gefüllt mit Pressevertretern der lokalen Tages- und Wochenblätter, sogar der Norddeutsche Rundfunk und das Fernsehen waren vertreten. Ein regelrechtes Blitzlichtgewitter hatte die Beamten empfangen, als sie den Raum betraten.

Frau Dr. Engelbrecht überprüfte den Sitz ihrer Frisur, bevor sie sich räusperte und um Aufmerksamkeit bat.

„Meine Damen und Herren, ich begrüße Sie. Ich werde Ihnen zunächst Bericht erstatten über das, was in der letzten Nacht und am heutigen Vormittag passiert ist. Herr Hauptkommissar Thomas Morgenroth, der die Ermittlungen leitet, wird anschließend zusammen mit mir Ihre Fragen beantworten."

Sie machte eine kleine Pause, während die Reporter ihre Bleistifte und Notizbücher zückten oder ihre Notebooks oder Tablets zurechtlegten.

„In der Nacht von Donnerstag auf Freitag wurde in Kooperation mit der Oldenburger Kriminalbehörde eine Razzia in dem Nachtlokal „Club der zwei Herzen" in der Bahnhofsstraße in Oldenburg durchgeführt. Grund dafür war Folgender: Es hatten sich im Laufe der Ermittlungen im Mordfall zu Lasten des rumänischen Saisonarbeiters Dimitru Ducinca ausreichende Verdachtsmomente gegen den Besitzer, Herrn Manfred Wilmersacker, ergeben. Außerdem bestand begründeter Verdacht, dass Herr Wilmersacker an der versuchten Entführung des unbekannten Kindes beteiligt war, das sich seit Sonntagabend in der Obhut einer Pflegefamilie befindet. Die Durchsuchung des Gebäudes und der Fahrzeuge des Verdächtigen sowie die

Befragung der vor Ort angetroffenen Personen hat Folgendes ergeben: In dem Bordell befanden sich neben den dort legal arbeitenden Prostituierten und zwei Angestellten eine neunzehnjährige Frau rumänischer Herkunft, Irina Fechice, die sich illegal in Deutschland aufhält. Sie hat ausgesagt, sie sei seit ihrem vierzehnten Lebensjahr von Wilmersacker zur Prostitution gezwungen worden. Außerdem bezeugt sie, dass in dem Lokal regelmäßig Kinder zum Sex angeboten wurden. Es fanden sich zudem hinreichend Anhaltspunkte dafür, dass sich in dem Bordell zwei Kinder im Alter von neun und zehn Jahren sowie zwei Jugendliche im Alter von fünfzehn Jahren aufgehalten haben, die ebenfalls zur Prostitution gezwungen wurden. Auch das etwa fünfjährige Mädchen, dass hier in Cloppenburg aufgefunden wurde, stammt aus Rumänien und hat sich zeitweise in dem Nachtclub aufgehalten."

Aufgebrachtes Raunen ging durch die Reihen der Presseleute. Thomas musste an die Gesichter der Huren und ihrer Freier denken, als die Beamten in die einzelnen Räume des Nachtlokals stürmten. Die Frauen waren größtenteils nur genervt und ärgerlich gewesen, die Männer erschrocken oder peinlich berührt. Nur widerwillig zeigten sie ihre Ausweispapiere, bevor sie zumeist unverrichteter Dinge davonzogen. Nur eine der Frauen, jung, fast noch ein Kind, zeigte sich über das Erscheinen der Polizei erfreut: Irina Fechice. Sie war diejenige, die Adrian Rudarin die gefangenen Kinder gezeigt und ihn gebeten hatte, die Polizei zu informieren. Und auch diejenige, die seiner Mutter zur Flucht verholfen hatte. Sie hatte ausgesagt, den Schlüssel für den abgeschirmten Hausbereich, einem separaten, immer verschlossenen Anbau, in dem die Kinder und Jugendlichen wohnten und den Freiern angeboten wurden, von Rolf Sommer gestohlen und einen Nachschlüssel angefertigt zu haben. Sommer habe von dem kurzzeitigen Verschwinden seines Schlüssels nichts bemerkt, sagte sie. Bewundernd dachte der Kommissar an die kleine, zarte Rumänin, die nur noch den einen Gedanken gehegt hatte, die Kinder aus den Händen des verbrecherischen Ehepaares zu befreien, war sie doch selbst als Vierzehnjährige auf die falschen Versprechungen von Ursula Wilmersacker hereingefallen. Für sich selbst hatte sie alle Hoffnung aufgegeben, sich jemals aus der Gewalt des Bordellbesitzers befreien zu können; die Angst vor seinen brutalen Vergewaltigungen und Misshandlungen hatte in ihr jede Widerstandskraft gebrochen. Auch als sie mit einer Kollegin zusammen in einer winzig kleinen, billigen Wohnung außerhalb des Hauses lebte und das Zimmer im Bordell wie die anderen Prostituierten stundenweise mietete, um ihre Freier zu empfangen, hatte sie sie sich nicht getraut, selbst zur Polizei zu gehen. Ihre Angst vor der Welt da draußen, in der sie nicht einmal die Sprache kannte, die Angst, wieder zurückkehren zu müssen nach Rumänien, in eine Welt, aus der sie geflohen war, lähmte sie. Nur der Plan, die Kinder zu retten, hielt sie aufrecht. Thomas war erschüttert gewesen von der Traurigkeit in den Augen der Frau mit dem kindlich-hübschen Gesicht.

Aufgeregtes Getuschel und Gemurmel war der Erklärung der Staatsanwältin gefolgt. Sie hob die Hand und sofort trat wieder erwartungsvolle Stille ein.

„Was das Tötungsdelikt zu Lasten Dimitri Ducincas betrifft, stellt sich uns folgender Sachverhalt dar: Das Ehepaar Wilmersacker besorgte sich aus Rumänien, meistens aus den Slums von Bukarest, junge Mädchen sowie Kinder, um sie hier zum Sex anzubieten. Die jungen Mädchen lockten die Beschuldigten mit dem Versprechen, hier in Deutschland als Zimmermädchen oder Kellnerin arbeiten zu können, die Kinder kauften sie von den Eltern unter der falschen Behauptung, sie würden hier adoptiert werden und in guten Verhältnissen aufwachsen. Dimitru Ducinca, der als Erntehelfer bei der hiesigen Firma Stowasser angestellt war, erfuhr durch einen Kollegen, dass sich ein Mädchen, das aussah wie seine kleine Tochter, in dem Bordell befindet. Er fuhr am Sonntag mit der Nordwestbahn nach Oldenburg und betrat gegen 12.30 Uhr das Lokal, das sonntags schon um 11.00 Uhr öffnet. Er verschaffte sich Zutritt zu dem verschlossenen Anbau und entdeckte einen als Kinderzimmer ausgestatteten Raum. Tatsächlich befand sich seine Tochter, die fünfjährige Simona Niculescu, in diesem Raum. Ducinca wollte das Mädchen mitnehmen, wurde daran jedoch von Rolf Sommer, dem Türsteher des Lokals, und dem Ehepaar Wilmersacker gehindert. Er entstand eine handgreifliche Auseinandersetzung, in deren Verlauf Ducinca von Manfred Wilmersacker mit einem Baseballschläger niedergeschlagen wurde. Dieser Schlag war jedoch nicht tödlich. Laut der Zeugenaussage Rolf Sommers, Türsteher bei Wilmersacker, erteilte Wilmersacker ihm den Auftrag, Ducinca zum Schweigen zu bringen, da anderenfalls die Kinderprostitution, aus der Wilmersacker seinen höchsten Verdienst erzielte, auffliegen würde. Sommer beförderte den Bewusstlosen im Auto nach Cloppenburg und legte ihn am Rand eines Gemüsefeldes ab, um den Verdacht auf die Arbeitskollegen Ducincas zu lenken. Dort überfuhr er den immer noch ohnmächtigen Mann mit dem schweren Wagen und brachte ihm auf diese Weise tödliche Verletzungen bei. Er wollte so einen Unfall mit Fahrerflucht vortäuschen."

Wieder erhob sich ein Raunen. Die Finger flogen über die Tastaturen der Computertablets, die Kameras surrten.

„Manfred Wilmersacker, seine Frau Ursula Wilmersacker sowie Rolf Sommer befinden sich in Untersuchungshaft. Ihnen wird Mord, Beihilfe zum Mord, Freiheitsberaubung, versuchte Entführung des Kindes Simona Niculescu hier in Deutschland, Kinderhandel, Zwangsprostitution und gewerbsmäßigen sexuellen Missbrauch von Kindern und Jugendlichen nach § 182 Strafgesetzbuch vorgeworfen. Rolf Sommer hat ein umfassendes Geständnis abgelegt, Manfred Wilmersacker verweigert bislang die Aussage, wird aber durch die Aussage Sommers und Irina Fechices schwer belastet. Ursula Wilmersacker hat ein Teilgeständnis abgelegt. Das Lokal ist geschlossen worden. Da das Ehepaar mit einem einschlägigem Haus in Hamburg in ständiger Verbindung stand, mit dem es die Kinder nach einer gewissen Zeitspanne austauschte, haben die entsprechenden Dezernate der beiden zuständigen Landeskriminalämter die weiteren Ermittlungen an sich gezogen. Es sind noch etliche Verhaftungen zu erwarten, besonders da auch Hinweise auf kinderpornografische Aktivitäten sichergestellt worden sind."

Sie machte eine Pause und blickte in die Runde.

„Fragen dazu?"

Sofort schnellten etliche Finger nach oben.

„Wie genau ist Simona Niculescu in die Hände des Ehepaares Wilmersacker gelangt?", fragte eine Reporterin.

„Nach Aussage von Ursula Wilmersacker hat sie das Kind in Rumänien seiner Mutter gegen eine „Aufwandsentschädigung", wie sie es nannte, abgekauft. Sie hat vorgegeben, das Mädchen würde von einem reichen deutschen Ehepaar, das aber anonym bleiben wolle, adoptiert werden."

Mit Schaudern dachte Thomas an die zynische Verachtung, mit der Ursula Wilmersacker von der „rumänischen Schlampe mit ihrem Haufen dreckiger Kinder" gesprochen hatte, die doch ganz „heiß" auf ihr Geld gewesen sei. Und dass die Kleine froh gewesen sein konnte, aus diesem Drecksloch, in dem die Familie gehaust habe, herauszukommen. Bei ihr hätte sie immerhin drei Mahlzeiten am Tag, ein sauberes Bett und schöne Anziehsachen gehabt. Dass sie zu den geilen alten Böcken ein bisschen freundlich sein musste, sei ja wohl nicht so schlimm gewesen. Und für echten Sex sei sie sowieso noch nicht ausgebildet gewesen in der kurzen Zeit. Die älteren Kinder wären da schon viel versierter gewesen. Na ja, die Kunden bezahlten schließlich gutes Geld für den Service, da müsse man ihnen schon etwas bieten, hatte die Frau gesagt.

Eine Reporterin der Lokalzeitung hob die Hand.

„Was wird nun mit dem Kind geschehen? Wie man hört, ist es traumatisiert und spricht nicht."

„Wir haben mit Hilfe der rumänischen Kollegen den Aufenthaltsort von Simonas Mutter ausfindig gemacht. Das Kind wird zu seiner Mutter" - Dr. Engelbrecht blickte kurz in ihre Unterlagen - „einer Frau Norina Niculescu, gemeldet in Bukarest, zurückgebracht. Das dortige Jugendamt wird sich weiterhin um die Familie kümmern. Auch die anderen Kinder und die Jugendlichen werden zu ihren Familien zurückgebracht."

„Was weiß man über die Kunden der minderjährigen Zwangsprostituierten und der missbrauchten Kinder? Werden sie ebenfalls belangt?"

„Unsere Computerspezialisten arbeiten an der Auswertung der elektronischen und schriftlichen Unterlagen, die beschlagnahmt wurden. Wir gehen davon aus, dass nach Entschlüsselung der Daten weitere Ermittlungen folgen werden."

Thomas musste daran denken, wie verblüfft er gewesen war, als er bei einer der Prostituierten einen alten Bekannten antraf: den allseits geachteten, biederen Herrn Mühlenbach aus Cloppenburg, erfolgreicher Geschäftsmann und Familienvater! Der fette Mann, der nackt auf dem Bett hockte, den Kopf des ebenfalls nackten Frau zwischen seinen Beinen, war leichenblass geworden, als die Beamten den Raum stürmten. Thomas hatten gewaltsam einen Brechreiz unterdrücken müssen beim Anblick des feisten, schwabbeligen Körpers der Mannes neben der schlanken, feingliedrigen Gestalt der jungen Frau, fast ein Mädchen noch, mit dem langen schwarzen Haaren, die ihn erschrocken ansah. Wie Wilmersacker süffisant ausgeplaudert hatte, war Mühlenbach einer der eifrigsten Kunden in dem Bordell; er hatte sich ganz besonders auch für die kleine Simona interessiert.

„Wird es möglich sein, noch weitere Kunden des Bordells ausfindig zu machen, um sie zur Rechenschaft zu ziehen?"

„Die Untersuchungen laufen noch. Sämtliche schriftlichen Unterlagen, der Inhalt der Computer, die Telefonlisten sowie die Aussagen der Bediensteten müssen noch genauestens ausgewertet werden. Es ist nicht unwahrscheinlich, dass in den nächsten Tagen noch weitere Verhaftungen vorgenommen werden."

„Wie war es möglich, dass die Machenschaften des Ehepaares so lange von den Behörden unentdeckt geblieben sind? Hätte nicht schon viel eher untersucht werden müssen, seitens des Ordnungsamtes, des Finanzamtes oder des Gesundheitsamtes, was in dem sogenannten Club vor sich ging?"

„Das Ehepaar Wilmersacker hat offiziell ein ganz normales Nachtlokal mit fünf deutschen Prostituierten und zwei normalen Angestellten geführt. Das wurde regelmäßig überprüft, ohne dass etwas Illegales beanstandet worden wäre. Alle Beteiligten sind offenbar zur Geheimhaltung gezwungen worden, sei es unter Androhung und Ausübung von Gewalt oder durch die Drohung mit dem Verlust des Arbeitsplatzes. Der Rumänin Irina Fechice wurde der Pass abgenommen, so dass sie nicht fortgehen konnte, die Kinder wurden gefangengehalten und durften nur selten unter Aufsicht ins Freie."

Bei einer solchen Gelegenheit oder bei ihrer Ankunft in Oldenburg muss Simona wohl auch die Lambertikirche gesehen haben, die einen solch nachhaltigen Eindruck auf sie gemacht hat, dass sie sie in ihren Zeichnungen darstellte, ging es Thomas durch den Kopf.

Die Reporter machten sich eifrig Notizen, die Kameras surrten. Immer wieder flammte ein Blitzlicht auf. Thomas sah schon die Schlagzeilen vor sich, die am nächsten Morgen die Zeitungen schmücken würden. Noch immer wurden einzelne Hände in die Höhe gestreckt, aber Frau Dr. Engelbrecht beugte sich zu ihm herüber und flüsterte ihm zu, dass sie die Pressekonferenz jetzt verlassen werde. Sie erhob sich und wandte sich an die Redakteure:

„Das wäre alles von meiner Seite, meine Damen und Herren. Für weitere Einzelheiten und die neuesten Erkenntnisse steht Herr Hauptkommissar Morgenroth Ihnen weiterhin zur Verfügung."

Sie nickte den Presseleuten zu und verließ, nachdem sie ihre Unterlagen zusammengerafft hatte, den Raum. Aufgeregtes Gemurmel begleitete sie und sogleich fuhren etliche Hände in die Höhe.

„Welche Rolle hat denn Ihre Frau Mutter bei der Aufklärung des Falles gespielt, Herr Hauptkommissar?"

Thomas unterdrückte einen Seufzer. Das hatte er befürchtet.

47

Sorana Beculescu saß auf ihrem Etagenbett und ließ die Beine baumeln wie ein Kind. Sie sah zu, wie Dora Kovaci ihren Koffer packte. Ein Kleidungsstück nach dem anderen nahm Dora aus ihrem Spind, faltete es ordentlich zusammen und verstaute es fachgerecht in ihrem billigen Plastikkoffer.

„Willst du nicht auch endlich anfangen, deine Sachen zu packen?", fragte sie. „Du weißt, der Bus fährt morgen in aller Herrgottsfrühe. Da haben wir keine Zeit mehr, groß herumzukramen."

„Hm", machte Sorana, „ich weiß."

Sie war mit ihren Gedanken ganz woanders. Seit Tagen hatte sie nicht mehr mit Christian gesprochen, genauer, seit dem Tag, als er ihr gesagt hatte, dass seine Frau einen Rückfall gehabt habe und ins Krankenhaus gebracht worden sei. Jede freie Minute verbringe er damit, den Haushalt in Gang zu halten, für die beiden Jungen zu sorgen, einzukaufen, zu kochen und was sonst alles noch zu tun sei, hatte er gesagt. Und wenn er dann noch Zeit habe, sitze er am Krankenbett seiner Frau. Sorana hatte ja Verständnis für ihn, aber was war mit ihr? Die Saison war zu Ende und der Abreisetag rückte immer näher. Was sollte sie tun?

Plötzlich hüpfte sie von ihrem Etagenbett herunter. Sie hatte einen Entschluss gefasst. Eilig tauschte sie ihre Hausschuhe gegen halbhohe Stiefel, zog ihre wattierte Regenjacke an und wickelte sich einen bunten Schal dreimal um den Hals.

„Wo willst du denn jetzt hin", fragte Dora verwundert. „Es ist ziemlich ungemütlich draußen!"

„Macht nichts!", rief Sorana im Hinausgehen, „ich muss dringend was klären."

Sie nahm eins von den Fahrrädern, die die Firma ihren Saisonarbeitern für die Zeit ihres Aufenthaltes zur Verfügung stellte, und radelte in Richtung Innenstadt. Das schöne Oktoberwetter, das in den letzten Wochen die Ernte auf den Feldern so angenehm gemacht hatte, war trübem Novembernebel gewichen. Eine blasse Sonne versuchte vergebens, durch die Wolkendecke zu dringen; nur hin und wieder gelang es ihr, das Grau des Himmels etwas aufzuhellen.

Sorana kannte den Weg; schon einmal war sie heimlich zu dem Haus, in dem Christian wohnte, gefahren und hatte es sich von außen angesehen. Natürlich hatte sie nicht geklingelt; Christian hatte ihr immer wieder beteuert, er müsste selbst den richtigen Zeitpunkt bestimmen, um seiner Familie reinen Wein einzuschenken. Jetzt aber wollte Sorana wissen, woran sie war. Es konnte ja nicht ewig so weitergehen. Auch die Krankheit seiner Frau war kein Grund, eine Ehe, die längst keine mehr war, aufrechtzuerhalten.

Das Haus lag in einer ruhigen, breiten Wohnstraße, die gesäumt war mit hübschen Einfamilienhäusern, jedes umgeben mit üppig bewachsenen Gärten. Großzügige Einfahrten führten zu einer, manchmal sogar zwei Garagen, der Bürgersteig war sauber gefegt, die Grünanlagen gepflegt. In einer solchen Umgebung zu wohnen war Soranas Traum. Wenn sie da an das jämmerliche Häuschen dachte, in dem ihre Mutter mit den Kindern lebte!

In einiger Entfernung von dem Haus, in dem Christian wohnte, hielt Sorana an und stieg vom Fahrrad. Ihr Herz klopfte heftig, jetzt, wo sie so nah vor einer Entscheidung stand. Sie hoffte, Christian zu Hause anzutreffen; wenn er nicht da sein sollte, wollte sie auf ihn warten, nahm sie sich vor.

Langsam schob sie ihr Fahrrad näher. Sie hörte Kinderstimmen. Zwei Jungen spielten Basketball in der Einfahrt vor dem

Haus, über dessen Garagentor ein Basketballkorb angebracht worden war. Christians Söhne! Gelegentlich hatte er von
den beiden Jungen erzählt. Der Ältere hieß Lars, die Namen
hatte Sorana sich gemerkt. Er war groß und schlank und genauso blond wie sein Vater. Der Jüngere, Finn, war brünett und
trug eine Brille. Er war seinem Bruder beim Basketballspiel
hoffnungslos unterlegen, aber er versuchte immer wieder, an
den Ball zu gelangen. Lächelnd beobachtete Sorana das Spiel.
Dann lenkte eine Bewegung ihre Aufmerksamkeit auf den hinteren Teil des Gartens, von dem sie durch die Büsche der Stra-
ßenbepflanzung hindurch nur einen kleinen Teil einsehen
konnte. Christian war dabei, mit einem dreieckigen Stahlre-
chen das Laub von dem Rasen zusammenzuharken und in eine
braune Tonne zu befördern. Er war also zu Hause. Flüchtig
wunderte Sorana sich über die Unbeschwertheit dieser Fami-
lienidylle, da doch die Ehefrau und Mutter schwer krank im
Hospital lag.

Gerade wollte sie den Arm heben und Christian zuwinken,
während sie ihr Fahrrad näher zur Einfahrt schob, da öffnete
sich die Haustür und eine hübsche junge Frau mit brünetten
Kurzhaarschopf und modischer Brille trat vors Haus.

„Christian, Schatz, komm 'rein, Kaffee ist fertig!", rief sie.
Und dann, in Richtung der Jungen: „Kommt, Jungs, ich hab Ap-
felkuchen gebacken."

Sorana erstarrte. Ihr Gehirn weigerte sich einige Sekunden
lang zu begreifen, was sie gerade gesehen hatte. Instinktiv zog
sie sich ein Stück zurück, um nicht entdeckt zu werden. Sie registrierte, wie Christian den Rechen fallenließ, zu der Frau trat,
sie um die Taille fasste und ihr einen Kuss auf die Lippen gab.
Die beiden Jungen kamen hinzu, Lars mit dem Basketball unter
dem Arm, und alle vier gingen ins Haus.

Einen Moment lang stand Sorana wie erstarrt da. Ihr Gehirn
weigerte sich, das eben Gesehene zu verstehen. Dann überstürzten sich die Gedanken in ihrem Kopf. Sie konnte es einfach nicht fassen! Alles Lüge! Es war alles nur Lüge gewesen,

was Christian gesagt hatte! Seine Frau: krank?! Dass er es ihr nicht zumuten könne, sich von ihr zu trennen?! Dass er sie, Sorana, liebe und sie nur noch ein wenig Geduld haben müsse?! Pah! Sorana merkte, wie heißer Zorn in ihr aufstieg, brennend wie glühende Lava. Sie ließ ihr Fahrrad achtlos fallen und rannte zur Eingangstür des Hauses, die sich gerade geschlossen hatte. Das konnte er mit ihr nicht machen! Sie so zu belügen!! Nein, nicht noch einmal! Wie damals bei Zofias Vater! Das Arschloch sollte sie kennenlernen! Mit ihr nicht! Sie drückte auf den Klingelknopf, immer wieder, so dass der melodische Gong sich geradezu überschlug. Mit hektischen Bewegungen zerrte Sorana ihr Handy aus der Hosentasche und rief mit zitternden Fingern die Selfies auf das Display, die sie von Christian und sich selbst gemacht hatte. Heftig atmend wartete sie darauf, dass sich die Tür öffnete. Christians Frau sah sie höflich lächelnd an.

„Guten Tag, Frau Wendland!", brachte Sorana mühsam beherrscht in ironischem Ton heraus. „Ich dachte, Sie sind im Krankenhaus! Hat Christian gesagt zu mir. Darf ich reinkommen?" Sie drängte die völlig verblüffte Frau zur Seite und stürmte ins Wohnzimmer, wo an dem gedeckten Kaffeetisch Christian mit seinen beiden Söhnen beisammensaß.

„Hallo Christian!", fauchte Sorana, „mit mir hast du wohl nicht gerechnet, was?"

„Was fällt Ihnen denn ein?", fragte Kathrin Wendland, die Sorana ins Zimmer gefolgt war. „Wer sind Sie überhaupt?"

„Oh, Entschuldigung", sagte Sorana süffisant, „ich habe mich nicht vorgestellt." Sie hielt der überraschten Frau ihr Handy entgegen. „Hier, schauen Sie. Ich bin Sorana Beculescu. Ich bin die Geliebte Ihres Mannes, seit drei Monaten. Hat er Ihnen nichts von mir erzählt?" Voller Wut ließ sie eins der verräterischen Fotos nach dem anderen auf ihrem Handy erscheinen. „Sehen Sie nur. Wir lieben uns. Und wir wollen heiraten!"

Die letzten Worte spie sie regelrecht in Richtung des Mannes, der schreckensbleich völlig reglos dasaß und sie anstarrte.

„Wir wollen heiraten, nicht wahr, Christian? Das hast du mir doch versprochen!"

Sie lachte laut auf, als sie sein betretenes Gesicht sah. Ja, das geschah ihm recht, diesem Mistkerl!

Plötzlich wurde sie sich der Blicke der beiden Jungen bewusst, die sie verständnislos ansahen. Ihre Wut erlosch. Sie fühlte, wie ihr die Tränen kamen.

„Ich hasse dich, Christian!", stieß sie hervor. Ohne Hast drehte sie sich um, ging an der wie vom Donner gerührt dastehenden Frau vorbei und verließ das Haus. Sie raffte ihr Fahrrad vom Bürgersteig auf, drehte es in die Richtung, aus der sie gekommen war, stieg auf und fuhr los.

Sie registrierte nicht, dass sie in rasendem Tempo durch die Straßen der Stadt fuhr und nur mit Glück keinem Autofahrer in die Quere kam. Der Zorn, den sie soeben noch gegen Christian empfunden hatte, richtete sich nun gegen sie selbst. Wie hatte sie nur so dumm sein können! Wie ein total verblödetes Schaf hatte sie jede seiner plumpen Lügen geglaubt! Dora hatte von Anfang an Recht gehabt. Dieser infame Heuchler hatte nie vorgehabt, sich von seiner Frau zu trennen. Warum auch? Er hatte doch alles: eine hübsche Frau, zwei gesunde, tolle Söhne, ein wunderschönes Heim! Wie hatte sie sich nur einbilden können, er würde das alles aufgeben für eine Zukunft mit ihr? Du blöde Kuh, sagte sie sich zu selbst, du blöde, blöde Kuh!

Der Fahrtwind hatte ihre Tränen getrocknet, als sie beim Wohnheim ankam. Sie stürmte durch den Aufenthaltsraum, wo Dora mit einigen anderen zusammensaß und Kaffee trank, rannte in ihr Zimmer, zerrte ihren Koffer vom Schrank und fing an, wahllos ihre Sachen hineinzuwerfen.

Dora, die ihr gefolgt war, beobachtete ihre Freundin einen Moment lang kopfschüttelnd. Dann trat sie an sie heran, hielt ihre rastlosen Hände fest und nahm die sich sträubende Frau in ihre Arme. Diese mitfühlende Geste löste Soranas Wut auf und sie brach in hemmungsloses Schluchzen aus. „Es ist aus", stammelte sie ein ums andere Mal, „es ist alles aus!"

Dora hielt ihre verzweifelte Freundin mütterlich umfangen, tätschelte ihr den Rücken und murmelte: „Schon gut, ist ja schon gut." Als nach einer Weile der Weinkrampf nachließ, schälte Dora die Jüngere vorsichtig aus der Windjacke, die sie noch immer trug, und wickelte ihr den Schal ab. Sie reichte ihr ein Packung Tempotaschentücher und sah zu, wie Sorana sich heftig schnäuzte. Immer noch liefen ihr dabei die Tränen aus den Augen. Sie sah Dora mit einem herzzerreißend traurigen Blick an. „Warum habe ich niemals Glück, Dora?", fragte sie.

Dora seufzte. „Tja, das ist eine gute Frage." Sie dachte an Roland Meyer, der im Gefängnis saß. Gut, dass sie ihr Herz gehütet hatte. Der Schmerz der Enttäuschung war so nur halb so groß gewesen.

„Komm", sagte sie resolut und stand auf. „Es hat keinen Sinn, in Selbstmitleid zu baden, Sorana. Immerhin hast du eine schöne Zeit gehabt, oder?" Sorana trocknete sich ihre Augen mit einem weiteren Taschentuch, sah ihre Freundin mit einem winzigen Lächeln an und nickte.

„Na, siehst du! Alles geht einmal vorbei. Jetzt packen wir deinen Koffer und morgen geht's heim zu deiner kleinen Tochter. Freust du dich denn gar nicht auf sie?"

Willig ging Sorana auf den Versuch Doras ein, sie von ihrem Kummer abzulenken. „Ja, und wie! Ich habe sie so vermisst, meine kleine Zofia." Sie lief zu ihrem Spind und kramte ein in Seidenpapier eingewickeltes Päckchen hervor. „Sieh nur, was ich für sie gekauft habe!", sagte sie und breitete ein rosafarbenes Sommerkleidchen mit weißem Tüllrock aus. „Was meinst du, wird sie nicht entzückend darin aussehen?" Dora nahm das Kleidungsstück in die Hand, drehte es bewundernd hin und her und lächelte Sorana an. „Ach, das ist ja süß! Wirklich ganz toll! Zofia wird total aus dem Häuschen sein vor Freude darüber."

„Und schau hier!" Sorana brachte einen kleinen Karton zum Vorschein. „Weiße Schuhe! Passend zum Kleid! Was sagst du?"

Dora war ernst geworden. „Wirklich schön, Sorana! Du

kannst glücklich sein, dass du das Kind hast. Was ist dagegen schon eine dumme Affäre mit einem Mann, oder?"

Ihr wehmütiger Ton ließ Sorana aufhorchen. Sie sah ihre Kollegin aufmerksam an. Komisch, dass ihr der traurige Zug um Doras schönen Mund vorher nie aufgefallen war. Sie trat zu ihr und nahm nun ihrerseits die Freundin in die Arme. Lange hielten sich die beiden Frauen umfangen, sich gegenseitig stützend und tröstend.

48

Norina Niculescu blieb stehen und setzte die beiden schweren Einkaufstaschen ab. Seufzend lockerte sie die Gurte des zerschlissenen alten Rucksacks, die ihr schmerzhaft in die Schultern schnitten. In dem Rucksack transportierte sie die Gasflasche, die sie für ihren Herd benötigte. Auf dem offenen Markt, auf dem neben Lebensmitteln, Kleidung und Haushaltsgegenständen alle möglichen mehr oder weniger nützlichen Dinge angeboten wurden, hatte sie drei Hosen aus festem Stoff, Pullover sowie richtige Schuhe für die Jungen gekauft. Dafür hatte sie ein wenig von dem Geld verwenden müssen, das sie sorgfältig in der kleinen Zigarrenkiste im hintersten Fach des Wandschrankes ihres Wohnwagens verwahrte. In der zweiten Einkaufstasche trug sie den Lebensmittelvorrat für eine Woche: Öl, Salz und Zucker, viel Gemüse und vor allem einen großen Sack Maismehl für die tägliche Mămăligă, den Maisbrei. Außerdem hatte sie, weil es so günstig angeboten worden war, eine große Portion Hackfleisch für die kleinen gegrillten Mici gekauft, die ihre Söhne so gerne aßen.

Norina freute sich schon auf die Gesichter der Jungen, wenn sie sich wieder einmal an einer Fleischmahlzeit sattessen durften, was selten vorkam. Auch über die Kleidung würden sie froh sein. Die grauen Novembertage waren empfindlich kalt geworden; einige Male hatte morgens schon eine dünne Eisschicht in der Tonne, in der sie das Wasser aus der Gemeinschaftsleitung aufbewahrten, gestanden.

Sie zog ihr wollenes Schultertuch straffer und steckte die Enden in ihrem Gürtel fest. Entschlossen nahm sie die Taschen wieder auf und setzte ihren Weg fort. Schon von weitem sah sie die alte Valeria vor ihrem Wohnwagen sitzen, die kleine Alia auf dem Schoß. Wie gut, dass die Greisin ihr das Kind für die Zeit, in der sie die notwendigen Erledigungen machte, abnahm! So hatte sie sogar an zwei Tagen in der Woche eine Arbeit annehmen können, als Putzfrau in einem der großen Bürohäuser am Rande der Stadt, wodurch sie sich ein paar Lei zu der kärglichen Unterstützung vom Staat hinzuverdiente.

Wenn doch nur Dimitru endlich zurückkehren würde! Ob er überhaupt noch ans Heimkehren dachte? Vielleicht gefiel es ihm so gut in den reichen Ländern im Westen, dass er lieber für immer dort blieb? Womöglich hatte er sogar eine neue Frau gefunden, eine, die jünger und schöner war als sie, Norina ... Sie schüttelte den Kopf, um diese trüben Gedanken zu verscheuchen. Nein, Dimitru würde zurückkehren. Er hatte ihr geschworen, dass er sie liebte und ihr treu sein würde, und sie vertraute ihm. Sicher würde er noch vor dem Winter wieder da sein und sie würden mit dem Geld, das er verdient hatte, eine schöne Wohnung finden. Oder sie würden in den Süden ziehen, dorthin, wo es warm war, auch im Winter ...

„Hallo, Valeria!", begrüßte Norina die alte Zigeunerin, als sie bei dem Wohnwagen angelangt war. „Na, war die Kleine brav?" Sie stellte die Einkaufstaschen vor der Tür des Wohnwagens ab, streifte aufatmend den schweren Rucksack von den Schultern und trat auf Valeria zu. Das Baby streckte seine Ärmchen nach ihr aus und lachte sie an. Sie nahm es auf die Arme, drückte den weichen Körper liebevoll an sich und küsste die rosigen Bäckchen des Kindes. Die Greisin sah ihr freundlich zu; die wenigen braunen Zähne in ihrem Mund ließen ihr Lächeln wie ein bizarres Grinsen aussehen.

„Ich habe dir etwas mitgebracht, Valeria. Ich hoffe, du freust dich darüber."

Seit die Familie Valerias in die Stadt gezogen war, war die alte Frau merklich gealtert, fand Norina. Es fiel ihr immer schwerer zu gehen, ihr ohnehin magerer Körper schien zu schrumpfen und die Runzeln in ihrem Adlergesicht vertieften sich mehr und mehr. Jetzt ging bei der Ankündigung Norinas ein Leuchten über ihre Züge. Erwartungsvoll blickte sie die Jüngere an.

„Hier, nimm die Kleine zurück, damit ich das Geschenk aus der Tasche holen kann", bat Norina. Sie kramte einen Moment in der großen Einkaufstasche herum und holte schließlich ein riesiges, bunt gemustertes Tuch mit langen Fransen hervor.

„Schau, ein neues warmes Schultertuch für dich, Valeria! Damit du nicht frierst, jetzt, wo die Tage kühler werden."

Sie nahm Valeria die alte Decke ab, in die sie sich gehüllt hatte, breitete das Tuch aus und legte es der Greisin um die mageren Schultern. In Valerias Augen glitzerten Tränen, als sie sich und das Baby auf ihrem Schoß in den dicken, wollenen Stoff einhüllte. „Danke", war alles, was sie herausbrachte.

„Schon gut", sagte Norina. Sie nahm schnell die Taschen auf und trug sie in den Wohnwagen. „Heute Abend gibt es Mici", rief sie aus dem Inneren. „Ich hoffe, die Jungen sind bald da. Ich habe auch etwas für sie mitgebracht. Sie werden sich freuen."

Als sie wieder aus der Tür mit dem Perlenvorhang ins Freie trat, fiel ihr Blick auf eine Gruppe von Menschen, die auf dem löchrigen Schotterweg zwischen den Hütten auf sie zukamen und offensichtlich nicht hierher gehörten. Sie waren gut gekleidet, nach westlicher Mode, und sahen wohlhabend aus. Beunruhigt sah sie ihnen entgegen. Wollten diese Leute zu ihr? Wer konnte das sein? Norina musterte den hochgewachsenen Mann und die ältere Frau misstrauisch, die begleitet wurden von einer jüngeren Frau, die den beiden offensichtlich den Weg zeigte. Die ältere Frau war nahezu weißhaarig und hatte ein freundliches Gesicht. Sie führte ein Kind an der Hand, ein kleines Mädchen. Das war doch ... Konnte das wahr sein? Nein, sie musste sich irren! Fassungslos starrte Norina der Gruppe entgegen, die inzwischen näher herangekommen war. Da riss sich das kleine Mädchen plötzlich von der Hand der Frau los und lief auf Norina zu. Dabei rief es immer wieder „mamă, mamă!"

Es war Simona! Ihre kleine Simona kam da angelaufen! Norina breitete die Arme aus und fing das Kind auf. Die Tränen stürzten ihr aus den Augen, als sie sich wie verrückt im Kreis drehte mit dem Kind im Arm. „Simona, meine kleine Simona!", rief sie immer wieder, während sie das Mädchen an sich drückte und herumschwenkte. Schließlich ließ sie das Kind auf den Boden hinunter, ging vor ihm in die Hocke und hielt es vor sich hin, um es zu betrachten.

„Ich kann es nicht glauben! Meine kleine Simona ist wieder da!" Sie nahm das Gesicht des Kindes in ihre Hände und küsste es immer wieder, während die Tränen aus ihren Augen liefen. Schließlich nahm sie das Mädchen auf den Arm und wandte sich den Besuchern zu, die der Szene wortlos zugesehen hatten. Der dunkelhaarige Mann mit dem Dreitagebart stellte den Karton ab, den er getragen hatte, trat zu ihr und reichte ihr die Hand. „Bună ziua", sagte er mit starkem Akzent. „Guten Tag!" Dann nannte er auf Deutsch seinen Namen, wie Norina annahm, und wies auf die weißhaarige Frau neben sich. Die zweite Frau, eine Rumänin, fing an zu übersetzen.

„Das ist Kriminalhauptkommissar Thomas Morgenroth von der deutschen Polizei, das ist seine Mutter, Frau Hanna Morgenroth. Ich bin Ilona Ficu vom Jugendamt Bukarest. Sie sind Norina Niculescu?"

Irritiert sah Norina von einem zum anderen. Polizei? Was hatte sie mit der Polizei zu tun? War es, weil sie Simona zur Adoption nach Deutschland gegeben hatte? Oder war es wegen Dimitru? Und wie kam Simona zu diesen Leuten? Die Gedanken überstürzten sich in ihrem Kopf. Hilfesuchend sah sie

Valeria an, die aber nur verständnislos mit den Schultern zuckte. Unterdessen hatte Simona ihre Arme fest um ihren Hals geschlungen, nicht bereit, sie wieder loszulassen.

„Ja, ich bin Norina Niculescu", antwortete sie.

„Können wir uns ein paar Minuten in Ruhe mit Ihnen unterhalten, Frau Niculescu?", fragte die Frau, die sich als Ilona Ficu vorgestellt hatte. Hilflos sah Norina sich um. In einiger Entfernung standen mehrere der Slumbewohner und starrten zu ihr herüber.

„Am besten, Sie kommen mit in den Wohnwagen", sagte sie. „Es ist zwar sehr eng, aber es wird schon gehen."

Vorsichtig setzte sie Simona auf den Boden, kletterte voran in den Wohnwagen und räumte schnell die Einkäufe, die immer noch im Weg standen, beiseite. Der Mann und die ältere Frau, seine Mutter offenbar, setzten sich auf die Bank, die Rumänin nahm auf dem einzigen Stuhl Platz und Norina zog sich den Hocker heran. Sobald sie saß, kletterte Simona auf ihren Schoß und schmiegte sich an sie.

„Darf ich Ihnen einen Glas Wein anbieten?", fragte Norina, die sich von ihrer Überraschung allmählich erholte und sich auf ihre Gastfreundschaft besann. Ilona Ficu übersetzte. Der Kommissar schüttelte den Kopf, aber seine Mutter nickte mit einem freundlichen Lächeln. Schnell stand Norina auf, holte drei Gläser aus dem Schrank und die Flasche Wein, die sie gerade heute Morgen auf dem Markt gekauft hatte, öffnete sie mit geschickten Fingern und schenkte sich und den beiden Frauen ein. Simona hing weiterhin am Rock ihrer Mutter und drückte sich an sie.

„Ich bin vom hiesigen Jugendamt, wie gesagt, und zuständig für die Kinder hier in diesem Stadtteil. Ich werde Ihnen jetzt übersetzen, was der Kommissar aus Deutschland Ihnen mitzuteilen hat, Frau Niculescu."

Norina sah die Beamtin gespannt an. Ilona Ficu war eine dünne Frau mit einem Mausgesicht, in dem die braunen Augen müde und desillusioniert das Wohnwageninnere musterten, dessen Ärmlichkeit Norina plötzlich schmerzlich bewusst wurde. Die kastanienbraun gefärbten Haare trug Ilona Ficu kurz geschnitten, was ihr ein männliches Aussehen gab, wie Norina fand.

„Vorher muss ich mich vergewissern, dass dieses Kind Ihre Tochter ist. Stimmt das?"

„Ja, das stimmt. Ich kann Ihnen die Geburtsurkunde zeigen, wenn Sie wollen." Norina machte Anstalten, aufzustehen, aber die Beamtin winkte ab.

„Sie haben bei der Behörde keinen Vater angegeben. Wer ist der Vater des Kindes?"

„Dimitru Ducinca ist der Vater. Aber er ist im Moment nicht da. Er wollte sich Arbeit suchen im Westen", erklärte Norina.

Die Jugendamtsmitarbeiterin hob die Hand, während sie einige Sätze an die aufmerksam dem Gespräch folgenden Deutschen richtete. Nachdem sie geendet hatte, räusperte sich der junge Mann und wandte sich direkt an Norina:

„Ich muss Ihnen leider mitteilen, dass Dimitru Ducinca in Deutschland Opfer eines Verbrechens geworden ist. Er ist tot. Seine Mörder sind inzwischen gefasst und sitzen im Gefängnis. Sie haben sehr hohe Gefängnisstrafen zu erwarten."

Beunruhigt von dem ernsten Ton, in dem der Deutsche sprach, wartete Norina auf die Übersetzung der Rumänin. Die Sozialarbeiterin übersetzte. Es dauerte einige Sekunden, bis Norinas Gehirn die schreckliche Botschaft erfasst hatte. Sie schlug die Hände vors Gesicht und brach in krampfartiges Schluchzen aus. Erschrocken über den Ausbruch ihrer Mutter schlang Simona die Arme um Norinas Hals und fing ebenfalls an zu weinen. Norina konnte es nicht glauben. Ihr Dimitru: tot! ermordet! Wie war das nur möglich? Und was hatte Simona damit zu tun? Das konnte doch alles nicht wahr sein! Simona sollte doch bei ihren Adoptiveltern sein. Gewaltsam versuchte sie, das Weinen zu unterdrücken und sah die Rumänin fragend an:

„Was ist geschehen?"

Mit wachsendem Entsetzen hörte sie, was man ihrer kleinen Tochter und dem Mann, den sie geliebt hatte, angetan hatte. Immer wieder unterbrochen durch Rückfragen an die beiden Deutschen, erzählte die Rumänin, was geschehen war. Norina konnte es nicht fassen! Die blonde Frau, der sie ihr Kind anvertraut hatte in der Hoffnung, ihm dadurch ein gutes Leben zu ermöglichen, hatte dieses Kind alten Männern zu Sexspielen angeboten! Gegen Geld! Ihre kleine Tochter! Und als Dimitru diese schreckliche Untat entdeckte, hatte man ihn kaltblütig umgebracht!

Norina fühlte, wie sich in ihrem Inneren neben ihrer Empörung und der Wut über diese Gräueltaten ein unfassbarer Schmerz ausbreitete. Darüber, was man ihrem Geliebten angetan hatte, darüber, dass sie unwissentlich ihr Kind diesen skrupellosen Verbrechern ausgeliefert hatte, darüber, was sie mit dem Tod Dimitrus verloren hatte. Wie durch einen Nebel nahm sie wahr, wie Ilona Ficu schilderte, was die Mutter des Kommissars für Simona getan hatte. Dass das Mädchen erst wieder gesprochen hatte, als es sie, Norina, gesehen hatte. Sie drückte ihre Tochter an sich, während sie mit Blicken versuchte, der weißhaarigen Frau zu signalisieren, wie dankbar sie ihr für die Mühe war, die sie sich mit dem für sie fremden Kind gegeben hatte.

Draußen fing die kleine Alia an zu weinen und man hörte gleich darauf die besänftigende Stimme Valerias, die versuchte, das Kind zu beruhigen. Norina stand auf, stellte Simona auf den Boden und verließ den Wohnwagen. Sie nahm das Baby von Valerias Schoß und tröstete es. Valeria bemerkte, dass Norinas Gesicht noch nass war von den Tränen über den Verlust Dimitrus. Sie reichte ihr ein Taschentuch, und Norina schnäuzte sich. In der Ferne sah sie ihre Söhne nach Hause kommen. Es wird Zeit, sich um das Essen zu kümmern, dachte sie und wunderte sich gleichzeitig, wie sie in diesem Augenblick an etwas so Alltägliches denken konnte. Inzwischen waren auch die drei Besucher aus dem Wohnwagen herausgetreten. Der junge

Mann nahm das Paket, das er abgestellt hatte, und hielt es ihr hin. Die Rumänin übersetzte, was er sagte:

„Das sind die Sachen, die Ihr Mann bei sich hatte. Seine Kleidung und andere Dinge. Und hier ist das Geld, das er verdient hat. Ich denke, Sie sollten es erhalten, für die Kinder."

Der Kommissar stellte den Karton in den Wohnwagen und legte das Kuvert mit dem Geld obenauf. Inzwischen waren die drei Jungen bei dem Wohnwagen angelangt. Misstrauisch musterten sie die Besucher. Simona aber lief zu ihnen hin und begrüßte sie stürmisch. Norina stellte ihre Kinder vor:

„Das ist Victor, der Älteste. Er arbeitet als Helfer auf einem Schrottplatz. Das ist Damir. Er und Michajlo gehen noch in die Schule. Aber in ihrer Freizeit sammeln sie Eisenteile und verkaufen sie."

Norina war stolz auf ihre drei Jungen und hätte gern noch mehr von ihnen erzählt. Dass Damir nun regelmäßig zur Schule ging, weil sein Musiklehrer ihm Extraunterricht im Singen gab, dass Michajlo zu den Besten in seiner Klasse gehörte und dass Victor dabei war, das alte Haus, in dem Valerias Familie gewohnt hatte, neu herzurichten zu einem richtigen Heim für sie alle. Aber nun, da Dimitru nie mehr wiederkommen würde und Simona zurück war, musste erst einmal alles neu bedacht werden.

Sie war froh, als die Besucher sich verabschiedeten. Ein bisschen verwundert beobachtete sie, wie die weißhaarige Frau von Simona Abschied nahm. Die Mutter des Kommissars hatte Tränen in den Augen, während sie die Kleine innig an sich drückte, und auch Simona streichelte zärtlich mit ihrer kleinen Hand über das Gesicht der Frau.

Abschließend überreichte die Frau Norina einen kleinen Koffer. Wahrscheinlich sind darin Sachen für Simona, dachte Norina. Sie gab der Frau, die sich so fürsorglich um Simona gekümmert hatte, die Hand und drückte sie dankbar. „Mulţu mesc", sagte sie. „Vielen Dank!" Dann gingen die drei davon. Simona winkte ihnen eine Weile hinterher, und die Mutter des

Kommissars drehte sich noch einmal um und winkte zurück.

Die Jungen stürmten alle auf einmal mit ihren Fragen auf Norina ein, und sie setzte sich vor den Wohnwagen auf einen Stuhl, das Baby auf dem Schoß und Simona an ihrer Seite, und fing an zu erzählen.

49

Hanna hatte sich mit ihren Freundinnen Liesbeth und Edith in die Küche zurückgezogen, von wo aus sie durch die geöffneten Türen das Treiben im Wohnzimmer und auf dem Flur beobachten konnte. Das Haus war angefüllt mit fröhlichen jungen Menschen, die die Hölzerne Hochzeit des Ehepaares Morgenroth ausgelassen feierten.

Nachdem der obligatorische Hochzeitstanz vorüber war, den das junge Ehepaar in Holzschuhen unter dem beifälligen Klatschen der Gäste absolviert hatte, erscholl laute Discomusik, die die jungen Leute veranlasste, im leergeräumten Flur ihre Tanzkünste zu demonstrieren. Die Stimmung war bestens und Hanna sah mit Genugtuung, dass Ingas Wangen vor Freude glühten und sogar Thomas' Gesicht ein breites Grinsen zeigte. Die kleine Isabell hatte ihren widerstrebenden Bruder auf die Tanzfläche gezogen und schwenkte ihn nun im Rhythmus der Musik hin und her. Amüsiert beobachtete Hanna, wie Jan Hendrik Klüver und seine Kollegin Susanne sich eng umschlungen in eine dunkle Ecke drückten, während der rothaarige Uwe Höltinghaus, der zum Erstaunen aller mit der ganz in Schwarz gewandeten und Kaugummi kauenden Svenja Kramer erschienen war, seine Partnerin in einem gekonnten Discofox durch das Gedränge führte.

„Kommen Sie, Frau Maschewski, setzten Sie sich zu uns. Hier ist es ein wenig ruhiger als dort drinnen", lud Hanna ihre alte Nachbarin ein, die ebenfalls vor der lauten Musik geflüchtet war. „Möchten Sie vielleicht auch eine Tasse Tee? Ich habe gerade das Wasser aufgesetzt." Elfriede Maschewski ließ sich dankbar auf den Küchenstuhl sinken, auf den Hanna wies, und seufzte erleichtert.

„Dieser ganze Trubel wird mir in meinem Alter doch ein bisschen zu viel", meinte sie. „Man ist ja schließlich nicht mehr die Jüngste, nicht wahr?"

„Das ist wohl wahr", stimmte Edith ihr zu. Die Altphilologin trug zur Feier des Tages zu ihrem grauen Rock eine silber glänzende Bluse, die harmonisch auf das Grau ihrer Haare und das Silber ihrer Haarspange abgestimmt war.

„Obwohl", gab Liesbeth zu bedenken, „man muss die Feste feiern, wie sie fallen. Und so jung wie heute kommen wir nicht mehr zusammen." Sie nahm sich von dem Schnittchenteller, den Hanna bereitgestellt hatte, eine Brötchenhälfte mit Dauerwurst und biss kräftig hinein. Ihre weißen Löckchen wippten im Rhythmus ihres Kiefers, während sie mit der Hand einige Krümel von ihrer rosafarbenen Rüschenbluse strich. Hanna schenkte den Frauen den inzwischen fertig gebrühten Tee in die Tassen, stellte Zucker und Sahne bereit und nahm selbst auf dem noch freien Küchenstuhl Platz.

„Du hast uns noch gar nicht von Bukarest erzählt, Hanna. Wie war es denn dort?" Edith brachte den Kriminalfall zur Sprache, der seit Wochen das Stadtgespräch war. Alle beugten sich gespannt vor.

Hanna schwieg einen Moment. Dann schaute sie die drei Frauen an und meinte: „Eigentlich ist das kein Thema für einen solchen Abend wie heute. Viel zu traurig."

Die Musik wechselte zu einem langsamen Schmusesong und der Lärm ebbte ab. Immer noch waren die Blicke der Frauen erwartungsvoll auf Hanna gerichtet.

„Also gut", seufzte sie. „In aller Kürze. Ihr könnt euch nicht vorstellen, wie arm die Menschen in den Randgebieten von Bukarest sind, besonders die Roma, die dort leben. Wir hier in

225

Deutschland sind uns unseres enormen Wohlstands gar nicht bewusst, wisst ihr."

Sie beschrieb in knappen Worten, wie sie die Familie des rumänischen Mädchens vorgefunden hatte. Die Frauen nickten gedankenvoll zu ihrer Schilderung.

„Wäre es dann nicht besser gewesen, Mona - oder wie heißt sie richtig? Simona? - , wäre hier in Deutschland geblieben, in einer Adoptivfamilie?", fragte Liesbeth schließlich in ihrer pragmatischen Art.

Elfriede Maschewski schüttelte entschieden den grauhaarigen Kopf. „Ein Kind gehört zu seiner Mutter, egal, wie arm sie ist."

„Richtig", pflichtete Edith ihr bei. „Materieller Wohlstand ist für Kinder nicht so wichtig wie die Geborgenheit einer Familie."

Hanna nickte nachdenklich zu den Überlegungen ihrer Freundinnen. „Ihr hättet sie sehen sollen, die Kleine, als sie ihrer Mutter entgegenlief. Als wäre sie plötzlich ein ganz anderes Kind."

„Und sie hat tatsächlich ihre Sprache wiedergefunden? Unglaublich." Liesbeth hatte ganz vergessen, ihr Brötchen weiter zu essen.

„Es mag kitschig klingen, aber es war wirklich so. 'Mama' war das erste Wort, das ich sie sprechen hörte. Es klingt übrigens auf Rumänisch fast genauso wie auf Deutsch", fügte sie hinzu.

Gerührt sahen die Frauen sich gegenseitig an. Elfriede Maschewski wischte sich verstohlen über die Augen.

„Aber was wird jetzt aus ihr werden?", fragte Liesbeth.

Hanna seufzte. „Nun, sie wird mit ihren Brüdern, der kleinen Schwester und ihrer Mutter in dem Haus wohnen, das der Älteste der Brüder gerade mehr schlecht als recht zusammenbaut, und von der winzigen Sozialhilfe leben, die der rumänische Staat ihnen gibt. Vielleicht kann Norina Niculescu, so heißt ihre Mutter, ein wenig Geld dazuverdienen, so dass die Familie besser über die Runden kommt. Später wird Simona hoffentlich zur Schule gehen und etwas lernen. Jedenfalls ist sie jetzt dort, wo sie zu Hause ist und glücklich."

Sie lächelte wehmütig. Edith strich ihr mitfühlend über den Arm. „Du hast viel für das Kind getan, Hanna, wer weiß, was ohne dich mit ihm geschehen wäre."

„Das stimmt", bestätigte Liesbeth die Worte ihrer Freundin. Sie biss in ihr Brötchen und verkündete: „Und jetzt lasst uns feiern! Es ist ja alles gut ausgegangen."

Die Zwillinge kamen hereingestürmt und drängten sich links und rechts an ihre Großmutter. Hanna drückte die Kinder liebevoll an sich. „Na, ihr zwei? Ist es nicht langsam Zeit für euch, ins Bett zu gehen?"

„Mama hat gesagt, einen Tanz noch", krähte Isabell munter. „Stimmt gar nicht", meinte Jannik, „sie hat gesagt, Oma soll uns ins Bett bringen." „Och", maulte seine Schwester, „du willst ja nur nicht tanzen."

Hanna stand auf. „Na, dann: Sagt gute Nacht, ihr beiden. Und jetzt ab ins Bett!"

„Liest du uns noch eine Geschichte vor, Oma? Bitte, bitte!"

Epilog

Graue Betonbauten, vier- bis fünfstöckig, reihen sich endlos aneinander entlang der kaum befahrenen, mit Müll und Abfall bedeckten löchrigen Straße. Aus den Fenstern der trostlosen Fassaden hängt trotz der Kälte Wäsche zum Trocknen. Hier und da steht am Straßenrand ein von Rost zerfressenes Autowrack. Herrenlose Hunde streunen umher. Am Fuße der riesigen Müllhalde, die an das Wohngebiet herangewachsen ist, haben sich zahllose Hütten angesiedelt, behelfsmäßig aus Brettern, Wellblech und Pappe zusammengebaut. Dazwischen stehen vereinzelt kastenförmige einstöckige Häuser, grob aus Steinen gemauert, unverputzt, mit Fenstern, die nur mit einem Stück Stoff verhangen sind.

Jetzt, im Winter, brennen überall Feuer in verrosteten Blechtonnen, gespeist mit Holzresten, Papier und brennbarem Abfall, um die sich frierende, notdürftig in Jacken, Mäntel oder Decken gehüllte Menschen drängen.

In der Nacht hat es geschneit und eine mehrere Zentimeter dicke Schneeschicht hat sich wie eine makellose weiße Decke über diese Welt am Rande der Großstadt gelegt; das Sonnenlicht lässt die Schneekristalle glitzern wie Diamanten. Eine Gruppe von Kindern spielt, johlend und lachend, im frischen Schnee. Eilig geformte Schneebälle fliegen hin und her, eine Eisbahn wird auf den zugefrorenen Pfützen freigelegt und von den Größeren mit Anlauf entlanggeschlittert, angefeuert durch die ausgelassenen Rufe der Jüngeren.

Unter ihnen fällt ein kleines Mädchen auf, das deutlich besser gekleidet ist als die anderen. Ihr wattierter roter Anorak ist von guter Qualität, die Stiefel sind wasserfest und gefüttert, Handschuhe und Mütze im gleichen modischen Muster gehalten. Laut lachend rennt das Mädchen hinter einem größeren Jungen her, um ihn aus nächster Nähe mit einem Schneeball zu bewerfen.

Ihr Gesicht ist von der Kälte gerötet, einige braune Locken, die unter der Mütze hervorlugen, sind nass von den darin schmelzenden Schneeflocken. Jetzt hat die Kleine den Jungen gefangen, beide kommen zu Fall und wälzen sich kreischend vor Vergnügen im Schnee.

Zwei Frauen, die in Decken und Schals gehüllt auf Campingstühlen vor einem ausrangierten rostigen Wohnwagen sitzen, beobachten lächelnd die ausgelassenen Kinder. Die Jüngere der beiden lässt ein Baby auf ihrem Schoß auf- und abhüpfen, die Ältere, eine magere Greisin, zieht fröstelnd ihren Umhang fester um Schultern. Der Blick ihrer dunklen Augen löst sich von dem Spiel der Kinder und verliert sich in der Ferne, wo hinter den gleichförmigen Betonbauten die Silhouette der großen Stadt im Wintersonnenlicht aufleuchtet.

Danksagung

Ich bedanke mich bei meinem Lektor Jan Janssen Bakker für die vielen wertvollen Hinweise und Tipps sowie die gründliche Korrektur des Textes.

Ebenfalls von der Autorin erschienen:

Zeit der Kornblumen
Roman, 220 Seiten
2015 BoD Norderstedt
ISBN 978-3-7347-9955-6
Der Roman erzählt die Geschichte einer außergewöhnlichen
Frau, die den Mut hat, selbst noch im fortgeschrittenen Alter
ihrem Leben eine radikale Wende zu geben.

Der Tod ist nicht fair - das Leben auch nicht
Kurzkrimis und andere Erzählungen, 226 Seiten
2016 BoD Norderstedt
ISBN 978-3-7392-0484-0
In achtzehn spannenden, oft dramatischen oder skurrilen
Geschichten schildert die Autorin schicksalhafte Ereignisse
mitten aus dem Leben der Menschen.

**Die Mutter des Kommissars und das französische
Mädchen**
Kriminalroman, 252 Seiten
2016 Verlag Isensee Oldenburg
ISBN 978-3-7308-1318-8
In ihrem ersten Fall wird Hanna Morgenroth mit einem
Familiengeheimnis um das ermordete französische Au Pair-
Mädchen Yvette konfrontiert, dessen Aufklärung sie nach
Frankreich und in die Schweiz führt.